KB076140

상냥한 사람

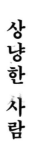

상냥한 사람

윤성희 장편소설

창비

**차
례**

상냥한 사람 007

작가의 말 309

1

　사회자는 그를 이렇게 소개했다. 밤마다 여동생에게 자장가를 불러주고, 받아쓰기에서 늘 만점을 받고, 가난한 할아버지를 부끄러워하지 않는 아이였다고. 그는 스튜디오에 걸려 있는 흑백사진들을 보았다. 여동생을 업고 있는 진구가 보였다. 사진을 보자 포대기 끈이 가슴을 조여 숨 쉬기 힘들었던 기억이 떠올랐다. 여동생 역을 맡은 아이는 시도 때도 없이 칭얼거렸다. 부뚜막에 앉아서 고구마를 먹고 있는 진구, 동생과 눈사람을 만들고 있는 진구, 할아버지의 리어카를 밀고 있는 진구. 삼십팔년 전의 사진 같지가 않았다. 오십년, 아니, 백년 전의 사진처럼 보였다. 그는 고개를 돌려 스튜디오 왼편에 걸려 있는 대형 사진을 보았다. 고물상 입구에 할아버지와 큰형이 서 있고 그 앞에 진구와 동생 민지가 앉아 있는 사진이었다. '형구네 고물상'이라는 현판도 보였다. 진구로 살던 일년 팔개월 동안 사람들은 그를 기특한 아이라고 불렀다. 길을 걷다보면 사람들이 머리를 쓰다듬으며 한마디씩 했다. "니가 진구구나. 아이고, 기특하기도 하지." 어린 그는 그 말이 좋았다. 착한 아이도 아니고, 훌륭한 아이도 아니고, 기특한 아이라니. 기특,이라고 발음해보면 독특한 존재가 된 것만 같았다. 착한 아이는 세상에 많지만 기특한 아이는 오직 한명뿐일 것만 같았다. 그런데 막상 흑백사진들을 보자 지금 와서 진구를 사진 밖으로 불러내는 게 무슨 의미가 있는지 의문이 들었다. "저 아이는 진구죠, 제가 아니라." 그는 사진 속의 진구를 가리키며 말했다. "그렇죠. 지금은 진구가 아니라 박형민 씨니까요." 사회자가 웃으며 대답했다. 형민은 사회자가 자신의 말을 이해하지 못한 것 같아 실망스러웠다. 그런데도 형민은 적당한 말이 생각나지 않아 그러게요,라고만 대꾸를 했다. 그렇게 대답을 하고 나니 그는 사회자가 자신의 말을 이해하지 못한 게 아니라 자신조차도 말하고 싶은 것이 무엇인지 모르고 있다는 생각이 들었다. 출연을 결심했을 때만 해도 할 말이 많을 것만 같았다. 하지만 지금은 진구는 사진 속에 갇혀 영원히 자라지 않는 아이라는 사실만이 떠올랐다. 그 자라지 않는 아이를 끌어안고 십대 시절을 통과하기 위해 얼마나 애를 썼던가. 그는 사회자의 얼굴을 바라보았다. 형민아, 그 시절을 주저리주저리 늘어놓지 말자. 그는 그렇게 마음속으로 다짐을 했다.

"그럼, 시간을 삼십팔년 전으로 되돌려볼까요? 어떻게 아역 배우가 됐죠?" 사회자가 물었다. "피디님이 어머니 가게 단골손님이었어요." 정확히 말하면 형민이 아역 배우가 된 뒤로 단골손님이 된 것이지만 그는 그렇게 대답했다. "제 기억에는 당시 피디의 아들이라는 소문이 돌기도 했던 것 같아요." 사회자가 말했다. 그 소문은 오랫동안 그를 따라다녔다. 피디의 아들이다, 아니다, 아들은 아니고 엄마가 피디의 숨겨진 애인이다, 뭐 그런 소문들. 어느 잡지에서 사실을 확인하기 위해 그의 어머니를 인터뷰하기도 했지만 소문은 쉽게 사그라들지 않았다. "별 볼일 없는 아이가 갑자기 주연을 맡으니 그런 소문이 돌았겠죠. 아버지도 없고." 그가 말했다. "유명 정치인의 숨겨진 자식이라는 소문도 있었죠?" 사회자의 말에 그가 고개를 끄떡였다. "그 소문 때문에 아역 배우들이 저를 미워했어요." 그는 그 소문을 같은 드라마에 출연하는 아역 배우에게서 들었다. 극중에서 진구를 괴롭히는 역을 맡은 아이였는데, 카메라가 꺼진 후에도 진구를 괴롭혔다. 그 아이는 광고회사에 다니는 아버지 덕분에 아동복 광고를 하게 되었고 그게 히트를 해서 몇편의 드라마에 출연한 경력을 가지고 있었다. 그 아이는 드라마가 끝날 때까지 진구가 부당하게 역을 차지한 것이라고 믿었다. 그 소문대로여서 자신이 진구 역에서 밀려난 것이라고. 그래서 촬영하는 내내 진구를 괴롭히는 역할을 즐겼다. "저도 사실 그 소문을 믿었어요. 미안해요." 사회자가 말했다. 사회자의 아버지는 방송국 앞에서 작은 잡화점을 운영했다. 말이 잡화점이지 실상은 담뱃가게에 가까웠는데, 담배를 사러 온 방송국 직원들이 가게 입구에 있던 자판기에서 커피를 뽑아 먹으면서 수다를 떨곤 했다. 사회자의 아버지는 방송국에 떠도는 이런저런 소문들을 쉽게 접할 수 있었고, 집에 돌아와선 가족들에게 그 소문들을 사실인 양 전해주곤 했다. "괜찮아요. 심지어 주인집 할머니도 그 소문을 믿었다니까요. 아마 어머니가 술집을 하지 않았다면 그런 소문은 돌지 않았을지도 몰라요." 형민은 말했다.

「형구네 고물상」을 공동연출했던 김피디가 그의 어머니 가게에 들른 것은 가게 앞에 세워놓은 입간판 때문이었다. 거기에는 '술 마시는 손님에게 무료로 손금을 봐드립니다'라고 쓰여 있었다. 술집은 지하에 있었는데 입구가 건물 뒤쪽에 있어서 사람들 눈에 잘 띄지 않았다. 그래서 손님을 끌기 위해 그런 간판을 세우게 되었다. 사고로 남편을 잃고 그 보상금으로 차린 술집이었다. 과부가 된 여자가 술집을 차렸다는 이유로 사람들이 손가락질을 했다. 가게 앞 입간판을 보고 김피디는 이런 생각을 했다. 손금을 봐주면서 남자들을 유혹하는 꽃뱀 같은 여자가 주인일 거라고. 하지만 예상과 달리 평범한 아주머니가 장사를 하고 있어서 놀랐다고 김피디는 어머니에게 종종 말하곤 했다. 「형구네 고물상」은 김피디의 첫 연출작이었다. 같이 연출을 하기로 한 박피디의 야비한 성격도 걱정이 되었고, 드라마 작가의 깐깐한 성격도 신경 쓰였다. 잠도 제대로 자지 못할 지경이었다. 어쩌다 깜빡 조는 순간에도 드라마가 실패하는 악몽을 꾸었다. 길을 걷다 우연히 발견한 입간판 앞에 서서 김피디는 자신의 손바닥을 오래 들여다보았다. 그날 술집을 찾아온 김피디에게 그의 어머니는 아무 걱정할 것 없다고 말해주었다. "걱정은 이십년 뒤에 해요." 그의 어머니의 말처럼 김피디는 그후로 다섯 편의 드라마를 연달아 히트시켰다. 그리고 이십년 뒤 제작사를 차려 영화를 만들었다가 실패했다. 공금횡령과 여배우 성추행 사건까지 겹쳐 다시는 재기하지 못했다.

김피디가 형민의 어머니 가게에 처음으로 들른 날 아

침, 형민은 어머니에게 학교 끝나고 가게로 가면 안되느냐고 물었다. 어머니는 아들이 가게에 오는 것을 싫어했다. "절대 안돼." 어머니가 말했다. 그는 빈집에 혼자 있는 게 싫었다. 가게가 자리를 잡으면 태권도학원도 주산학원도 모두 보내준다고 어머니가 말했다. 그가 새끼손가락을 내밀자 어머니가 약속을 해주었다. "그러니 만화방이나 오락실로 새지 말고 얌전히 집으로 와야 한다." 전날 내린 눈 때문에 길이 미끄러웠다. 그는 학교 가는 길에 두번이나 넘어져 엉덩방아를 찧었다. 엉덩이에 묻은 눈을 털었을 뿐인데 손톱 밑이 더러워졌다. 조회시간에 그는 손톱에 낀 때를 빼내려다 선생님의 지적을 받았다. 점심이 되자 눈이 녹아 운동장이 질척했다. 운동장을 가로질러 걸으니 신발에 진흙이 달라붙어 무거워졌다. 그는 철봉에 매달려 두 발을 흔들었다. 진흙은 떨어지지 않았다. 철봉은 차가웠고, 손이 철봉에 달라붙는 것 같았다. 철봉에서 내려오니 손바닥이 데인 것처럼 화끈거렸다. 그는 손바닥을 볼에 대보았다. 차가웠다. 그는 더 높은 철봉에 매달려보았다. 그때 누군가 그에게 말을 걸었다. "뭐 하니?" 누구인가 봤더니 얼마 전 앞집에 이사를 온 쌍둥이 형제였다. 그는 쌍둥이 형제와 같이 만화방에 갔다. 만화를 보면서 떡볶이도 사먹었다. 돈은 그가 냈다. 쌍둥이 형은 길을 걸을 때면 동생의 손을 꼭 잡았다. 동생은 다리를 절었다. 어째서 다리를 절게 되었는지 궁금했지만 그는 묻지 않았다. 만약 형제가 그에게 넌 왜 아버지가 없니,라고 묻는다면 그때 넌 왜 다리병신이 되었니, 하고 복수할 생각으로 궁금한 걸 꾹 참았다. 집으로 돌아오는 길에 그는 문 닫은 빵집 앞을 지나면서 형제에게 빵집 주인 여자가 다른 남자와 도망갔다는 소문을 들려주었다. "너네 고로케 먹어봤어? 난 여기서 하루에 하나씩 사먹었는데." 그는 거짓말을 했다. 쌍둥이 중 동생이 창에 이마를 붙이고 안을 들여다보았다. 쌍둥이 중 형이 가게 문을 흔들어보았다. 자물쇠가 걸려 있었다. "들어가볼까?" 쌍둥이 형이 말했다. "어떻게?" 그가 물었다. 쌍둥이 형이 자물쇠를 몇번 만지작거리자 자물쇠가 열렸다. 셋은 가게 안으로 들어갔다.

케이크를 넣어두었던 냉장고가 켜져 있었다. 냉장고 안에
는 케이크가 들어 있었다. 문을 닫은 지 두달이 넘었는데
케이크는 어제 만든 것처럼 하얬다. 그때 쌍둥이 형이 그
에게 말했다. "저거 먹어봐." 그가 고개를 저었다. "싫어."
쌍둥이 형이 냉장고 문을 열고 케이크를 꺼냈다. 그리고
장미꽃잎 하나를 떼어 입에 넣었다. 다 먹고 나자 또 하나
를 먹었다. 혓바닥이 빨개졌다. 쌍둥이 형이 빨간 혀를 내
밀었다. "너도 먹어." 그도 꽃잎 하나를 먹었다. 달았다.
"그거 말고." 쌍둥이 형이 맨손으로 케이크를 한조각 떼어
서는 그에게 내밀었다. "싫어." 그가 말했다. "먹기 싫으면
갖고 있는 돈 내놔." 쌍둥이 형이 목소리를 낮게 깔았다.
"싫어." 그는 고개를 저었다. 그러자 쌍둥이 형이 그의 입
안에 강제로 케이크를 밀어넣었다. 쌍둥이 동생이 기괴한
소리를 내며 웃었다. 케이크를 억지로 삼키면서 그는 식
중독으로 자신이 곧 죽게 될 거라는 생각을 했다. 죽어가
는 자신의 모습을 떠올리자 이런 생각이 들었다. 그래, 어
차피 죽을 거 복수라도 하자. 그는 쌍둥이 동생에게 소리

쳤다. "다리병신. 넌 병신새끼야." 쌍둥이 동생이 웃음을 멈추더니 기괴한 소리를 내며 울기 시작했다. "울지 마, 울지 마." 형이 동생에게 다가가 옷소매로 눈물을 닦아주었다. 그 순간 그는 쌍둥이 형의 얼굴을 향해 케이크를 집어던졌다. 그리고 쌍둥이 형의 배를 발로 힘껏 걷어찼다. 쌍둥이 형이 배를 움켜쥐고 쓰러졌다. 그는 빵집을 나와 어머니의 가게까지 뛰어갔다. 뛰면서 그는 생각했다. 시시해. 별것 아닌 놈들. 처음에는 우쭐한 마음이 들었다. 진짜 남자가 된 듯했다. 하지만 이내 케이크를 억지로 삼키던 자신의 모습이 떠올랐다. 겁쟁이. 누가 그 사실을 알게 될까봐 두려웠다.

어머니의 가게로 들어섰을 때 그의 눈빛엔 부끄러움과 뿌듯함이 한데 섞여 있었다. 어머니 앞에서 자랑을 하고도 싶었고 어머니 품에 안겨 울고도 싶었다. 그를 본 어머니가 그의 등을 한대 치면서 말했다. "여기 오지 말라고 했지. 거지새끼처럼 얼굴은 또 이게 뭐야." 그러고는 테이블을 닦던 행주로 그의 얼굴을 닦아주었다. 행주에서 쿼

퀴한 냄새가 났다. 토하고 싶었다. 그때 한쪽 구석에서 혼
자 술을 마시던 김피디가 그를 불렀다. "얘야, 이리 와봐."
김피디는 그의 얼굴을, 특히 그의 눈을 뚫어지게 쳐다보
았다. 그의 눈에 눈물이 고였다. 울면 안돼. 그는 눈물을
참으려고 쌍둥이 형의 배를 걷어찼을 때의 느낌을 떠올려
보았다. 김피디가 양복 안주머니에서 손수건을 꺼내 그의
얼굴을 닦아주며 말했다. "너, 아저씨랑 같이 방송국 구경
갈래?"

　"그렇게 친구가 되었어요." 형민이 말했다. "드라마가
시작되었을 때 아홉살이었죠? 친구보다 한살이 많았네요.
촬영하면서 뭐가 가장 힘들었나요?" 사회자가 물었다. 반
에서 키가 가장 작았던 형민은 다시 초등학교 1학년이 되
었다. "친구는 집에 있을 때면 늘 동생을 업고 있었어요.
동생을 업고 자장가를 불러주는 장면을 좋아하는 시청자
들이 많았죠. 그런데 사실 전 동생을 업는 게 싫었어요."
그가 말했다. "싫었다고요?" 사회자가 그의 말이 끝나자

마자 바로 되물었다. "꼭 싫었다기보다⋯⋯ 뭐랄까, 그 장면을 찍을 때면 늘 숨이 막히는 것 같았어요." 그는 사회자가 왼손으로 턱을 쓰다듬는 것을 바라보았다. 사회자가 더 물어주길 기다렸지만 아무 말도 하지 않았다. "그러니까 실은, 어린 제가 업기에 동생이 너무 무거웠거든요." 사회자가 웃었다. 그는 웃지 않았다. 민지는 자주 울었다. 대사보다 우는 장면이 더 많았다. 하지만 실은 드라마를 찍지 않을 때도 민지는 자주 울었다. 진구가 업고 마당을 서성이면 민지는 울음을 그쳤다. "오빠, 배고파." 민지는 코를 훌쩍이며 말하곤 했다. "막냇동생이 좀 통통하긴 했어요, 저 사진을 봐도." 사회자가 고물상 앞에서 찍은 가족사진을 가리켰다. 원래 또래보다 통통했던 막내는 드라마 촬영을 시작한 지 일년이 되어가자 그가 업을 수 없을 만큼 몸무게가 늘었다. 동생을 업을 때마다 포대기 끈이 가슴을 죄어왔다. 촬영하는 동안 한번도 빨지 않은 포대기에서는 걸레 냄새가 났다. 그는 그 냄새를 맡을 때마다 속이 울렁거렸다. 촬영이 끝나고도 오랫동안 그는 비슷한 냄새를 맡기만 해도 멀미를 했다. 한번은 그가 용기를 내어 동생을 업는 게 힘들다고 말했다가 공동연출을 맡았던 박피디에게 벌써부터 배부른 소리를 한다며 혼나기도 했다. 진구에게 소리를 질렀다는 것을 알게 된 김피디가 박피디에게 대들었다. 촬영장 분위기는 며칠 동안 냉랭했다. 두 피디가 싸우고 며칠 뒤, 민지의 하차가 결정되었다. 드라마 작가와 민지의 어머니가 대판 싸웠다는 것이었다. 드라마 작가가 민지의 어머니에게 전화를 걸어 아이에게 밥을 좀 덜 먹이라고 말을 했다는 소문이 돌았지만 사실인지는 알 수 없었다.

극중에서 민지는 교통사고를 당해 죽었다. "그후로 민지를 다시 본 적은 있나요?" 사회자가 물었다. "아니요. 너무 어렸을 때 봤으니까 만나더라도 아마 절 기억도 못하겠죠." 그가 말했다. "민지를 업는 것보다 더 힘들었던 게 민지가 죽은 거였어요. 민지가 죽으니 촬영장에 가기 싫어졌죠. 아마 그때부터 저도 흥미를 잃은 것 같아요." 사회자가 고개를 끄덕였다. 그는 민지의 죽음이 연기라는 것을 알면서도 진짜 슬픔에 사로잡혔다. 민지가 죽고 난 뒤 촬영을 하다 자신도 모르게 눈물을 흘리곤 했다. 그때마다 사람들은 연기를 잘한다며 박수를 쳐주었다. 한번은 촬영 중 잠깐 잠이 들었다가 정말로 민지가 죽는 꿈을 꾸기도 했다. 꿈속에서 죽은 민지는 진구의 동생이 아니라 부잣집의 외동딸이었다. 한번도 가본 적 없는 민지의 방이 꿈에 나왔다. 레이스가 달린 분홍색 커튼과 하얀색 책상이 있는 방이었다. 침대에 누워서 민지는 죽어갔다. 민지가 숨을 멈추는 순간 그의 숨도 멈춰지는 것 같았다. 그는 비명을 질렀지만 어째서인지 입 밖으로 소리가 나오지 않았다. 발버둥을 쳤다. 그때 누군가 그의 손과 발을 주무르면서 말했다. "가위에 눌렸나봐." 눈을 떠보니 주인집 아주머니 역을 맡은 배우가 보였다. 그후로 수십편의 드라마에서 가정부 역할을 하게 될 아주머니가 진구를 꼭 안아주었다. 그때 악몽을 꾸면서 어찌나 발버둥을 쳤는지 발뒤꿈치가 다 까졌다는 이야기를 하는 동안 사회자는 계속 고개를 끄떡였다. 그러다 그의 말이 끝나자 스튜디오 뒤에 있는 대형 스크린을 가리켰다. "그러면 그 민지가 어떻게 컸는지 보고 싶지 않으세요?"

스튜디오의 조명이 어두워지고 이내 스크린에 영상이 나오기 시작했다. 진구가 골목을 뛰어가는 장면이었다. 화질은 좋지 않았다. 진구는 맨발이었다. "민지야, 민지야." 진구가 울며 골목길을 달렸다. 한참을 달리다 골목길에 주저앉더니 피가 나는 발바닥을 붙잡고 울었다. 그날 그는 유리조각을 밟았다. 대본에는 없는 장면이었지만 피디는 방송에 내보냈다. 많은 시청자들이 진구가 울 때 같이 울었다. 그 장면을 찍은 후 진구는 며칠 동안 독감을 앓았다. 발에 붕대를 감고, 독감에 시달리면서도 그는 드라마를 찍었다. 여동생은 죽고, 형은 퇴학을 당하고, 할아버지는 치매를 앓기 시작했다. 드라마는 육개월만 방영될 예정이었다. 원래 드라마 작가가 생각해둔 마지막 장면은 첫눈이 내리는 날 세 아이들이 눈싸움을 하는 것이었다. 드라마 작가는 치매를 앓는 할아버지가 길을 잃고 헤매는 장면을 쓰다가 잘못된 길로 들어섰다는 사실을 알게 되었다. 아이들을 그냥 자라나게 두었어야 한다는 것을. 가난 그 자체가 상처였다는 것을. 다른 상처는 필요 없었다는 것을. 민지가 뚱뚱해지지만 않았다면 「형구네 고물상」은 몇년이고 계속되었을지도 모른다고 작가는 데뷔 삼십주년 기념 토크쇼에 나와서 말했다. 형구가 정신을 차려 고물상을 물려받고, 진구는 대학에 합격하고, 민지는 좋은 남자를 만나게 되었을지도 모른다고. 그는 토크쇼를 본 뒤로 그 드라마 작가를 싫어하게 되었다.

흑백 화면이 멈추고 하얀 페인트로 칠해진 이층집이 나왔다. 흑백에서 컬러로 화면이 바뀌니 눈이 부셨다. 하늘은 파란색이고 집은 하얀색이고 마당은 초록색이었다. 세 가지 색 크레파스로만 그린 그림 같았다. 너무 선명해서 가짜처럼 보였다. 초인종을 누르니 누군가 현관문을 열었다. 아! 그는 자기도 모르게 소리를 질렀다. 한눈에 알아볼 수 있었다. 민지였다. 극중 이름도 민지고 진짜 이름도 민지인 민지. '정민지. 43세.' 그는 자막에 적힌 민지의 이름과 나이를 중얼거려보았다. 민지는 열두살 때 미국으로 이민을 갔고, 거기서 결혼한 후 남편의 직장을 따라 삼년 전에 캐나다로 옮겨왔다고 했다. 볼은 여전히 통통했고 웃을 때 눈이 반달이 되는 것도 똑같았다. "너무 어렸을 때라 잘 기억이 나지는 않아요. 그냥 추웠던 기억? 배고팠던 기억?" 그렇게 말하고 민지는 깔깔깔 웃었다. 십대 소녀 같았다. 한참을 그렇게 웃더니 화면을 향해 손을 흔들었다. 민지의 뒤로 누군가 지나가는 게 보였다. 남편이 아닐까. 그는 생각했다. "진구 오빠, 안녕하세요!" 민지가 말했다. 목소리도 십대 소녀 같았다. "기억은 잘 안 나지만, 항상 상냥했던 것 같아요. 그런 기억이, 희미하게 나요." 민지를 업고 촬영을 하다보면 늘 등이 축축했다. 민지의 콧물이, 민지의 침이 그의 등을 적셨다. 재채기가 나곤 했다. "난 오빠 등이 좋아." 어린 민지의 목소리가 들리는 듯했다. 아, 나는 민지가 등에 코를 박고 그 말을 하던 순간을 좋아했구나. 그는 생각했다. 그는 화면 속의 민지를 향해 손을 흔들었다. "안녕하세요?" 민지에게 들리지는 않겠지만 그래도 화면을 향해 인사를 했다.

「형구네 고물상」을 촬영하는 동안 그는 두번의 겨울을 보냈다. 그리고 그때마다 심한 동상에 걸렸다. 진구에게는 신발이 한켤레밖에 없었는데, 밑창이 해져 눈길을 걸으면 금세 발이 젖었다. 진구의 동상을 걱정해주는 사람은 할아버지밖에 없었다. 촬영이 멈출 때마다 자신의 점퍼를 벗어 진구의 발을 덮어주었다. 할아버지 역을 맡은 배우는 성우 출신이었는데, 「형구네 고물상」을 찍을 당시 나이가 고작 마흔살밖에 되지 않았다. 형민은 분장실에 앉아서 마흔살의 아저씨가 일흔살의 노인이 되는 과정을 지켜보는 것을 좋아했다. 할아버지는 분장이 다 끝나면 주머니에서 사탕을 꺼내 그에게 주었다. 사탕을 건네받는 순간 그도 박형민에서 진구가 되었다. 할아버지 역을 맡은 배우는 스물두살에 성우가 되었는데, 처음 맡은 역이 노인정의 노인 3이었다. 대본에는 노인 7까지 있었다. 잔소리를 많이 하는 노인 역을 해낸 뒤 오랫동안 「라디오 극장」에서 할아버지 역을 맡았다. 「형구네 고물상」은 그의 텔레비전 드라마 데뷔작이었다. 그리고 그 드라마를 계기로 죽을 때까지 드라마에서 할아버지 역을 맡았다. 심지어 마지막으로 한 역할은 증조할아버지도 아니고 고조할아버지였다. 형민이 「형구네 고물상」을 잊지 않게 된 데에는 할아버지의 역할도 컸다. 텔레비전을 틀면 언제나 할아버지가 있었으니까. 어떤 드라마에서든 할아버지에게는 손주들이 있었으니까. 그 배우가 폐암으로 사망했을 때 형민은 장례식장에 갔다. 발인하는 날 아침이었다. 장례식장 안으로 들어가지 못하고 밖에서 사람들이 나오기를 기다렸다. 고인의 관이 나오자 그는 먼발치에서 묵례를 했다. "민지를 보니 할아버지도 보고 싶네요. 뵙고 싶어도 이젠 뵐 수 없지만요." 그가 말했다. 사회자가 방청객 쪽으로 얼굴을 돌리고는 할아버지 역을 맡았던 분은 배우 김인기였다고 알려주었다. 오년 전에 세상을 떠났다고. 방청객들 사이에서 아, 하고 안타까운 탄성이 들렸다.

사회자는 그에게 왜 그후로 드라마를 찍지 않았느냐고 물었다. 형민은 고개를 돌려 고물상 앞에서 찍은 가족사진을 다시 한번 보았다. 방송국에 오기 전 그는 사회자가 이런 질문을 하면 원래 꿈은 배우가 아니었다고 말하리라 생각했다. 드라마 촬영을 하는 동안에도 그게 영원히 계속될 거라고는 생각하지 않았다고. 그런데 옛 사진들을 보니 사실대로 말하고 싶은 마음이 들었다. "드라마를 찍지 않은 게 아니라 찍지 못했어요. 더이상 기회가 없었거든요." 「형구네 고물상」이 종영되고 몇군데서 드라마 출연 제의가 왔지만 계약은 이루어지지 않았다. "추운 게 싫어요. 여름에만 찍을래요. 아니면, 부잣집 아들을 시켜주세요." 그의 말을 들은 피디들은 생각했다. 드라마 하나로 뜨더니 배가 불렀군, 하고. 방송국에는 그가 건방지다는 소문이 삽시간에 퍼졌다. 드라마가 방영되는 동안 그는 일곱개의 광고를 찍었다. 드라마 출연료와 광고료로 그의 어머니는 마당 딸린 작은 집 한채를 샀다. 방이 두개였고 화장실이 대문 옆에 붙어 있는 낡은 주택이었다. 새로 출시된 컬러텔레비전도 샀다. 수업이 끝나면 집으로 곧장 와서 텔레비전을 보았다. 아무리 기다려도 방송국에서는 전화가 오지 않았다. 김피디도 더이상 어머니 가게에 오지 않았다. 뭐가 잘못된 걸까? 그는 생각하고 또 생각했다. 단지 겨울에 찍는 게 싫다고 말했을 뿐인데. 단지 가난한 아이 역할을 하는 게 싫었을 뿐인데. 또다시 동상에 걸리는 게 무서웠을 뿐인데. 그러던 어느날 텔레비전을 보다 그는 뭐가 잘못되었는지를 알게 되었다. 흑백과 컬러는 달랐다. 컬러텔레비전이 보급되었고 이제는 연속극들도 다 컬러로 방영되었다. 그리고 그 연속극마다 귀여운 아이들이 있었다. 두 볼이 빨개지는 것도 귀여웠고 흰 이를 드러내며 웃는 것도 귀여웠다. 자신에게는 없는 얼굴이었다. 그게 뭘까? 한참 생각하다 그는 한 단어를 떠올렸다. 생기. 그래, 그 아이들에게는 생기가 있었다.

"방송국에서 필요한 것은 형민이라는 아이가 아니라 진구였다는 걸 인정하는 데 오래 걸렸어요." 그는 말했다. 드라마가 끝나고도 사람들은 여전히 그를 진구라고 불렀다. "어릴 때는 그게 끔찍하게 싫었어요. 드라마는 한참 전에 끝났는데 아무도 저를 형민이라고 부르지 않았거든요." 한번은 진구라고 부르는 반 아이를 때려 코피를 쏟게 만든 적도 있었다. "학교 앞에 호떡 파는 할머니가 있었는데 그 앞을 지나가면 큰 소리로 진구야, 하고 불렀어요. 그러고는 불쌍하다며 호떡을 공짜로 주셨죠. 그 호떡을 먹을 때마다 체할 것 같았어요." 할머니가 실망할까봐 그는 늘 호떡을 맛있게 먹는 척했다. 그가 계속해서 진구라고 불린 데에는 어느 문구회사와 찍은 광고도 한몫을 했다. 이단으로 된 필통 광고였는데, 당시에 서너명 중 한명은 가지고 있을 정도로 선풍적인 인기를 끌던 제품이었다. 필통 포장지에는 그의 사진이 인쇄되어 있었다. '진구도 갖고 있는 필통!'이란 문구와 함께. 그 포장지는 그가 초등학교를 졸업할 때까지 바뀌지 않았다. 크레파스 포장지에도, 연필 포장지에도. 학교 앞 문방구에는 진구의 얼굴이 인쇄된 문구가 잔뜩 쌓여 있었다. 심지어 문방구 진열창에는 진구가 필통을 들고 있는 포스터가 붙어 있기도 했다. 초등학교를 졸업할 때까지 그는 등하굣길에 진구의 얼굴을 매일 봐야 했다.

"그런데 진구의 성이 뭐였는지 알아요?" 그가 사회자에게 물었다. "글쎄요, 김씨였나? 잘 생각이 안 나네요. 뭐였어요?" 사회자가 그에게 되물었다. "저도 몰라요, 진구의 성이 무엇이었는지." 그가 진구의 성이 궁금해진 것은 초등학교 6학년 때였다. 담임선생님의 이름이 진구였던 것이다. 그는 진짜 이름이 진구인 사람을 그때 처음 보았다. "난 박진구인데, 넌 성이 뭐였니?" 담임선생님이 그에게 물었다. 그제야 그는 진구의 성이 무엇인지 몰랐다는 사실을 알았다. 그리고 드라마를 찍는 동안 한번도 그게 궁금한 적이 없었다는 사실도 깨달았다. 형은 형이라 부르고 동생은 동생이라고 부르고 할아버지는 할아버지라고 불렀다. "성은 없었어요. 그냥 진구예요." 한참을 생각한 그가 담임선생님에게 대답했다. "그런 사람은 없어. 누구나 성이 있어." 담임선생님이 말했다. 그는 방송에 출연하기로 결심한 다음 작가에게 극중 할아버지의 이름을 알아봐달라고 부탁을 했다. "극중 할아버지 이름만 알면 진구의 성도 알 수 있을 텐데, 할아버지 이름도 생각나지 않더라고요. 사람들이 형구 할아버지라고 부르거나 고물상이라고 불렀던 것 같아요." 그의 말에 사회자가 대본을 한번 들여다보더니 말했다. "저희도 그게 궁금해서 알아봤는데요, 워낙 오래된 드라마라 필름이 몇개 안 남아서 확인할 길이 없더라고요."

담임선생님에게 진구의 성이 무엇인지 질문을 받던 날, 그는 학교가 끝난 후 집으로 돌아가지 않고 어머니 가게로 갔다. 그즈음 그의 어머니는 여고 앞에 분식집을 냈다. 어머니는 남편이 아파서 고향으로 내려가기로 했다는 분식집의 전 주인에게서 비법 양념을 전수받았다. 권리금을 꽤 많이 주고 인수한 가게였다. 그는 꼬챙이에 어묵을 꽂고 있는 어머니를 말없이 한참 쳐다보았다. "뭐? 국수 삶아 오뎅국물에 말아줘?" 그는 고개를 저었다. "그럼, 용돈 필요해?" 그는 고개를 저었다. "엄마, 진구는 성이 뭐였어? 김씨야, 이씨야?" 그가 물었다. 그의 어머니가 고개를 갸웃하더니 글쎄, 하고 대답했다. "진구는 진구지. 그냥 진구." 그의 어머니가 김밥 세줄을 말아 그의 책가방에 넣어주었다. "주산학원 늦겠다. 얼른 가. 김밥은 혼자 먹지 말고 친구들하고 나눠 먹어." 그는 네, 하고 크게 대답했다. 그건 진구라는 캐릭터에게서 배운 거였다. 언제나 크게 대답할 것! 드라마 작가를 처음 만났을 때 작가가 그에게 해준 말이기도 했다. 진구라는 아이는 할아버지가 부르면 언제 어디서나 큰 소리로 대답하는 아이란다, 하고. 그는 그날 주산학원에 가지 않았다. 학원까지 걸어가다 그날이 수요일이라는 게 생각났기 때문이었다. 수요일은 암산시험을 보는 날이었다. 암산시험만 보면 바보가 된 것 같았다. 그는 학원을 지나쳐 계속 걸었다. 학교가 보였고, 그는 다시 학교로 들어갔다. 교실에는 아무도 없었다. 그는 빈 교실에 앉았다. 가방에서 김밥을 꺼내 한줄을 먹었다. 참기름을 듬뿍 넣어서 고소했다. 그냥 진구라니, 그게 뭐야. 그는 김밥을 씹으면서 생각했다. "맛있겠는데." 고개를 들어보니 담임선생님이 서 있었다. "드실래요?" 그가 말했다. 담임이 그의 옆에 앉았다. "선생님, 진구는 진구예요. 그냥 진구." 그가 말했다. "그래? 그렇구나." 담임선생님이 김밥 두개를 한꺼번에 입에 넣는 걸 보고 그도 김밥 두 개를 입에 넣었다. "근데요, 선생님." 그가 김밥을 씹으면 서 말했다. 밥풀이 튀었다. "저는 박형민이에요. 그냥 형민 이 아니라 박형민요." 뭐가 웃긴지 갑자기 담임선생님이 웃기 시작했다. 밥풀이 그의 얼굴에 튀었다. "그러니? 난 박진구란다. 그냥 진구가 아니라 박진구." 담임선생님이 말했다. 선생님의 말을 듣자 그는 갑자기 배가 고파지는 것 같았다. 김밥을 허겁지겁 먹었다. 그래도 계속 배가 고 파서 그는 그날 저녁에 밥을 두그릇이나 먹었다. 반찬은 김치찌개뿐이었다. 먹어도 먹어도 배가 고픈 것 같았다. 그러더니 일년 만에 20센티미터가 자랐다. 얼굴에 여드름 이 나기 시작했다. 중학생이 된 뒤로는 아무도 그를 진구 라고 부르지 않았다.

형민은 어머니 몰래 영화 오디션을 보러 다녔다. 사람 들이 자신을 진구라고 부르는 게 그렇게 싫었는데, 막상 아무도 진구라고 부르지 않게 되자 단짝 친구에게 절교를 당한 기분이 들었다. 진구가 되는 것은 싫었지만 진구가 잊히는 것은 무서웠다. 그는 당황스러웠다. 자신의 진짜 마음이 무엇인지 알 수 없었다. 그래서 그는 학교에서 돌아오면 해가 질 때까지 방 귀퉁이에 쪼그리고 앉아 있었다. 사물들이 어둠에 서서히 묻히는 것을 보면서 변덕쟁이가 된 자신을 미워했다. 어둠 속에서 그는 자주 혼잣말을 했다. 형민아, 그건 아무것도 아니란다. 형민아, 그건 금방 잊힌단다. 환한 대낮에 자신을 미워하는 일은 힘들었지만 이상하게도 어둠 속에서는 괜찮았다. 어둠 속에서는 미워하는 마음조차도 위로가 되었다. 방이 어둠에 완전히 잠긴 후에야 그는 자리에서 일어나 불을 켰다. 형광등에 불이 들어오던 순간. 눈이 시린 순간. 눈을 깜빡이던 순간. 그 순간마다 왈칵하고 눈물이 나올 것만 같았다.

중학교 1학년 때 동물원이 있는 놀이동산으로 소풍을 간 적이 있었다. 같은 장소로 소풍을 온 학교가 열곳도 넘었고, 그래서 놀이기구를 타려면 한시간씩 줄을 서야 했다. 그는 조류관을 돌아다니며 홍학이나 공작 따위를 구경했다. 거기에는 사람들이 별로 없었다. 그는 동물들을 구경하다 사격 게임장을 발견했다. "동물들 사이에 사격장이 있다니 웃기지 않아요?" 그는 게임장에서 일하는 직원에게 물었다. 카우보이모자를 쓴 직원이 어깨를 한번 으쓱하더니 말했다. "그래서, 할 거예요?" 그는 돈을 냈다. 그날 그는 만점을 따서 인형을 선물로 받았다. 인형을 들고 다니다 반 아이들 몇명을 만났는데 모두들 계집애냐고 한마디씩 했다. 그는 지나가던 여자아이에게 인형을 주었다. "이거 가져. 선물이야." 아이는 인형을 받지 않았다. "전 애가 아니에요. 오학년이란 말이에요." 키가 작아서 이제 갓 초등학교에 입학한 아이처럼 보였다. 그는 다시 아이에게 인형을 건네면서 사과를 했다. "미안해요. 그래도 받아줄래요? 인형을 들고 다닌다고 사람들이 놀려서요." 아이가 인형을 빤히 들여다보더니 고개를 끄떡였다. "인형이 예쁘긴 하네요." 인형을 아이에게 준 뒤 그는 다람쥐라는 놀이기구를 탔다. 거기엔 줄을 선 사람들이 없었기 때문이었다. 안전벨트를 매자 원통이 돌아가기 시작했다. 주머니에서 백원짜리 동전 두개가 떨어졌다. 그저 뱅글뱅글 돌기만 하는 놀이기구였는데 이상하게 재미있었다. 그는 돌아가는 통 안에서는 왜 멀미가 나지 않는지에 대해 생각해보았다. 평소에는 멀미가 심해 먼 곳에 가려면 멀미약을 먹어야 했다. 그때 갑자기 우박이 내리기 시작했다. 원통이 덜컹거리더니 멈추었다. 그는 원통에 거꾸로 매달렸다. 얼굴로 피가 몰렸고, 몇몇 사람들이 소리를 질렀다. 그는 거꾸로 매달린 사람들의 신발을 보았다. 똑같은 신발은 단 하나도 없었다. 그는 신기하다고 생각했다. 살면서 똑같은 신발과 똑같은 옷을 입은 사람을 한 번도 만나본 적이 없다는 사실이. 그는 고개를 들어 자신의 신발을 보았다. 소풍을 간다고 새로 산 신발이었다. 공중에 떠 있는 신발을 보면서 그는 안전벨트를 풀어버리고 싶은 충동을 느꼈다.

소풍을 갔다 온 다음부터, 아니 다람쥐 원통에 거꾸로 매달려 있던 그다음부터, 그는 누군가가 자신을 따라다니는 기분에 사로잡혔다. 누군가 카메라로 자신을 몰래 찍고 있는 것 같았다. 어두운 방에 우두커니 앉아 혼잣말을 하다보면 누군가가 공중에서 자신을 내려다보는 것을 느낄 수가 있었다. 버스정류장에서 버스를 기다릴 때도, 학교 복도를 걸을 때도, 텔레비전을 보면서 혼자 저녁밥을 먹을 때도, 그는 뒤통수 뒤에 있는 누군가의 시선을 느꼈다. 나를 몰래 엿보고 있는 저 사람은 누구인가. 그는 생각했다. 혹시, 진구는 아닐까 하고. 그가 오디션을 보러 다닌 것은 그래서였다. 어린 진구가 아직도 자신을 따라다닌다는 것을 알았기 때문에.

형민이 오디션을 보러 다닌다는 사실을 아는 사람은 아무도 없었다. 아니, 단 한명, 같은 반을 했던 김필기라는 아이가 있었다. 학교에서는 한마디도 하지 않는 사이였다. 김필기와는 오디션 장소에서 만났다. 깡패들의 삶을 다룬 영화였는데, 그래서인지 쌍절곤 같은 것을 들고 온 십대 소년들이 많았다. 그 아이들이 복도에서 액션 연습을 하는 동안 그와 김필기는 두 손바닥을 바지에 문질러대며 다리를 떨었다. "아무에게도 말하지 않기다." 김필기

가 말했다. "당연하지." 형민이 대답했다. 김필기는 처음
으로 보는 오디션이라고 했다. "나도야." 형민은 거짓말을
했다. 그는 그전에 다섯번도 넘게 오디션을 봤다. 물론 모
두 떨어졌다. 그날 그는 뒷골목에서 아이들을 협박해 돈
을 뜯어내는 역을 연기했고, 떨어졌다. 김필기도 떨어졌
다. 그후 그는 김필기를 오디션 현장에서 두어번 더 만났
다. 그리고 서로 다른 고등학교에 진학하면서 인연이 끊
어졌다. 김필기는 서른살이 넘어서 배우가 되었다. 배우의
꿈을 포기할 수 없다며 다니던 증권회사를 그만두었다는
인터뷰 기사를 그는 십년 전쯤에 본 적이 있었다. 몇년 전
어느 영화 소개 프로그램에서 가장 많은 악역을 맡은 조
연배우로 김필기를 선정하기도 했다.

형민은 사회자에게 어머니 몰래 오디션을 보러 다녔다
고 고백했다. 열번도 넘게 떨어졌다고. "그러다 중학교 삼
학년 때, 실내화 슬리퍼의 끈이 다섯번이나 끊어진 적이
있었어요. 일년에 슬리퍼 끈이 다섯번이나 끊어지다니 말
이 안되잖아요." 슬리퍼 끈이 다섯번째 끊어졌을 때 그는

울었다. 오디션에서 떨어졌을 때도 그렇게 슬프지는 않았다. "끈이 끊어진 슬리퍼를 보고 전 생각했어요. 어쩌면 이게 내 운명일지도 모르겠구나 하고요. 그전까지 저는 공부에는 관심도 없던 아이였어요. 그런데 망가진 슬리퍼를 보자 공부라도 해야겠다는 생각이 들었어요. 그때부터 완전히 진구를 잊게 되었어요." 방청석에 앉아 있던 사람들이 고개를 끄덕였다. "공부를 잘하지는 못했어요. 아이큐는 진구를 닮지 않았나봐요." 그는 그 말을 덧붙이면서 웃었다. 작가가 '좀 웃으면서 해주세요'라고 적은 종이를 펼쳐 들고 있었기 때문이었다.

"저는 자전거요. 슬리퍼가 아니라 자전거요." 사회자가 말했다. "뭐가요?" 형민이 되물었다. 사회자는 형민에게 일년 동안 자전거 브레이크가 여덟번이나 고장 났던 일을 이야기해주었다. 사회자는 자전거로 통학을 했다. 집과 학교의 거리가 버스로 다섯 정거장밖에 되지 않았기 때문이기도 했고, 더 먼 곳에서 오는 아이들로 이미 만원 버스가 되어서 문에 간신히 매달려간 일이 여러번이었기 때문이

기도 했다. 내리막길에서 브레이크가 고장 나 쌀가게 앞에 쌓인 쌀포대를 박고 간신히 멈춘 일이 첫번째 사고였다. "저도 그게 무슨 신호처럼 느껴졌어요. 내 인생도 이렇게 브레이크가 고장 난 채 내리막길을 달리겠구나 하고요. 그런데 저는 박형민 씨와는 반대로 그때부터 공부하는 걸 그만두었어요." 거기까지 말을 하고 사회자가 그를 바라보았다. "그래서 그후에 어떻게 됐어요?" 그가 물었다. "저에게는 전교 일등을 놓치지 않았던 형과 동생이 있어요. 그 사이에서 저만 모자란 아이였죠. 그래서 형구를 좋아했는지도 모르겠어요." 사회자는 진구를 싫어했다. 착해서 싫었다. 드라마가 빨리 끝났으면. 진구가 죽었으면. 그런 생각을 했다. 하지만 동생들을 돌보지 않는 삐뚤어진 형의 캐릭터 덕분에 의젓한 진구가 더더욱 사랑을 받게 되었다. 사회자가 육년 만에 복귀작으로 「그 시절, 그 사람들」이란 프로그램을 제의받았을 때 가장 먼저 떠오른 사람도 형구 역을 했던 배우였다. 사회자의 기억에 의하면 형구 역을 했던 배우는 그후로도 몇편의 드라마에 출연을 했다. 첫인상 때문인지 늘 속 썩이는 아들 역이었다. 사회자는 형구를 생각하면 자동적으로 드라마의 어느 장면이 떠오르곤 했다. 형구가 담벼락에 쪼그리고 앉아서 하늘을 보던 모습이었다. 누군가에게 맞아서 입술이 찢어져 있었다. 햇살이 조명처럼 담벼락을 비추었고 눈이 부신지 형구가 얼굴을 찡그렸다. 사회자는 십대 시절 두세번 가출을 했는데, 그때마다 낯선 골목길에서 형구처럼 담벼락에 쪼그려 앉아 해바라기를 해보곤 했다. 사회자는 형구가 뒷주머니에 손을 넣고 골목길을 걸어 내려가던 모습도 좋아했다. 지긋지긋해. 형구가 운동장을 달리다 그렇게 소리친 적도 있었는데, 그 장면을 본 뒤로 사회자는 운동장에 큰대자로 누워 지긋지긋해, 하고 소리치는 자신의 모습을 상상해보곤 했다. 무엇이 지긋지긋한지 곰곰 생각해보면 구체적으로 떠오르는 것은 없었다. 그냥 지긋지긋하다는 감정만이 그를 사로잡았다. 브레이크가 고장 난 자전거 때문에 교통사고가 날 뻔한 어느날 사회자는 저녁밥을 먹다가 가족들에게 화를 냈다. "지긋지긋해서 못 살겠어! 그렇게 소리를 질렀어요. 그리고 어떻게 되었는지 궁금하죠? 엄청 맞았죠, 뭐. 그다음부터 작정하고 삐뚤어졌어요. 정학도 세번이나 당했고요." 자전거 브레이크는 누군가 일부러 고장 낸 것이었다. 사회자는 나중에야 그 사실을 알게 되었다. 고등학교 1학년 때 같은 반이었던 친구였다. 말을 더듬는 아이였는데, 말더듬이라고 몇번 놀린 적이 있었다. 그 아이가 학교를 그만두면서 그에게 편지를 남겼다. 편지에는 자신이 받은 상처는 평생 치유되지 않을 거라고 쓰여 있었다. 그래서 너도 다쳤으면 좋겠다고 생각했다고. 하지만 죽길 바란 적은 없다고. 그냥 이마나 무릎에 평생 지워지지 않을 상처를 남기고 싶었다고. 그렇게 쓰여 있었다. 사회자는 조금 억울했다. 반 아이들 대부분이 그 아이를 말더듬이라고 놀렸다. 자신만 그런 것은 아니었다. 사회자가 머리카락을 쓸어 올려 그에게 이마를 보여주었다. "흉터가 보이나요? 그 아이의 소원대로 되었어요. 자전거로 전봇대를 박았거든요." 꿰맬 정도의 상처도 아니었는데 쉽게 아물지 않았다. 사고가 나고 며칠 뒤 장마가 시작되었는데 비가 멈출 때까지 상처는 계속 곪아 있었다. 불미스러운 일로 공중파 방송국에서 퇴출당했을 때 사회자는 아침마다 면도를 했다. 면도를 하고 얼굴에 로션을 바른 다음, 이마에 난 흉터를 확인해보곤 했다. 거울에 비친 이마를 보면서 쌤통이다, 하고 말하곤 했다. 그러면 지난날의 잘못들을 용서받는 기분이 들었다.

형민은 사회자에게 자신의 이마를 보여주었다. "나한테도 똑같은 흉터가 있어요." 사회자가 웃었다. 형민도 따라 웃었다. 그는 웃으면서 사회자의 가지런한 이를 보았다. 보기만 해도 기분이 환해지는 이였다. 대학생 때 술만 마시면 그에게 이마 흉터를 만지게 해달라고 조르던 여자 후배가 있었다. 그가 이마를 내어주면 후배는 흉터를 만지며 웃었다. 그는 그 후배에게 총알이 스쳐 지나간 자국이라고 거짓말을 했다. "운 좋게 살아남은 사람이니 안심하고 나랑 사귀자." 그가 고백을 했고, 후배는 싫다고 했다. "한번만 만져보면 안될까요?" 그의 말에 사회자가 잠

42

시 머뭇거렸다. 그러다 이내 그의 쪽으로 이마를 내밀었다. 그는 사회자의 이마에 난 상처를 만져보았다.

그는 쌍화탕 때문에 아내를 만났다. 아니, 그렇다고 오랫동안 생각했다. 아내는 거래처의 직원이었다. 다른 사람과 통화를 할 때는 괜찮았는데 이상하게도 아내와 통화할 때면 그는 말실수를 했다. "왜 그런지 모르지만 아내의 목소리만 들으면 긴장이 되었죠. 한번은 이런 실수를 했어요. 날이 추워요, 감기 조심하세요, 그렇게 말을 해야지 하고 미리 생각을 해두었는데 감기 걸리세요, 하고 말이 나왔어요." 그렇게 말하고 그는 웃었다. 그가 웃자 방청객들이 따라 웃었다. "그런데 제가 그 말을 한 날 아내가 정말 감기에 걸렸더라구요." 감기 걸리세요,라는 말실수를 하고 사흘이 지난 뒤 그는 주문을 넣기 위해 거래처에 전화를 걸었다. 코맹맹이 소리로 아내가 전화를 받았다. 그리고 전화를 건 사람이 그라는 걸 알자 대뜸 화를 냈다. "당신이 감기 걸리라고 말해서 정말로 감기에 걸렸어요." 그날 저녁, 그는 약을 사서 아내의 회사 앞으로 갔다. "미안해요." 그가 약을 건네면서 말했다. 쌍화탕과 한약 냄새가 나는 가루약을 먹은 다음 아내가 말했다. "괜찮아요." 며칠 동안 코를 풀어댔기 때문에 그날 아내의 코는 빨갛게 헐어 있었다. 그는 그 모습을 보자 사슴 코가 생각났고, 마침 며칠 후가 크리스마스이브였기 때문에 그 자리에서 데이트를 신청했다. 결혼을 한 뒤 그의 아내는 그날 데이트 신청을 받아준 것은 쌍화탕 때문이라고 말했다. "제가 그날 쌍화탕이 식을까봐 품에 안고 있었거든요. 전 오랫동안 아내가 그런 제 모습에 반했다고 생각했어요."

드라마에서 진구는 종종 밥을 했다. 할아버지가 바쁠 때면 저녁밥을 짓는 건 그의 몫이었다. 밥공기를 아랫목 이불 속에 묻어두었다가 형이 오면 한그릇, 할아버지가 오면 또 한그릇, 그렇게 밥을 꺼내 상을 차렸다. 민지가 낮잠을 자다 발로 밥공기를 걷어차는 장면을 찍을 때도 있었다. 진구와 민지는 이불에 묻은 밥풀을 떼어내 먹었다. 그는 그 장면을 찍을 때 민지가 밥풀을 먹는 게 싫다고 울던 것이 생각났다. "거지같이 어떻게 먹어." 민지가 말했다. 그는 민지에게는 먹는 시늉만 하라고 하고 자신이 다 먹었다. 형민의 어머니는 겨울이면 아들의 옷가지를 이불 속에 묻어두곤 했다. 아침에 일어나 밥을 하기 전, 이부자리를 걷고 그 자리에 아들이 입을 바지와 티셔츠와 양말과 장갑을 가지런히 늘어놓았다. 그리고 그 위에 다시 이불을 덮었다. 그가 세수를 하고 아침을 먹는 동안 옷들은 따뜻하게 데워졌다. 그는 그렇게 따뜻해진 옷을 입는 게 좋았다. "다시는 아랫목에 묻어둔 옷을 입는 어린 시절로 돌아갈 수 없다고 생각하면 지금도 눈물이 나곤 해요." 그가 사회자에게 말했다. 그런 기억 때문에 쌍화탕을 품에 안고 있었을 거라고. 진구와 어머니가 자신에게 만들어준 추억 덕분에 아내를 만나게 된 거였다고. 그는 그렇게 믿었다. 딸이 태어나자 그는 아이의 내복을 이불 속에 묻어두었다. 보일러를 틀지 않는 여름이면 드라이어로 아이의 내복을 데워 입혔다. 그러고는 옹알이를 하는 아이에게 말했다. 뽀송뽀송. 좋지? 뽀송뽀송, 하고 말하면 아이는 그

45

말을 알아듣는 듯 웃었다. 그때는 모든 게 영원할 것만 같았다. 딸이 초등학교 6학년이 되던 해 봄, 그는 아내와 헤어졌다.

혼자 살게 된 그는 된장찌개를 끓여 이틀을 먹고 김치찌개를 끓여 이틀을 먹었다. 그리고 일년 후 딸의 초등학교 졸업식에서 아내를 다시 만났다. 그날 그는 아내와 낮술을 마셨다. 낮술을 마시며 아내가 말했다. "왜 쌍화탕에 마음이 끌렸는지 알아?" 그의 아내는 약국에서 아르바이트를 한 적이 있었다. 외삼촌이 약사였는데, 방학이면 조카들에게 아르바이트를 시키고 대학 학비를 내주었다. 그가 사온 쌍화탕은 약국에서 공짜로 주는 그런 싸구려 쌍화탕이 아니었다. 약국에서 파는 쌍화탕 중에서 가장 비싼 쌍화탕이었다. "그게 좋았어. 제일 비싼 쌍화탕을 사와서. 거기에 내가 속은 거지." 그렇게 말하고 아내는 웃었다. 그는 가게에서 가장 비싼 안주를 시켰다. 낭비하는 걸 싫어하는 아내였지만 그날은 안주 가격을 보고도 아무 말도 하지 않았다. 딸의 졸업식날 낮술을 하게 된 걸 계기로 그는 아내와 두달에 한번씩 만나 낮술을 마셨다. 대부분 이런 식이었다. 아내가 먼저 메시지를 보냈다. 요즘 주꾸미 철이래. 차돌박이가 생각나네. 도다리쑥국이라고 먹어봤어? 아내의 메시지를 받으면, 그는 식당을 검색해서 아내에게 답을 보냈다. 주꾸미볶음 삼인분에 소주 두병. 둘은 만나면 꼭 삼인분을 주문했다. 그가 한병을 마시고 아내가 한병을 마셨다. 서로 따라주지도 않았고 건배도 하지 않았다. "남들이 보면 좀 웃기다 하겠죠. 건배를 하지 않는 건…… 아내 말에 의하면 같이 밥도 먹어주고 술도 마셔주지만 완전히 용서하고 싶지는 않아서래요." 그렇게 몇번 술을 마시고 나니 그는 아내가 건배를 권하는 때가 올까봐 두렵게 느껴졌다. 아내와 헤어지고 나면 그는 한시간 정도를 걸었다. 그러다 야외 파라솔이 있는 편의점이 보이면 거기 앉아 캔맥주를 마셨다. 안주는 늘 꾸이맨이라는 튀긴 어포였다. 맥주를 마시면서 그는 아내가 집에 도착해 냉장고에서 캔맥주를 꺼내 한모금 마시는 장면을 상상해보곤 했다. 아내는 술이 적당히 깨려는 순간, 자기 말에 의하면 한시간이나 한시간 반 정도 지난 다음 차가운 맥주를 한모금 마시는 걸 좋아했으니까. 그런 생각을 하다보면 자연스럽게 냉장고 오른쪽 문이 왼쪽 문보다 약간 아래로 처져 있었다는 게 생각났고, 열고 닫을 때마다 삐걱거리던 싱크대 문짝을 고쳐주지 못한 것도 생각났다. 편의점 야외 의자에 앉아 맥주를 마시면서 그는 아내와 만났을 때 하지 못했던 이야기를 허공에 대고 말했다. 마치 맞은편에 아내가 앉아 있는 것처럼. 지나가는 사람들이 이상한 눈으로 그를 바라보기도 했다. 혼잣말을 하다보면 아내에게 섭섭했던 속마음이 자기도 모르게 튀어나왔다. 아내의 좋은 점을 떠올리기보다 흉을 더 많이 보게 되었다. 아내의 장례식을 마친 뒤에도, 딸을 캐나다에 사는 처제에게 떠나보낸 뒤에도, 그는 편의점에서 혼자 맥주를 마셨다. 그리고 혼잣말로 아내의 흉을 보았다. 그런데 이상한 일이었다. 아내의 흉을 볼수록 아내가 얼마나 괜찮은 사람이었는지, 그 사실만 선명해졌다. 자신이 얼마나 형편없는 사람이었는지, 그 사실만 선명해졌다.

"아내는……" 거기까지 말을 하고 그는 멈추었다. 적당한 말이 생각나지 않았다. 어떤 단어도 아내를 설명할 수 없을 것만 같았다. 아내를 표현할 수 없었기에 그는 슬퍼졌다. 아내를 전혀 모르고 사랑했고, 아내를 전혀 모르는 상태로 떠나보냈다는 생각이 들었다. 그는 사회자의 얼굴을 바라보았다. 이마의 주름이 깊어진 것처럼 보였다. 한순간 늙어 보였다. 그는 오른손을 들었다. 피디가 무슨 일이세요, 하고 물었다. "잠깐 쉬었다 하면 안될까요? 화장실 좀." 그가 말했다.

형민은 화장실에 들어갔다가 손만 닦고 다시 나왔다. 막상 변기 앞에 서자 오줌이 마렵지 않았기 때문이었다. 그는 화장실 앞에 있는 자판기에서 커피 한잔을 뽑았다. 설탕이 들어가지 않은 커피를 선택했는데 어찌 된 일인지 커피가 달았다. 할아버지가 이른 나이부터 당뇨를 앓아 고생하다 돌아가셨고 큰아버지와 작은아버지 들도 사십대가 되자 하나둘 당뇨에 걸리기 시작했다. 이제는 거의 인연이 끊어진 친척들인데도 언젠가 같은 병을 공유해야 할지도 모른다는 사실이 그는 못 견디게 끔찍했다. 그의 어머니는 남편의 장례식을 치른 뒤 시댁 식구들을 다시는 보지 않았다. 친척들의 경조사에는 아들을 보냈다. 형민은 죽은 아버지와 자신의 이름이 나란히 적힌 봉투를 들고 결혼식장과 돌잔치와 장례식장을 다녔다. 아무도 그에게 어머니의 안부를 묻지 않았다. 니가 올해 몇학년이지? 그런 질문만 수십번 받고 나면 식욕이 사라졌다. 그는 국수를 몇가닥 먹고는 화장실을 가는 척 몰래 빠져나오곤 했다. 그래도 봉투를 전달하러 가는 일은 멈추지 않았다. 그러다 할머니의 환갑잔치를 마지막으로 발길을 끊었다. 그의 아버지는 사남 이녀 중 넷째였다. 여섯명의 자식들이 낳은 열세명의 손자 손녀 들이 할머니의 환갑잔치에서 노래를 불렀다. 나훈아의 「사랑」이란 노래였는데, 그는 자리에 앉아서 사촌들이 부르는 그 노래를 따라 불렀다. 사촌들이 하루 전날 만나 노래 연습을 했다는 사실을 그는 몰랐다. 고등학생인 사촌누나가 두살짜리 사촌동생을 안고 노래를 불렀다. 초등학생인 셋은 앞줄에 서서 춤을 추었다. 할머니가 박수를 치며 웃었다. 그날 그는 갈비를 두 접시나 가져다 먹었다. 즉석짜장면 코너가 있어서 짜장면도 한그릇 먹었다. 그리고 헤어질 때 할머니를 안아드렸다. 할머니가 그를 안으면서 불쌍한 내 새끼, 하고 말하며 울었다. 그는 그 말이 지겨웠지만, 그 말을 듣기 싫어서 일부러 할머니를 보며 눈을 마주치는 걸 피해왔지만, 그날은 그러지 않았다. 할머니의 말처럼 자신이 불쌍한 아이라고 생각하기로 했다. 그날 이후로 그는 친척들의 경조사에 가지 않았다. 어머니에게 거짓말을 하고 봉투에 들어 있는 돈으로 비싼 운동화를 사서 신었다.

그는 커피를 한모금 마시고는 버렸다. 스튜디오 쪽으로 걸어가는데 다시 요의가 느껴졌다. 그는 화장실로 돌아가 오줌을 누었다. 한두방울 떨어지고는 그만이었다. 이게 뭐라고 긴장을 하네. 그는 피식하고 웃었다. 그때 화장실 안쪽에서 흐느끼는 소리가 들렸다. 그는 뒤돌아보았다. 세칸은 열려 있고 마지막 한칸이 닫혀 있었다. 그는 뒤꿈치를 들고 걸었다. 세번째 칸으로 들어가 조심스럽게 문을 닫았다. 그리고 옷을 입은 채로 변기에 앉았다. 그는 한쪽 벽에 귀를 대고 누군가 우는 소리를 들었다. 왠지 옆에서 울고 있는 사람이 사회자일지도 모른다는 생각이 들었다. 아무런 근거가 없었지만 울음소리를 들으면 들을수록 그럴 거라는 확신이 들었다. 그는 울음소리에 맞춰 숨을 들이마셨다 내쉬었다. 엉덩이에 힘을 주어서인지 오른쪽 다리가 저려왔다. 드라마에서 보는 것처럼 코끝에 침을 묻혀볼까 하는 생각이 들었다가, 살면서 다리가 저릴 때 코끝에 침을 묻히는 사람을 본 적이 한번도 없는데도 왜 그런 장면이 드라마에 거듭 나오는 건지 의문이 들었다. 잠시 후 울음소리가 그치더니 코를 푸는 소리가 들렸다. 그는 옆사람이 밖으로 나간 뒤에도 한참을 변기에 앉아 있었다. 그리고 조금 전 그 누군가가 그랬던 것처럼 세차게 코를 풀었다.

스튜디오로 돌아와보니 사회자가 화장을 고치고 있었다. 그는 사회자의 눈을 보았다. 눈이 조금 빨개진 것도 같고 아닌 것도 같았다. 그는 갑자기 사회자의 머리를 쓰다듬어주고 싶은 생각이 들었다. 진구라면 머리를 쓰다듬으며 괜찮다고 말하는 일을 어려워하지 않았을 거라는 생각이 들었다. 그런 사람들이 있다. 위로와 용기가 자연스럽게 몸에 밴 사람들. 딸이 태어났을 때 그는 결심을 했다. 이 아이가 커서 실수를 저질러도 화내지 말아야지. 머리를 쓰다듬으며 괜찮다고 말해줘야지. 진구가 동생에게 했듯이. 방긋 웃는 어린 딸을 보면서 그는 생각했다. 하지만 그건 결심한다고 되는 것이 아니었다. 노력하고 싶었지만 어떻게 노력해야 하는 것인지조차 알 수가 없었다.

작가가 커피 두잔을 가지고 왔다. "십분 뒤에 시작할게요." 작가가 커피를 건네면서 말했다. 그에게 섭외 전화를 했던 작가였다. "누가 날 기억한다고요." 그는 여러번 거절했다. 제 어머니가 기억하고 있어요. 작가가 대답했다. 그 말이 그의 마음을 조금 움직였다. 그래도 선뜻 내키지가 않았다. 작가는 끈질기게 메시지를 보냈다. 마지막에는 그가 섭외를 받아들이지 않으면 자기도 프로그램에서 잘릴지 모른다며 사정을 했다. 그는 그 애원조의 말투 때문에 작가의 메시지가 몹시 불쾌했다. 그런데도 하겠다고 했다. 내가 뭐라고. 그런 생각이 들었기 때문이었다. 내가 뭐라고 이 아가씨를 곤란에 빠트리는가. 그는 자신에게 전화를 했던 작가가 신입만 아니었어도 거절을 했을 것이다. 하지만 녹화를 하면서 그는 그건 핑계에 불과하다는 것을 알게 되었다. 그는 이모를 따라 캐나다로 떠난 딸에게 보여주고 싶었다. 아빠도 이렇게 좋은 아이였다고. 착한 아이였다고. 사회자의 화장을 손봐주던 사람이 그에게 다가왔다. 그가 괜찮다고 말했지만 동그란 스펀지로 그의 얼굴을 두드렸다. 가루가 입으로 들어가 기침이 났다. 피디가 녹화를 시작하겠다고 소리쳤다. 그는 반 정도 마시다 만 커피를 의자 아래 내려놓았다. 그러자 작가가 무대로 뛰어 올라와 커피잔을 들고 내려갔다.

"자, 그럼 다시 진구에게로 돌아갈까요?" 사회자가 방청석 맨 앞에 앉아 있는 작가를 힐끔 바라보았다. 작가는

'영상'이라고 적은 종이를 들고 있었다. 사회자가 스튜디오 한쪽 벽의 스크린을 가리켰다. 어디선가 본 듯한 사내가 화면에 나타났다. 누구더라. 그가 이마를 찡그렸다. '배우 이정수'라는 자막이 지나갔다. 그러고 보니 드라마에서 본 적이 있었다. 주인공의 친구나 친척으로 등장하곤 했다. 이정수가 손을 흔들었다. "진구야, 안녕?" 그도 화면을 향해 손을 흔들었다. "안녕?" 그는 들릴락 말락 한 목소리로 중얼거렸다. 사회자의 귀에도 들리지 않을 정도로 작은 소리였다. "나 기억나니? 우리 같은 반이었잖아." 이정수가 말했다. 그는 이정수의 말이 진짜 같은 학교를 다녔다는 뜻인지, 아니면 진구랑 같은 아역 배우였다는 말인지 짐작할 수가 없었다. "늘 궁금했어요. 어디서 무얼 할까 하고요." 이정수가 갑자기 존댓말로 말투를 바꾸었다. 존댓말을 듣자 그제야 그는 같은 반이었다는 것이 드라마 속에서였다는 것을 알아차렸다. "동구국민학교였어요. 일학년 일반이었을 거예요, 아마." 이정수가 흑백사진 두 장을 탁자에 내려놓았다. 한장은 학교 교문 앞에서 여러

아이들이 단체로 찍은 사진이었고, 다른 한장은 그와 둘이 어깨동무를 하고 찍은 사진이었다. 이정수의 키가 머리 하나는 더 컸다. 그는 두 사진 모두 찍은 기억이 없었다. 물론 가지고 있지도 않았다. 카메라가 교문 앞에서 단체로 찍은 사진을 가까이서 잡았다. 이정수가 집게손가락으로 누군가를 가리켰다. "이게 저고요, 진구는…… 여기 있네요." 아이들 중에서 그의 키가 가장 작아 보였다. 이정수는 종영하기 며칠 전에 찍은 사진이라고 설명했다. 아역 배우들 중에 사진관집 아들이 있었는데 그 아버지가 종종 촬영장에 와서 사진을 찍어주었다고 했다. 어째서 그 사진이 자신에게는 전달되지 않았는지 형민은 의문이 들었다. 아마 다른 아역들과 어울리지 못했던 것은 아닐까. 그는 늘 자신이 사람들과 어울리지 못하는 사람이라고 생각하곤 했다. 친한 친구들이 있었는데도 그런 생각을 해야 마음이 편했다. "「형구네 고물상」은 제 데뷔작이었어요. 사람들이 거의 기억을 못해서 그렇죠. 진구의 뒷자리에 앉아 있었어요." 이정수가 말했다. 형민은 뒷자리에 앉은 아이가 연필로 등을 찌르곤 했다는 걸 기억해냈지만 그게 이정수였는지는 확신이 서지 않았다. "기억에 남는 일이 있나요?" 카메라 너머 누군가가 이정수에게 물었다. 이정수는 팔짱을 끼고는 오랫동안 말을 머뭇거렸다. "저도 워낙 오래전 일이라 기억이 거의 없어요. 어젯밤 앨범을 뒤지다보니 어렴풋이 기억나는 일이 하나 있긴 한데요." 한참 뜸을 들인 뒤 이정수가 입을 열었다. 촬영은 연기를 하는 시간보다 기다리는 시간이 더 길었다. 서너 시간씩 기다리기가 일쑤였고, 대기를 하다 돌아가는 날도 많았다. 겨울이 되고 날이 추워지자 항의하는 부모들이 늘었고 촬영장에 나타나지 않는 아이들이 조금씩 생겼다. 그때마다 촬영장 인근에 사는 아이들을 급하게 섭외하곤 했다. "지금은 있을 수 없는 일이긴 하죠." 이정수가 말했다. "암튼, 그때 우리들은 쉬는 시간이면 주로 딱지치기를 했어요. 동그란 딱지 있잖아요. 모두들 주머니가 볼록하도록 그걸 넣고 다녔죠. 그 딱지치기를 진구가 제일 잘했어요. 진구 별명이 딱지왕이었어요." 진구에게 딱지를 잃고 우는 아이들도 있었는데, 그중 어느 아이가 딱지를 돌려 주지 않으면 촬영을 하지 않겠다고 감독에게 고자질을 했다. 감독이 돌려주라고 하자 진구는 이렇게 말했다고 한다. 딱지는 진구가 딴 게 아니에요, 제가 딴 거예요,라고. "제 기억이 맞는다면 그날 이후 딱지치기도 구슬치기도, 모든 놀이가 다 금지되었어요." 이정수가 말했다. 형민은 자신이 딱지왕이었다는 게 믿기지 않았다. 하지만 한편으론 딱지를 잃는 아이가 아니었다는 사실이 뿌듯하기도 했다. 이정수가 그의 이름을 다시 한번 불렀다. "진구야." 그러더니 다시 이렇게 말했다. "아니, 이제는 형민씨인가요? 직접 만나지 못하고 이렇게 인사를 해서 미안해요. 「과수원길」이라는 노래를 부르는 장면을 여러번 찍었는데 기억나는지 모르겠네요." 말을 마치고 이정수가 동구 밖 과수원길, 하며 노래를 불렀다. 방청객 몇이 따라 불렀다. 그는 따라 부르지 않았다.

화면이 꺼지고 사회자가 그에게 액자를 건네주었다. 방금 전 화면에서 본 사진들이었다. 원본은 아니었는데 원본처럼 오래된 느낌이 났다. 그는 그 사진을 가만 들여다보았다. "사진을 보니 옛생각이 나요?" 사회자가 물었다. 그는 장난을 잘 치던 몇몇 아이들의 얼굴이 어렴풋이 떠오르는 것 같다고 대답했다. 교문 앞에서 찍은 단체사진에는 어른이 한명 서 있었다. 사회자가 담임선생님이 기억나느냐고 물었다. "담임선생님은 진짜 선생님 같았어요. 그런 기억이 나요." 그가 말했다. 그는 실제로 촬영 초반에는 담임선생님이 배우가 아니라 진짜 선생님이라고 생각했었다. 나중에 배우였다는 사실을 알고 크게 실망한 기억이 있었다. "사진을 보니, 선생님이 보고 싶네요." 그는 사진 속 선생님의 얼굴을 쓰다듬어보았다. "그래서 저희가 어렵게 모셨습니다. 담임선생님을요." 사회자가 다시 스크린을 가리켰다.

스크린에 영상이 떠오르지 않고 목소리부터 들렸다. "안녕하세요?" 그는 주변을 두리번거렸다. 방송에서 보면 이럴 때 스튜디오로 게스트가 등장하곤 하던데. 그는 선생님이 나오면 포옹을 해야 하나, 잠시 생각했다. 포옹을 하지 않으면 아무 감동이 없는 사람처럼 보일 것 같고, 포옹을 하자니 어색할 것 같았다. 그런 고민을 하는 사이 스크린에 머리가 하얗게 센 노인의 영상이 나왔다. "안녕하세요?" 노인이 소파에 앉아서 인사를 했다. 목소리가 떨렸다. "내가 담임이었죠." 노인이 말했다. "반에서 한 아이가 필통을 잃어버리는 사건이 있었는데, 그걸 찍을 때 내가 진구의 종아리를 때렸어요. 진구가 반장이라 대표로 맞았던 걸로 기억이 나는데 암튼, 흉내만 낸다는 걸 나도 모르게 진짜로…… 그때 미안했습니다." 노인이 그에게 존댓말로 말했다. 그는 노인의 말을 듣자 허리를 펴고 두 손을 무릎에 공손히 올려놓았다. 그리고 혼잣말로 아닙니다, 괜찮습니다, 하고 말했다. 노인은 말을 하면서 계속해서 소파의 나무 팔걸이를 손바닥으로 문질렀다. 팔걸이는 반질반질했다. "직접 나가지 못해 미안해요. 다리가 고장 나서요." 노인은 손바닥으로 허벅지를 두번 쳤다. 담임선생님은 「형구네 고물상」이 끝난 후 일년에 서너편의 드라마에 출연할 정도로 바쁘게 일했다. 주연은 못했어도 조연으로 꾸준한 연기를 펼쳤다. 삼십대 중반에 「하늘빛」이라는 드라마에 출연한 뒤 남우조연상을 수상한 적도 있었다. 그렇게 십년 정도 배우로 활동하다 갑자기 은퇴를 하고 산속으로 들어가 홀로 십년을 살았다. 가족도 버리고. 그리고 다시 트럭을 몰고 십년을 떠돌아다녔다. "그러다 교통사고가 났어요. 그때부터 이렇게 소파에 앉아서 밖을 바라보면서 시간을 보내게 되었죠." 노인은 지난 삼십팔년의 세월을 그렇게 간단하게 설명했다. 형민은 노인을 보면서 지금 이 자리에 나와야 할 사람은 자신이 아니라 담임선생님이어야 했을 거라는 생각이 들었다. 어째서 그는 은퇴를 했을까? 어째서 그는 산속으로 들어갔을까? 어째서 그는 전국을 떠돌았을까? 궁금한 게 많은 삶. 그런 사람이 이 자리에 앉아 있어야 했다. 노인은 진구가 삼번이었다는 사실을 기억하고 있었다. "제 대사 중에 진구의 번호를 부르는 게 있었거든요. 오늘이 삼일이니 삼번 발표해봐, 아마도 그럴게요. 아, 그러고 보니 오늘이 삼일이네요." 노인이 오른쪽으로 고개를 돌렸다. 카메라가 노인의 시선을 따라갔다. 매일 한장씩 뜯어야 하는 일력이 벽에 걸려 있었다. 다리가 불편한데 저 일력을 누가 매일 뜯는 것일까. 그는 그런 의문이 들었다. 일력은 꽤 높이 걸려 있어서 앉은 채로는 뜯을 수 없을 것 같았다. "자, 오늘이 삼일이니까 어디, 삼번 발표해봐." 노인이 그렇게 말하고는 호탕하게 웃었다. 삼십팔년 전 그때의 선생님으로 되돌아간 듯한 웃음이었다. "네, 선생님." 그도 큰 소리로 대답했다. 그는 앞으로 누군가 진구에 대해 묻는다면 이렇게 대답하고 싶었다. 진구는 동구국민학교에 다녔고, 1학년 1반이었고, 3번이었고, 반장이었다. 그리고 딱지왕이기도 했다고. 다시는 의젓한 아이라거나 기특한 아이라고 말하지 않으리라고. 이제는 노인이 된 담임선생님이 죽기 전에 볼 수 있어서 다행이라며 인사를 했다. 노인은 카메라를 향해 인사했고, 형민도 카메라를 향해 인사했다. 인사를 하면서 그는 참 이상한 대면이라는 생각이 들었다. 노인이 이 프로그램을 보지 못한다면, 아니 혹시라도 방송이 되기 전에 죽기라도 한다면, 그렇다면 서로 만났다고

62

말할 수 있는 것인지. 그는 왠지 노인이 이 방송을 보지 못할 것 같은 예감이 들었다. 노인이 인사를 마친 뒤에도 화면은 꺼지지 않았다. 그러다 어찌 된 일인지 처음 영상으로 되돌아갔다. "안녕하세요?" 백발인 노인이 인사를 했다. 그도 다시 한번 인사했다. "안녕하세요?" 방청객들이 웅성거리기 시작했다. 앞에 앉아 있던 작가가 일어나 뒤쪽으로 뛰어갔다. "얼마나 반가우면 다시 돌아오셨네요." 사회자가 분위기 전환을 위해 농담을 했다. 곧 영상이 멈추었다. 노인이 입을 반쯤 벌린 상태로 화면이 멈추어서 우스꽝스럽게 보였다.

담임선생님의 얼굴을 보자 그는 잊고 있던 사건 하나가 떠올랐다. 누군가 출연 중인 아이들의 옷을 몽땅 훔쳐 간 사건이었다. 정말 말 그대로 몽땅! 그날은 교실 촬영은 없고 운동장 촬영만 있던 날이었다. 아이들은 운동장 한쪽에 세워진 관광버스 안에서 옷을 갈아입었다. 입고 온 옷들은 버스 안에 벗어두었다. 포크댄스를 배우는 장면을 찍었는데, 극중에서 한달 후에 봄 운동회가 있을 예정이었기 때문이다. 여자 선생님이 와서 춤을 가르쳤다. 여선생이 담임선생님과 손을 잡고 춤 시범을 보일 때 아이들이 부끄럽다고 소리를 질렀다. 남녀가 손을 잡고 추는 춤이라니. 몇몇 아이들은 상대방의 옷소매를 잡고 춤을 추었다. 진구는 춤을 못 추었다. 작가가 원한 모습은 진구가 좋아하는 여학생과 손을 맞잡고 수줍게 춤을 추는 거였다. 그 장면을 예쁘게 찍어달라고 대본을 건네며 피디에게 당부를 했다. 그는 여자아이와 손을 잡는 순간 몸이 뻣뻣해지고 얼굴이 굳었다. 손에서는 땀이 났다. 몇몇 아이들은 같이 춤을 추는 짝이 마음에 안 든다며 투덜댔다. 심지어 우는 여자아이도 있었다. 아이들은 통제가 되지 않았고, 진구는 춤을 엉망으로 추었고, 그래서 촬영은 오래 이어졌다. 진구와 짝이 된 여자아이가 신경질을 냈다. 한달 전에 전학 온 아이였다. 전학 오던 날 분홍색 에나멜 구두에 빨간색 원피스를 입고 와서 다른 아이들의 질투를 받았다. 그 아이는 촬영장에 올 때마다 매번 다른 구두를 신고 왔다. 그는 구두가 그렇게 많은 사람은 그때 처음 보았다. 그는 촬영장에 가면 전학생의 신발부터 보곤 했다. 오늘은 어떤 구두를 신고 왔을까. 구두는 늘 깨끗하게 닦여 있었다. 포크댄스를 추면서 그는 전학생의 구두를 여러번 밟았다. 간식으로 곰보빵과 우유가 제공되었다. 먼저 빵을 받겠다고 새치기를 하는 아이들도 있었다. 그는 간식을 먹을 때면 늘 줄의 마지막에 섰다. 녹화장에서는 진구였으니까. 진구 앞에 서 있던 전학생이 빵을 건네주는 조연출에게 두개 먹어도 되냐고 물었다. "안돼, 일인당 하나야." 조연출이 말했다. 그러자 전학생이 두 손을 허리에 대고 그런 법이 어디 있느냐고 따졌다. 그는 그 모습이 만화책에서 본 어느 장면과 똑같다는 생각을 했다. 두 손을 허리에 대고 똑 부러지게 어른들에게 항의하는 아이의 모습은 만화책에서는 자주 볼 수 있지만 실제로 그렇게 행동하는 아이를 본 적은 그때가 처음이었다. "우린 점심도 안 먹었어요. 이건 아동학대예요." 전학생이 말했다. 조연출이 전학생의 이마에 꿀밤을 한대 먹였다. 그때, 버스에서 한 아이가 소리쳤다. "없어졌어. 모두 다 없어졌어." 빵

을 먹다 말고 아이들이 버스로 달려갔다. 옷이 몽땅 사라
졌다. 아역 배우들 중에는 부잣집 아이들이 많았고 그래
서 도둑맞은 옷들은 비싼 것이 많았다. 그는 잃어버린 옷
이 하나도 아깝지 않았다. 새 점퍼를 가지고 싶었는데 오
히려 잘됐다는 생각도 들었다. 하지만 허리띠는 아까웠
다. 버클에 해골이 새겨진 허리띠였는데, 형구가 극중에
서 하고 다니다 그에게 준 것이었다. 허리띠 하나만 바꿨
을 뿐인데 이상하게도 그 허리띠만 차면 영웅이 된 것처
럼 용기가 생기곤 했다. 몇몇 아이들은 울었다. 주머니에
천원이나 있었다고 우는 아이도 있었고, 엄마한테 혼나는
게 무서워 우는 아이도 있었다. 그중에서 가장 서글피 우
는 아이는 전학생이었다. 남학생들이 전학생을 빙 둘러싸
고 위로를 했다. "괜찮아." "엄마한테 안 혼날 거야." "비싼
옷이야?" "주머니에 돈 있었어?" "곧 범인을 찾을 거야."
저마다 한마디씩 했다. 전학생이 울면서 말했다. "그깟 옷,
또 사면 돼." 누군가 그럼 왜 우느냐고 물었다. 그러자 전
학생이 꿀밤 때문이라고 말했다. 꿀밤을 맞았다고. 그는

빵과 우유를 들고 운동장 스탠드로 걸어갔다. 거기 앉아서 곰보빵의 바삭한 겉면을 뜯어 먹었다. 달콤했다. 달콤함이 사라지기 전에 우유를 한모금 마시면 곰보빵의 맛이 입안 가득 퍼졌다. 빵을 먹으며 그는 꿀밤이라는 말에 대해 생각했다. 누가 그런 말을 붙였는지 생각할수록 이상했다. 하나도 달콤하지 않았다. 남의 머리를 때리면서 거기에 꿀이라는 말을 붙이다니. 그는 앞으로 꿀밤이라는 단어를 쓰지 않으리라 결심했다. 겉면을 뜯어 먹은 후 말랑말랑한 속살만 남은 빵을 동그랗게 뭉쳤다. 빵은 탁구공만큼 작아졌다. 손바닥의 때가 묻어서 빵도 더러워졌다. 서너명씩 모여 있는 아이들과 소식을 듣고 달려온 부모님들과 우왕좌왕하는 스태프들을 바라보면서 그는 쌤통이다, 하고 중얼거려보았다. 그렇게 중얼거리고 뒤를 돌아보았다. 누가 그 말을 들었을까봐. 그런 나쁜 생각을 하다니. 진구라면 그런 말을 해선 안되었다. 그래도 자꾸만 쌤통이라는 생각만 들었다. 누가 옷을 훔쳐갔는지 모르지만 영영 잡히지 않았으면. 그런 생각까지 들었다. 그의 소원대로 도둑은 잡히지 않았다. 봄 운동회 촬영을 끝으로 전학생은 다시 전학을 갔다. 그뒤로도 오랫동안 그는 전학생과 포크댄스를 추는 꿈을 꾸었다. 꿈속에서도 그는 전학생의 구두를 밟았다.

잠시 후, 스크린의 화면이 꺼졌다. 피디가 녹화를 계속한다는 신호를 보냈다. "진구의 소원이 뭐였는지 아세요?" 사회자가 물었다. "제 소원도 기억하지 못하는데 진구의 소원이 기억날 리 없죠." 그렇게 말하고 난 다음, 그는 자신의 말투가 퉁명스럽게 느껴져 덧붙였다. "그래도 진구 같은 아이라면…… 돈을 많이 벌어 할아버지에게 집을 사드리겠다고 했을 것 같아요." 사회자가 대본을 들여다보고는 웃었다. "소원은 아이다웠네요. 하루에 한번씩 짜장면을 사먹는 거였다고 해요." 진구는 어린이날 할아버지의 고물상에서 짜장면을 시켜 먹었다. 곱빼기 한그릇을. "그런데 그 곱빼기 한그릇으로 세명이 먹었다고 해요. 이 장면은 국장님이 알려주셨어요. 어렸을 때 똑같은 경험이 있어서 그 장면을 기억한다고 하네요." 짜장면 한 그릇을 진구와 민지가 나누어 먹고 나면 할아버지가 남은 짜장에 밥을 비벼 먹었다. 그렇게 하면 한그릇으로 세사람이 먹을 수 있었다. 그는 지금까지 짜장면 한그릇을 둘이 나눠 먹던 일이 어머니와의 추억이라고 생각하고 있었다. 그는 면을 먹고 어머니는 남은 짜장에 밥을 비벼 먹었다. "나는 면이 소화가 안돼서 이렇게 밥 비벼 먹는 게 더맛있단다." 그는 어머니가 그렇게 말했다고 기억하고 있었다. 그런데 사회자의 말을 듣고 곰곰 생각해보니 아버지가 돌아가셨을 때 경제적으로 힘든 시기가 있긴 했지만 짜장면 두그릇도 사먹지 못할 정도로 궁핍한 적은 없었다. 심지어 매일 밤마다 베지밀을 한병씩 사먹기도 했다. 일곱살 무렵인가, 따뜻한 베지밀을 마셔야만 잠이 오던 시기가 있었다. 암튼, 그랬는데 그는 새로 마련한 집을 볼 때마다 짜장면 두그릇도 제대로 사먹지 못했던 가난한 모자가 이런 집에서 살게 되었다며 감동하곤 했다. 그는 어린 시절의 기억 중 일부는 자신의 것이 아니라 진구의 것일지도 모른다는 생각이 들었다. 이를테면 새로 산 운동화를 이불 속에 넣고 잠을 자던 기억, 돈가스를 처음 먹던 날 어머니가 크림스프에 밥 말아 먹던 기억, 고구마를 먹다 혓바닥을 델 뻔한 기억, 입천장이 까지도록 사탕을 먹던 기억. 이 모든 기억이 자신의 것이 아니라 진구의 것이라는 생각이 들자 그는 애써 맞춘 퍼즐조각이 흩트려진 것처럼 혼란스러웠다. 전학생의 발을 밟은 것도, 꿈속에서 발을 밟고 미안하다고 말했던 것도 가짜였을까?

"제 소원은 헐크가 되는 거였어요." 사회자가 말했다. "화가 나면 녹색 괴물로 변하는, 그 헐크요?" 형민이 되물었다. 사회자는 「두 얼굴의 사나이」를 좋아했다. 배너 박사가 나를 화나게 하지 마세요,라고 말할 때마다 심장이 두근거렸다. 형제들하고 싸울 때도 그 말을 종종 했다. 나를 화나게 하지 마. 그 말을 들은 형제들은 웃었다. "어디 화내봐. 화내봐." 형제들이 놀렸다. "오해하지 마세요. 헐크가 될 수 있다는 것을 알면서도 화를 내지 않는 그런 남자가 되고 싶었다고요." 사회자는 말했다. 형민은 슈퍼맨

이나 스파이더맨 같은 영웅이 나오는 만화를 그다지 좋아
하지 않았다. 놀림받을까봐 누구에게도 말하지 못했지만
그는 순정만화를 좋아했다. 언젠가 그의 어머니가 아내에
게 이런 말을 한 적이 있었다. "아범이 어릴 때 얼마나 울
보였는지 아니? 드라마 보다 울고, 만화영화 보다 울고 그
랬단다." 아버지의 제삿날이어서 그는 거실에 앉아 밤을
치고 있었다. 아직 아이가 생기기 전, 그러니까 신혼 때의
일이었다. "내가 언제요?" 그가 부엌을 향해 소리쳤다. 전
을 부치던 어머니가 말했다. "너 맨날 울었잖니, 눈이 커다
란 여자아이들 나오는 만화 보면서." 어머니가 깔깔깔 웃
었다. 아내도 깔깔깔 웃었다. 그때 그는 울보였던 꼬마가
두 여자를 책임질 수 있을 정도로 컸다는 게 뿌듯하게 느
껴졌다. "헐크 얘기를 들으니…… 저도 되고 싶은 게 있었
어요. 가제트 형사 알아요? 그 가제트가 되고 싶었어요."
그가 말하자 사회자가 갑자기 오른팔을 앞으로 뻗었다.
그리고 소리쳤다. "나와라, 가제트 팔." 그 말을 듣자 그도
오른팔을 뻗어 똑같이 외쳤다. "나와라, 가제트 팔." 그리

고 두 남자는 서로의 얼굴을 보고 웃었다.

진구는 어떤 만화영화를 좋아했을까. 할아버지를 기다리며 동생과 무엇을 보았을까. 「전설의 고향」 같은 프로그램을 보면서 동생을 울리지는 않았겠지. 그는 진구가 살던 단칸방의 풍경을 떠올려보았다. 촬영용 방이었기 때문에 한쪽 벽이 뚫려 있었다. 그것 때문인지 그 방에만 들어서면 늘 추웠다. 한여름에도 그랬다. 문을 열고 들어가면 오른쪽에 낡은 장롱이 하나 있었다. 거기에는 이불이 들어 있었는데, 이불을 펴고 개는 것은 진구의 몫이었다. 그는 그 이불이 꽤나 무거웠던 것으로 기억했다. 베개는 어린 진구와 민지가 베기에는 높았다. 자는 장면을 찍을 때마다 베개의 가운데 부분을 주먹으로 눌러 납작하게 만들던 기억이 났다. 마주 보는 벽에는 앉은뱅이책상이 있었다. 아마도 형구의 책상이었을 것이다. 진구는 상을 펴고 공부를 했으니까. 동생 민지를 앞에 앉혀두고 받아쓰기 공부를 하는 장면이 있었다. 촬영이 끝나고 나면 상 위에 지우개똥이 한움큼 쌓여 있었다. 앉은뱅이책상 옆에는 무엇이 있었지? 서랍장이 있었던 것 같기도 하고 아닌 것 같기도 했다. 그는 서랍장은 진구의 방이 아니라 진짜 집에 있었던 것일지도 모르겠다는 생각이 들었다. 어머니와 단칸방에 살 적에. 거기에 껌을 사면 같이 들어 있던 스티커를 붙이던 기억이 났다. 그걸 붙였다고 어머니한테 혼이 났다. 그래, 서랍장은 집에 있던 거였다. 새집을 사서 이사를 가던 날 어머니는 그 서랍장을 버렸다. 그는 집을 떠나기 전에 마지막으로 서랍장을 열어보았다. 거기에 손톱깎이가 들어 있었다. 그걸 주머니에 넣었다가 깜빡했다. 그리고 잠자기 전에 옷을 갈아입다가 발견했다. 그는 새집에서, 처음으로 생긴 자신만의 방에서 손톱 발톱을 깎았다. 딱, 딱, 딱, 방이 손톱 깎는 소리로 가득 찼다. 그랬구나. 그는 그 기억이 떠오른 게 기뻤다. 그는 처음으로 생긴 자신만의 방에서 손톱을 깎는 열한살짜리 남자아이를 상상해보았다. 그는 그 방에서 십구년을 살았다. 그해 어머니가 생일선물로 사준 책상도 십구년을 썼다. 의자만 두번 바꾸었다.

형구의 앉은뱅이책상에는 영어사전이 꽂혀 있었다. 촬영 중에는 앉은뱅이책상이 형구의 것이었지만 촬영을 기다리는 동안에는 그의 것이 되었다. 그는 앉은뱅이책상에 앉아서 공부를 했다. 밀린 숙제를 하고, 일일공부라는 학습지도 풀었다. 책상 옆에는 가구가 없었다. 거기에는 작은 문이 있었다. 부엌과 통하는 문이었다. 그렇다면 텔레비전은 어디 있었을까. 그는 기억을 더듬어 방 안 풍경을 그려보았다. 아무리 생각해봐도 텔레비전은 없었던 것 같았다. "정확하지는 않지만, 진구네 집에는 텔레비전이 없었던 것 같아요. 그렇다면 진구와 민지는 어디서 텔레비전을 보았을까요?" 그의 말에 사회자가 들고 있던 대본을 뒤적거렸다. "그러게요. 그럼 그 아이들은 종일 무얼 하고 놀았을까요?" 사회자는 다시 한번 스튜디오에 걸려 있는 사진들을 보았다. "여기 걸린 사진들도 집 안 장면은 없네요. 텔레비전이 있었을까요, 없었을까요?" 사회자가 방청객을 보며 질문을 던졌다. 그때 방청석에 앉아 있던 한 여자가 갑자기 소리쳤다. "주인집요. 주인집에 가서 봤어요." 카메라맨이 몸을 돌려 소리친 여자를 찍었다. 사회자가 방청객을 향해 다시 한번 물었다. "주인집이라니요?" 방청객 여자가 다시 설명했다. 진구와 민지는 늘 주인집에 가서 텔레비전을 보았다고. 주인집 여자는 여름이면 아이들이 텔레비전을 볼 수 있도록 거실의 미닫이문을 활짝 열어두곤 했다고. "그때가 몇살이셨나요?" 그가 물었다. "중학생이었어요. 삼학년이었는데, 한회도 빠짐없이 봤어요. 할머니가 좋아하셨거든요." 여자가 대답했다. 사회자가 얼마나 좋아했으면 삼십여년이 지난 드라마를 아직까지도 기억하고 있느냐며 말했다. "그 덕분에 궁금한 거 하나는 해결했네요." 그러고는 여자를 향해 박수를 쳤다. 다른 방청객들도 박수를 쳤다. 여자가 자리에서 일어나 사람들에게 인사를 했다. 그는 혹시 진구의 성도 기억나는지 물었다. 여자는 아까부터 계속 생각해봤는데 그건 기억나지 않는다고 했다. "그런데 오늘 여기 앉아 이야기를 듣다보니 이런 장면이 생각났어요. 진구의 송곳니를 빼던 장면요. 할아버지가 진구의 이를 실로 묶고는 오른손으로 진구의 이마를 딱! 쳤더니 실에 송곳니가 매달려 있었죠. 그게 너무 진짜 같았어요." 형민은 촬영을 하는 동안 여러개의 이가 빠졌다. 이를 지붕에 던질 때 진짜 자신의 이로 던지기도 했다. 그는 여자에게 말했다. "진짜였어요. 제 이가 흔들려서, 아마도 피디가 그 자리에서 즉석으로 만든 장면이었을 거예요." 그는 이를 빼고도 울지 않았다. 할아버지가 울지도 않고 장하다며 머리를 쓰다듬어주었다. "자, 그럼 이 문제는 해결되었어요. 진구는 주인집에서 텔레비전을 보았답니다." 사회자가 다시 한번 정리했다. "그리고, 혹시 진구의 성을 아는 분이 계시다면 이 방송을 보신 후 연락주세요." 그는 알게 되면 꼭 자기에게도 가르쳐달라고 사회자에게 말했다.

진구로 살던 시절에 그의 진짜 이름을 불러준 사람은 어머니뿐이었다. 반면, 그의 이모는 드라마가 끝나고도 오랫동안 그를 진구라고 불렀다. 어머니보다 두살이 많은 이모는 스물세살에 갈빗집 외아들에게 시집을 가 경제적으로 여유로운 생활을 했다. 그가 초등학교에 입학했을 때 이모는 비싼 책가방과 운동화를 사주기도 했다. 사촌 형과 사촌누나도 이모를 따라 그를 진구라고 불렀다. 사촌들이 그보다 공부를 잘했기 때문이었는지, 아니면 자신보다 부유한 어린 시절을 보냈기 때문이었는지, 어떤 이유였는지는 모르겠지만 그는 사촌들이 진구라고 부를 때마다 그 말이 자신을 놀리는 것처럼 느껴졌다. 너도 한때 유명한 적이 있었지. 꼭 그렇게 말하는 것 같았다. 그런 생각이 자격지심을 키운다는 것을 알았지만 그는 오랫동안 그 생각을 지울 수가 없었다. 이모네 집에 갈 때마다 그때의 기억이 떠올랐고, 쉽게 삭여지지가 않았다. 그는 「형구네 고물상」을 촬영하는 동안 이모네 갈빗집에 가서 사돈 어르신들과 사진을 찍었다. 그리고 갈비를 공짜로 먹었다. 돌아가시기 사흘 전까지도 카운터를 며느리에게 내주지 않던 시어머니는, 손자를 낳았을 때 말고는 며느리에게 수고했다는 말 한마디 하지 않던 시어머니는, 며느리의 친정 식구 중 유일하게 그를 예뻐했다. 그는 이모를 위해 어버이날 카네이션을 사서 갈빗집을 찾아가기도 했다. 그리고 카운터에서 주판으로 무언가를 계산하고 있던 어르신의 가슴에 꽃을 달아드렸다. 이미 두 손주들이 준 꽃이 달려 있었다. 사돈어르신은 가슴에 달린 꽃 세개를 쓰다듬으며 말했다. "손주가 한명 더 생겼구나. 고맙다." 그의 이모는 그 말이 무슨 뜻인지 알았지만 모른 척했다. 아들 둘에 딸 하나. 그게 시어머니의 소원이었다. 이모네 갈빗집 카운터에는 그의 사진이 십년 동안 걸려 있었다. 그러다가 연예인과 운동선수의 사인들이 그의 사진을 덮어버렸다.

이모는 몇년 전부터 치매를 앓았다. 급격히 나빠진 것은 이년 전부터였는데, 일년 정도 사촌형이 모시다가 요양원으로 옮겼다. 그는 사촌형과 통화를 하다 이모가 몇달 못 버틸 것 같다는 말을 듣고 작년 크리스마스에 요양원을 찾아갔다. 그를 보자마자 이모는 두 손을 붙잡고 눈물을 흘렸다. "니 엄마가 보고 싶다." 그렇게 말하면서 이모는 어렸을 때 자신이 동생보다 키도 작고 발도 작아서 운동화를 물려 신었다는 이야기를 했다. "다른 집은 언니가 새 옷과 새 신발을 신는데 우리 집은 반대였어. 그게 싫어서 니 엄마를 구박했지." 이모는 그의 손을 잡고 말했다. 말을 또박또박 잘해서 그는 사촌형이 아프지도 않은 이모를 요양원에 모신 게 아닐까 하는 오해를 하기도 했다. 이모는 그가 결혼을 해서 딸을 하나 낳은 것까지도 기억하고 있었다. "이모, 제 딸 이름이 뭐예요? 우리 엄마 이름은요?" 그는 이모의 정신이 온전한지 확인하고 싶은 마음에 똑같은 질문을 여러번 했다. 그때마다 이모는 귀찮아하지도 않고 대답했다. 그리고 마지막에 이렇게 말했다. "진구야, 이모는 괜찮아." 그는 놀란 표정을 감추고 다시 한번 이모에게 물었다. "이모, 제 이름이 뭐라고요?" 그러자 이모가 대답했다. "진구. 내 동생의 외아들, 진구." 그는 이모의 눈을 바라보았다. 이모 눈이 이렇게 예뻤다니. 그런 생각이 들었다. "맞아요, 제가 진구예요." 그는 이모에게 말했다. "그 순간이었어요. 그렇게 말하자 이상하게도 마음이 편해졌어요. 진구면 어떻고 또 형민이면 어때요. 그게 뭐라고요."

형민의 말에 사회자도 돌아가신 할머니 이야기를 해주었다. "우리 할머니는 돌아가실 때까지 사람들에게 제 자랑을 했어요. 내 손주는 아나운서예요, 하고. 제가 안 좋은 일로 방송국에서 나왔잖아요. 그리고 오랫동안 복귀를 못했죠." 사회자는 십년도 넘게 방송을 쉬었다. 케이블방송이나 종합편성채널이 생기지 않았더라면 복귀하지 못했을 것이다. 사회자는 쉬는 동안 형이 운영하는 골프연습장 일층에 까페를 차려 생계를 유지했다. 거기서 사회자는 같은 방송국에서 일했던 후배를 만났다. 후배의 부인이 골프연습장의 단골손님이었다. 후배는 이직한 회사의 명함을 그에게 주었고, 그후 후배와 인연이 다시 이어져 지금의 방송으로 복귀하게 되었다. "할머니는 돌아가실 때까지 제게 무슨 일이 있었는지 몰랐어요. 그래서 왜 요즘은 텔레비전에 안 나오느냐는 말만 하셨죠." 그래서 사회자는 할머니에게 국장이 되었다고 거짓말을 해야 했다. 높은 사람이 되면 아랫사람을 관리해야 해서 방송에 나올 시간이 없다며. 몇주 전 사회자는 암으로 동생을 먼저 보낸 배우를 인터뷰했다. 그 배우는 어머니가 돌아가실 때까지 동생의 죽음을 알리지 않았다고 했다. 어머니에게 동생이 유학을 갔다고 거짓말을 한 것이다. 그런데 막상 어머니가 돌아가시고 나니 거짓말을 한 것이 옳았는지 회의가 든다고 배우는 말했다. 동생이 죽었다는 사실을 말했더라면 어머니는 돌아가실 때 이제 하늘에서 내 딸을 만나는구나, 하고 생각했을 텐데. 하늘에서 죽은 딸을 만나면 어머니는 얼마나 놀랄까. 그 생각을 하면 잠이 오지 않는다고 배우는 말했다. 사회자는 배우와 인터뷰를 끝내고 분장실에 멍하니 앉아 거울을 보며 할머니 생각을 했다. 사람들에게 손주 자랑을 할 때마다 사람들이 뒤돌아서 비웃었을 것만 생각하면 얼굴이 화끈거렸다. 자신이 저질렀던 일 중 가장 부끄러운 일은, 그 사건이 아니라 그 사건을 할머니에게 사실대로 말하지 못한 것이었다.

사회자의 말을 듣자 형민은 시청률이 1퍼센트를 겨우 넘는 이 프로그램에 나온 것이 자신의 현재와 잘 어울리는 일이라는 생각이 들었다. 한때 지상파 방송국에서 메인 프로그램을 이끌었던, 그러나 이제는 아무도 보지 않는 심야방송의 프로그램 하나를 겨우 맡은 그런 사회자와 이야기를 하고 있는 것도 마음에 들었다. 그는 녹화를 끝내면 사회자와 술 한잔하고 싶다는 생각이 들었다. 언제부터인가 그는 술자리에 가는 일이 피곤했다. 일년에 한번씩 만나는 고등학교 동창 모임에 참석하지 않은 지도 삼년이 되었다. 업무상 어쩔 수 없이 술을 마시는 날이면 그는 집 앞 단골 술집에 들러 가지튀김과 맥주 한잔으로 마무리를 했다. 안주도 맛있고 술값도 싼데다 모든 테이블이 이인석으로만 되어 있기 때문에 술집은 늘 조용했고, 그래서인지 그곳에서 술을 마시면 하루를 잘 마친 기분이 들었다. 그런데 오늘은 이상하게도 시끌벅적한 술집이 생각났다. 곱창전골이나 삼겹살구이 같은 안주들. 가운데 불판이 있는 둥근 드럼통 탁자가 있는 술집.

그의 어머니는 마흔이 넘어 뒤늦게 술을 배웠다. 어머니의 분식집 옆에 순대볶음집이 새로 들어왔는데, 그 가

게 주인이 어머니를 언니라고 부르며 살갑게 굴었다. 그
의 어머니는 가게 문을 닫으면 순대볶음집에 들러 술을
한잔하곤 했다. 순대집 여자가 남은 재료로 어머니를 위
해 안주를 만들어주었다. 같은 상가에서 팔년째 속옷가
게를 하는 여자도 종종 끼였다. 술을 마시다보니 신세 한
탄을 하게 되고, 그러다가 어머니는 속옷가게 여자도 일
찍 남편을 잃고 딸을 하나 키우고 있다는 사실을 알게 되
었다. 순대집 여자는 결혼한 지 일년 만에 이혼을 했고, 그
후로 두명의 남자와 사귀었고, 그중 한명과는 육개월 정
도 같이 살았지만 잘 안되었다고 고백했다. 셋은 건배를
할 때마다 이렇게 말하곤 했다. "기다릴 남편도 없는데 마
시자." 그의 어머니는 술을 마시면 실없이 웃었다. 웃으
면서 어머니는 생각했다. 이렇게 좋은 걸 왜 이제서야 마
시게 된 걸까, 하고. 한번은 상가 사람들과 남쪽으로 꽃구
경을 갔다 왔는데 돌아와서 그에게 이런 말을 했다. 다른
건 하나도 안 미안한데 아버지에게 술을 배우지 못하게
된 건 미안하다고. "걱정 마, 엄마. 엄마가 재혼할 때까지

술 안 배우고 있을게." 그때 그는 엄마에게 그렇게 말했다. "물론, 그 약속을 지키지 못했죠. 어머니 몰래 술을 마셨거든요." 그가 말했다. "전 솔직히 지금까지 아버지에게 술을 배운 아들을 본 적이 없어요." 사회자가 말했다. 그러고는 갑자기 박수를 한번 쳤다. "우리는 자식들에게 처음으로 술을 사주는 아버지가 되도록 해봅시다." 사회자는 박수를 친 두 손을 계속 맞잡고 있었다. 마치 기도를 하는 것처럼.

형민은 고등학교 2학년 때 연달아 중간고사와 기말고사를 망쳤다. 고등학생이 되어 가장 열심히 공부한 게 그해 여름방학이었기 때문에 그는 크게 실망했다. 성적이 떨어지자 자율학습을 신청해 겨울방학에도 매일 학교에 나갔다. 그해 겨울은 눈이 많이 내렸다. 오래된 집은 단열이 잘되지 않아 이불 속에 누워 있으면 코끝이 시렸다. 그는 앉은뱅이책상에 앉아 이불을 뒤집어쓰고 공부를 했다. 이불이 무거워서 금방 어깨가 아파왔다. 게다가 엉덩이는 기분이 나쁠 정도로 뜨거웠다. 다음날 문제집을 펼쳐보면 전날 풀었던 문제들이 처음 본 것처럼 낯설었다. 나는 누구를 닮아 이렇게 멍청한 걸까. 그런 생각이 들 때마다 그는 아버지 탓을 했다. 아버지를 닮아서 공부를 못하는 거라고. 그렇게 세상에 없는 사람을 탓하고 나면 조금은 마음이 편해졌다. 그는 일요일을 제외하고 매일 학교에 나갔다. 자율학습을 신청한 아이들이 스무명 정도 되었는데, 공부를 하다 고개를 들면 빈자리의 책상이 눈에 들어왔다. 그는 맨 뒷자리에 앉아서 아이들의 뒤통수를 연결해보았다. 어떤 날은 북두칠성을 만들었고, 어떤 날은 받침이 없는 단어들을 만들었다. 바보, 비, 너, 나, 그런 단어들. 크리스마스이브에도 그는 학교에 갔다. 새해에도 하루만 쉬고 학교에 갔다. 그런 날은 아이들이 몇명 없었다. 있는 아이들은 대체로 반에서 중간 정도의 성적을 내는 아이들이었다. 공부를 잘하는 아이들은 쉬는 날에는 쉬었고, 공부를 못하는 아이들은 아예 자율학습을 하지 않았다. 어중간한 녀석들뿐이네. 그는 반 아이들의 뒤통수를 보면서 어중간이란 단어에 대해 생각해보았다. 중간이라는 말 앞에 붙은 '어' 자는 무엇인가. 어중간, 어정쩡, 어수

룩…… 어로 시작되는 말들을 찾아보다가 그 모든 단어가 자기를 가리키는 것 같다는 생각이 들었다. 그는 풀던 문제집을 덮고 가방을 쌌다. "어쩌려구. 어쩌려구." 가방을 싸면서 그는 자기도 모르게 그 말을 내뱉었다. 앞에 앉은 아이가 뒤돌아보았다. 교문 밖을 나서니 찻길 건너 문방구 주인이 가게 앞에 서서 담배를 피우고 있는 게 보였다. 그는 횡단보도를 건넜다. 문방구 주인이 담배 연기를 내뿜을 때, 그 앞을 지나면서 숨을 깊게 들이마셔보았다. 조금 더 길을 걷다보니 전봇대에 광고지가 붙어 있는 게 보였다. 술집 광고였다. 두명이 오면 소주 한병이 공짜, 네명이 오면 안주 하나가 공짜라고 적혀 있었다. 그는 그날 학교에서 집까지 걸어갔다. 길을 걸으면서 가게들을 기웃거려보았는데, 하나같이 장사가 잘될 것 같지 않아 보였다. 자신이 사는 동네로 갈수록 더더욱 그런 가게들이 많았다. 그는 미닫이문으로 되어 있는 구멍가게에 이마를 대고 안을 들여다보았다. 할머니가 앉아서 졸고 있었다. 그는 가게 안으로 들어갔다. "뭐 찾아?" 할머니가 물었다. "아이스크림요." 그는 자신도 모르게 아이스크림이라고 말을 했다. "없어." 할머니가 말했다. 아이스크림도 팔지 않는 슈퍼라니. "그럼 콜라는요?" 그가 물었다. 할머니가 그의 뒤를 가리켰다. 냉장고 문을 열어보니 콜라 옆에 소주가 보였다. 그는 소주 한병을 꺼냈다. 할머니에게 천원을 내밀자 거스름돈을 주면서 할머니가 말했다. "안주는?" 그는 할머니가 자신의 나이를 묻지 않은 게 실망스러웠다. 그래서 퉁명스럽게 대답했다. "안주는 필요 없어요." 그는 가방에 소주 한병을 넣고 길을 걸었다. 어디서 마셔야 하지? 아무리 생각해도 마땅한 장소가 생각나지 않았다. "그러다 문득 그 속담이 생각났어요. 등잔 밑이 어둡다는 말요. 어머니는 늘 늦게 돌아오니까요. 게다가 두시간이나 걸었더니 발가락이 꽁꽁 얼었거든요." 그래서 그는 집으로 갔다. 당연히 집에는 아무도 없었지만 그는 현관문을 열기 전에 노크를 했다. 문을 열면서 계세요, 하고 소리도 냈다. 도둑이 된 기분이 들었다. 찬장에는 소주잔이 없었다. 그는 컵에 소주를 반쯤 따랐다. 그걸 세번에 나눠 마셨다. 냉장고를 열어보니 반찬이라고는 김치밖에 없었다. 첫 안주로 김치를 먹을 수는 없지. 그는 생각했다. 방바닥에 깔아놓은 이불 밑으로 발을 넣었다. 언 발이 녹으면서 발가락이 간질간질했다. 누가 발바닥을 간지럽히는 것 같더니, 갑자기 속이 울렁거렸다. 그는 밖으로 나와 마당을 서성였다. 그러다 담벼락에 쌓여 있는 눈뭉치를 집어 입에 넣었다. 차가운 눈이 입안에서 녹았다. 울렁거리던 기운이 가라앉았다. 눈이 맛있게 느껴졌다. "전 지금도 얼음을 안주로 먹어요. 소주 한잔에 얼음 한조각. 녹여 먹어도 맛있고 씹어 먹어도 맛있죠." 그가 말했다. 사회자가 안줏값이 별로 들지 않아 좋겠다고 대꾸했다. 어쩌다 집에서 술을 한잔하게 되면 어린 딸이 그의 입에 얼음을 넣어주곤 했다. "아빠, 손 시려. 빨리." 그렇게 말하면 그는 얼음 안주를 먹기 위해서라도 재빨리 술을 마셨다. "참, 이 방송을 보는 청소년 여러분, 십대에 술을 마시면 안됩니다." 사회자가 카메라를 정면으로 바라보며 말했다. 사회자의 말이 끝나자마자 그가 말했다. "그러면 저처럼 평생 맛없는 안주를 먹게 된답니다. 술은 꼭 좋은 안주를 사먹을 수 있는 나이가 되거든 마셔요." 그는 자신의 말이 웃기다고 생각했는데 방청객 아무도 그 말을 듣고 웃지 않았다.

술 이야기를 하다보니 그는 처음으로 담배를 피웠을 때가 기억났다. 담배를 생각하자 세 들어 살던 남자한테 훔친 지포라이터도 생각났다. 그는 그 라이터를 십년도 넘게 가지고 다니다가 친구들과 바닷가로 놀러 갔을 때 잃어버렸다. 친구들이 그를 바다에 던졌는데 그때 주머니에 있던 라이터가 빠진 것이다. 그가 고등학생이 되었을 때, 그의 어머니는 현관 옆방을 세놓았다. 그곳은 원래 연탄창고 자리였는데 몇해 전에 가스보일러로 바꾸면서 잡동사니를 쌓아두는 곳으로 사용했다. 그러다 동네에 건축붐이 일었다. 낡은 집을 부수고 다세대주택을 지어 세를 놓는 게 유행이었다. 그의 어머니는 새집을 짓는 대신 창고 자리에 방을 만들기로 결심했다. 어머니는 되도록이면 신혼부부에게 세를 놓으면 좋겠다고 부동산에 말했지만, 라면이나 겨우 끓일 정도로 좁은 부엌에서 결혼생활을 시작하고 싶은 신부는 많지 않았다. 게다가 화장실도 재래식이었다.

처음으로 세를 든 남자는 페인트회사의 영업사원이었다. 대문을 초록색에서 파란색으로 바꿔준 사람이었다. 고향에서 농고를 졸업하고 사촌형이 소개해준 갈빗집에서 일하려고 고향을 떠난 지 육년이 되었다고 했다. 남자는 갈빗집에서 삼년 정도 주방 보조 일을 하다 군대에 갔는데 경력 덕분에 취사병이 되었다. 파와 양파를 썰 때 눈물을 흘리지 않는 게 남자의 유일한 장기였다. 자기소개를 할 때 그 말을 하는 바람에 남자는 이병 시절에 양파만 썰었다. "너도 나중에 군대 가거든 잘하는 걸 말하면 안된다. 잘하는 것도 없고 못하는 것도 없어야 해. 알았지?" 남자는 그에게 말했다. 남자가 이병에서 막 일병이 되었을 때 주방 대청소를 하게 되었다. 남자가 맡은 일은 벽을 새로 칠하는 거였다. 이병 세명을 데리고 페인트칠을 하는데, 갑자기 이런 생각이 들었다. 집이 사라지지 않는 한 페인트도 사라지지 않을 거야. 그 말은 갈빗집에 남자를 추천해주면서 사촌형이 한 말이기도 했다. 먹지 않는 사람은 없어. 인간이 사라지지 않는 한 식당은 없어지지 않아. 남자는 페인트칠을 하면서 십년 후 페인트 대리점을 하고 있는 자신의 모습을 상상해보았다. 색색의 페인트통이 가득 쌓여 있는 가게에 앉아 장부 정리를 하는 자신을 상상해보니 그리 나쁘지 않은 삶 같았다. 남자는 요리사가 되기에는 치명적인 단점이 있었다. 한번도 식욕이라는 걸 느껴본 적이 없었기 때문이었다. "그래서 제대를 하고 페인트회사에 들어갔단다." 남자는 대문을 칠하면서 그에게 이런 이야기를 들려주었다. 형민은 남자의 이야기를 듣고 두번 놀랐다. 첫째는 꿈이 너무나 소박했기 때문이었다. 큰 꿈을 안고 페인트회사의 영업사원이 되었다면 적어도 최종 목표는 페인트회사의 사장 정도가 되어야 하는 게 아닌가 하는 생각이 들었다. 페인트 대리점이라면 찻길 건너에도 하나가 있고 학교 앞에도 하나가 있었다. 둘째는 장래 희망이 페인트 대리점 사장인 사람치고 페인트칠을 너무 못했기 때문이었다. 남자는 페인트를 바닥에 흘릴 때마다 그에게 변명하듯 말했다. "난 신입사원이잖니. 게다가 영업사원이고."

두번째로 세 든 남자는 잠자기 전 삼십분씩 노래를 불렀다. 노래를 잘 부르는 편은 아니었는데 그래도 형민은 그 노래를 듣는 걸 좋아했다. 남자가 아는 노래를 부르면 그는 라디오 볼륨을 줄이고 남자의 노래를 따라 부르기도 했다. 하지만 옆집에 사는 할아버지는 남자가 노래를 부를 때면 창을 열고 소리를 질렀다. "그만해. 시끄러 죽겠어." 동네 주민들의 항의 때문에 어머니는 세달 만에 남자를 내보냈다. 세번째로 세 든 남자는 공무원시험 준비를 한다고 했다. 남자의 방에는 몇권의 시험문제집이 있었는데 형민이 살짝 펼쳐보니 밑줄을 안 그은 데가 없었다. 밑줄은 중요한 데 긋는 게 아닌가. 그는 이해가 가지 않았다. 남자가 시험에 합격할 것 같지 않았다. 그는 종종 남자의 방에 누워서 만화책을 보았다. 남자는 토요일 저녁이

면 만화책을 잔뜩 빌려오곤 했다. 주말은 쉬어야 한다는
게 남자의 생각이었다. 그래서 공무원이 되려 하는 것이
라고. 남자는 토요일 저녁과 일요일은 공부를 하지 않았
다. 남자는 이불을 개지 않았다. 이불에서는 이상한 냄새
가 났는데, 형민은 그 냄새를 좋아했다. 거기 누워 만화책
을 읽고 있으면 삐딱해지는 기분이 들었다. 모범생도 아
니고 그렇다고 불량학생도 아닌, 어정쩡한 학생이 빠지기
쉬운 함정이 있다면 바로 그런 냄새가 아닐까 하는 생각
이 들었다. 남자는 라면을 잘게 부숴 죽처럼 끓여주었다.
생긴 것보다 맛있었다. 형민이 라면을 왜 이렇게 먹어요,
하고 물으니 젓가락질하기 싫어서,라고 남자가 대답했다.
그 라면을 먹으면서 그는 확신했다. 젓가락질도 하기 싫
은 사람이 시험에 합격할 리는 없을 거라고. 하지만 남자
는 시험에 합격했고, 합격한 날 그에게 통닭을 사주었다.
네번째로 세 든 남자는 주말에만 집에 왔다. 남자는 멋진
오토바이를 타고 다녔는데, 형민은 남자가 바람둥이라는
상상을 해보았다. 전국을 돌아다니며 여자를 만나고 다니

는 남자. 한번은 남자가 오토바이를 태워주었다. 겨울이었
다. 바닥에 쌓인 눈이 날려 얼굴을 때렸다. 그는 콧물이 나
서 남자의 등에 얼굴을 파묻었다. 남자의 등은 넓었다. "너
내 등에 콧물 닦았지." 남자가 달리면서 소리쳤다. "미안
해요." 그도 소리쳤다. 남자는 짐을 놔둔 채 사라졌다. 두
달이 지나고 세달이 지나도 나타나지 않자 어머니는 계약
서에 적힌 번호로 전화를 걸었다. 형이라는 사람이 전화
를 받았다. 그리고 며칠 후 용달 기사가 짐을 빼러 왔다.
형이라는 사람은 오지 않았다. 그는 용달 기사를 도와 남
자의 짐을 라면박스에 담았다. 짐은 얼마 되지 않았다. 그
날, 그는 짐을 싸다가 지포라이터를 훔쳤다. 용달 기사가
그가 남자의 점퍼 주머니에서 무언가를 꺼내는 걸 봤지만
모른 척해주었다. 지포라이터에는 해골 모양이 새겨져 있
었다. 그는 그 라이터를 써보고 싶어서 담배를 샀다. 담배
를 피우고 싶어서가 아니라 담배에 불을 붙여보고 싶어
서. 그는 담배 한갑을 다 피워본 후 다시는 담배를 피우지
않았다. 하지만 오랫동안 라이터를 주머니에 넣고 다녔

다. 그걸 가지고 다니면 어렸을 때 잃어버린 허리띠가 생각났고, 그때처럼 라이터를 만지기만 해도 용기가 생기는 것 같았다.

셋방에 살았던 남자들을 그는 형이라고 불렀다. 주중에 이사 왔던 고시생을 제외하고는 모두들 일요일에 이사를 왔다. 그는 그때마다 이삿짐 나르는 걸 도왔다. 그러면 남자들은 점심으로 짜장면 두그릇을 배달시켰고, 짜장면을 먹는 그를 보면서 말했다. "형이라고 불러라." 그는 누군가 이사를 오면 마음이 설렜다. 저 형은 어떤 사람일까? 그는 그들의 자취방에서 라면을 얻어먹고, 군대 이야기를 듣고, 실연당한 이야기를 들었다. 그들의 이야기를 듣다 보면 세상에는 이해하기 힘든 사람들이 너무 많았다. 그는 셋방에 드나들면서 드라마 보는 일을 멈추었다. 그 대신 그들이 험담을 했던 사람들을 떠올려보곤 했다. 왜 그리 부하들을 괴롭혔을까? 왜 말없이 떠났을까? 이해할 수 없었기 때문에 그는 사람들의 과거를 마음대로 상상했다. 술 마시면 화를 내는 아버지. 모든 걸 며느리 탓으로 돌리는 시어머니. 새벽에 몰래 집을 나간 어머니. 그는 근사한 상상을 하고 싶었지만 늘 비슷한 결론에 도달했다. 그는 자신의 진부함이 부끄러웠고, 어느날 밤에는 자신이 좋은 어른이 되지 못할 거라는 공포에 사로잡히기도 했다.

형민은 대입 학력고사 전기 시험에 낙방했다. 그리고 원하지 않는 대학의 원하지 않는 학과에 지원을 하고 후기 시험을 기다리던 중 시험지 도난 사고가 일어났다. 시험은 연기되었고, 이틀 후에 범인이 잡혔다. 공교롭게도 같은 반의 친구 이름과 같았다. 그 친구도 후기 시험을 앞두고 있었다. 그다지 친한 친구는 아니었는데 뉴스를 보는 순간 이상하게도 전화를 걸어 농담을 하고 싶어졌다. 너 때문에 시험이 연기됐잖아, 하고. 그래서 전화를 걸었더니 친구가 말했다. "니가 열두번째다. 내가 범인이다. 됐냐?" 그는 미안한 마음이 들어 친구에게 짜장면을 사줄 테니 나오라고 했다. 그날, 둘은 짜장면에 이과두주를 마셨다. 얼음을 먼저 입안에 넣고 그다음에 이과두주를 마시니 술술 잘 넘어갔다. 한병 마시고 다시 한병을 주문하면서 그는 친구에게 어째서 얼음을 안주로 먹게 되었는지를 이야기해주었다. 그러자 친구가 자기가 먹은 첫 안주는 소금이었다고 말했다. 친구에게는 어린 동생이 다섯이나 있었다. 여덟살 이후로 방을 혼자 써본 적이 없다고 했다. 식사시간에는 수저 놓기나 반찬 나르기 등등 각자가 맡은 역할이 있는데, 친구는 달걀프라이 담당이었다. 동생들이 모두 먹성이 좋아서 아침에는 달걀프라이를 스무개씩 했다. 그러던 어느날이었다. 개교기념일이라 학교를 가지 않아도 되어 늦잠을 잤는데, 자고 일어나보니 밥통에 밥이 하나도 남아 있지 않았다. 싱크대에 설거지거리만 수북이 쌓여 있었다. 화장실을 가다 막내 여동생의 머리핀을 밟았다. 핀은 부러졌고, 뒤꿈치에서 피가 났다. 짜증이 나서 문지방을 걷어찼다가 엄지발톱에 피멍이 들었다. 한참을 바닥에 쪼그리고 앉아 발을 주무르다 갑자기 달걀이 생각났다. 어느 드라마에서 본 멍든 눈을 달걀로 문지르는 장면이 갑자기 떠올랐기 때문이었다. 냉장고로 가서 달걀을 꺼내다 친구는 반쯤 마시다 만 소주병을 보았다.

싱크대에서 소주잔을 꺼내 소주를 한잔 따랐다. 그리고 달걀프라이를 했다. 달걀이 반쯤 익었을 때 친구는 소주를 반잔 마셨다. 그리고 달걀에 뿌리려던 소금을 혓바닥에 뿌렸다. 소금은 짰고, 그래서 익지 않은 노른자를 숟가락으로 떠먹었다. "그후로 아버지 몰래 소주를 한잔씩 훔쳐 마시곤 했어. 반만 익힌 달걀노른자에 소금을 뿌려서 노른자를 숟가락으로 떠먹어봐. 얼음보다 맛있을걸." 친구가 말했다. 그날 둘은 중국집 주방장에게 달걀프라이를 해달라고 했다가 욕을 먹었다. 술을 마셔서 그런지 욕을 들었지만 기분이 나쁘지 않아서 둘은 하하하 웃으며 가게를 나섰다. 그리고 한참을 걷다 그가 친구에게 말했다. "우리 시험 보지 말까? 우리 재수할까?"

형민은 그 친구의 집에서 잔 적이 있었다. "원래 바글바글한 집이라 한명 더 는다고 불편할 건 없어. 그러니 편히 놀다 가." 친구의 아버지가 말했다. 그날 그는 요리하는 어른 남자를 처음 보았다. 라면 말고 진짜 요리. 햄과 콩통조림이 들어간 부대찌개였다. 어머니가 끓여주는 김치찌개와는 전혀 다른 맛이었다. 친구의 아버지는 형민에게 술을 한잔 따라주었다. 그가 술을 마시자 친구의 아버지가 말했다. "너 처음 아니구나." 그 말이 끝나자마자 친구의 동생 중 머리를 양 갈래로 묶은 아이가 말했다. "큰오빠도 마셨어. 내가 봤어." 그 옆에 있던 남자아이가 팔꿈치로 여자아이의 팔을 쳤다. "바보야, 형이 비밀이라 그랬잖아." 그러고는 여자아이의 밥그릇에 들어 있던 햄을 빼앗아 먹었다. 햄을 빼앗긴 아이가 울먹이자 그 옆에 앉아 있던 다른 아이가 냄비에서 햄을 꺼내 얼른 여자아이의 숟가락에 올려주었다. 친구의 아버지가 자기 앞에 놓여 있는 잔을 들어 술을 마시고는 그 잔을 아들에게 내밀었다. 친구가 두 손으로 술을 받아 마셨다. "우리 아들도 처음이 아니구나." 그는 다 마신 잔을 내려다보았다. 슬픈 생각이 전혀 들지 않았는데 눈물이 났다. 그는 당황했다. 친구나 친구의 동생들이 부러워서 눈물을 흘리는 게 아닌데 친구의 아버지가 그렇게 생각할까봐 창피하기도 했다. 그때 친구의 아버지가 그의 무릎에 손을 올렸다. 토닥토닥, 그렇게 무릎을 두드려주는데 그는 갑자기 자신을 불쌍하게 여기고 싶은 생각이 들었다. 그날 이후로 그는 자신이 서툰 행동을 할 때마다 주변에 제대로 된 어른이 없었기 때문이라고 핑계를 댔다. 그가 본 어른들은 세 들어 살았던 남자들뿐이라고. 술과 담배를 혼자 배우게 된 것도, 나이 많은 어른을 보면 어떻게 인사를 해야 할지 주저하게 되는 것도, 여자 앞에 서면 실수를 할까봐 긴장하는 것도 모두 그 탓으로 돌렸다. 그는 그런 생각을 하는 자신이 유치해서 견딜 수가 없었다. 그걸 알았지만, 그게 얼마나 미성숙한 생각인지 알았지만 멈춰지지가 않았다. 모든 것은 술을 따라줄 아버지가 없어서 이렇게 된 것이라고. 그렇게 생각하면 자신의 실수들이 용서가 되었다. 그가 자기연민에 빠져 지내는 동안 그는 어머니가 얼마나 지쳤는지, 얼마나 외로움이 깊어졌는지를 전혀 눈치채지 못했다. 뒤늦게 그걸 깨달았을 때는 이미 늦었다.

"첫 월급을 받은 날 가장 먼저 한 일이 해외 아동 결연을 맺은 거예요. 딸이 태어났을 때는 우물 파기 행사에 이백만원을 보냈어요." 그는 사회자에게 마지막으로 어머니 이야기를 하고 싶었다. 그런데 생각과는 전혀 다른 말이 나왔다. 말을 하면서 그는 스스로를 비웃었다. 첫 월급을 받으면 어머니에게 옷을 사드렸어야지, 하면서. "기침 소리로 옆집 할아버지의 목숨을 구한 적도 있어요. 신혼 초에 살던 집은 옆집 기침 소리가 들릴 정도로 방음이 되지 않았거든요. 옆집에는 새벽 네시부터 기침을 하는 할아버지가 살았어요. 아내는 늘 잠을 설쳤어요. 그런데 어느날 아침밥을 먹으면서 아내가 그러더라고요. 어젯밤은 푹 잤다고. 그 말을 듣자 새벽에 기침 소리가 들리지 않았다는 게 생각났고 그래서 119에 신고를 했죠. 할아버지가 욕실에 쓰러져 있더라고요." 그는 수다를 멈추고 싶었지만 멈춰지지가 않았다. 유치하게도 자신이 살면서 얼마나 착한 일을 많이 했는지 모두에게 말하고 싶었다. 마치 학교 갔다 집에 돌아와서 엄마에게 이런저런 수다를 떠는 어린아이처럼. 그는 한국에 온 지 일주일밖에 되지 않은 외국인

노동자의 핸드폰을 찾아준 이야기도 하고, 길을 걷다 폐지 줍는 노인들만 보면 몰래 리어카를 밀어준다는 이야기도 했다. 말을 하면 할수록 얼굴이 화끈거렸다. 양 볼이 붉어지는 것이 느껴졌다. 겨드랑이에서 땀이 났다. 팔을 들면 옷이 땀에 젖어 우스꽝스럽게 보일 것 같다는 생각이 들었고 그러자 어깨를 움츠리게 되었다. "한번은 지하철에서 구걸하는 사람을 만났는데요." 거래처에 갔다가 일찍 퇴근하던 날이었다. 다리 한쪽을 끌다시피 걷는 남자가 다가와 그의 무릎에 종이를 올려놓았다. 힐끔 보니 어째서 장애를 가지게 되었는지 하는 사연이 구구절절 적혀 있었다. 남자의 몸에서는 땀 냄새가 심하게 났다. 옆자리에 앉은 사람이 일어나기에 그는 들고 있던 종이를 빈 옆자리에 던졌다. 그때였다. 쿵 하는 소리가 나서 고개를 들어보니 남자가 지하철 바닥에 넘어져 있었다. 누군가 넘어진 남자에게 다가갔다. 또다른 누군가는 지하철 비상 인터폰을 눌렀다. 잠시 후 기관사의 목소리가 들렸다. 무슨 일이십니까? 넘어져 있던 남자가 소리를 질렀다. 안돼.

울음소리에 섞여 처음에는 무슨 말인지 알아듣지 못했다. 비상 인터폰을 눌렀던 남자가 잘못 눌렀습니다, 하고 말했다. 그는 비상 인터폰을 보자 최근에 들은 라디오 사연이 떠올랐다. 출근 시간이었는데 누군가 비상 인터폰을 눌러 기관사에게 소리쳤다는 거였다. 그만 좀 태워요. 질식해 죽겠어요. 그는 상황에 안 어울리는 에피소드를 떠올린 것에 죄책감을 느꼈고, 그래서 자리에서 일어나 다른 사람과 함께 넘어진 남자를 일으켰다. 그는 오른손을 남자의 겨드랑이 사이에 끼워넣었다. 그리고 지하철이 정차하자 밖으로 나왔다. 남자의 겨드랑이는 땀으로 젖어 있었고 그래서 손이 금방 축축해졌다. 남자가 그의 어깨에 고개를 기댔다. "남자를 부축해서 벤치가 있는 곳까지 걸어갔어요. 그런데 침이." 그는 말을 하다 멈추었다. "침이" 하고 다시 한번 말했다. "네?" 사회자가 되물었다. 남자는 침을 흘렸고 그래서 그의 어깨도 축축해졌다. 불쾌했지만 꾹 참았다. 그날 집으로 돌아오자마자 그는 어깨가 젖은 셔츠를 빨았다. 향기가 나는 섬유유연제를 잔뜩 넣어 헹구기까지 했다. "박형민 씨?" 사회자가 다시 한번 그를 불렀다. "침을 흘렸는데, 그게 뭐라고." 그는 중얼거렸다. 그러고는 자리에서 일어났다. 그리고 천천히 걸었다. 그가 스튜디오 밖으로 걸어나갈 때까지 아무도 그를 잡지 않았다. 사회자도, 작가도, 방청객들도 그를 바라보기만 했다. 뒤늦게 이상한 점을 눈치챈 메인 작가가 그를 따라 나왔다. "선생님." 그는 뒤돌아보지 않았다. 그는 비상계단을 향해 뛰었다. 한번에 두 계단씩 뛰어 내려갔다. 방송국을 나와서도 그는 계속 뛰었다. 지나가는 사람들과 어깨가 부딪혔다. 그때마다 그는 큰 소리로 말했다. 미안합니다, 미안합니다. 마치 그 말을 하고 싶어서 일부러 어깨를 부딪는 사람처럼.

2

어린 시절 형민의 어머니는 운동회에서 늘 계주의 마지막 주자를 담당했다. 역전의 명수. 이십일년 만에 중학교 동창들을 다시 만나게 되었을 때 모든 친구들이 그 별명을 기억하고 있었다. 그녀의 이름이 이명수여서 자연스럽게 그런 별명이 생겼다. 그녀는 아들을 방송국에 데려다주다가 로비에서 초등학교 시절 내내 같이 붙어다니던 친구를 만났다. 친구는 방송국 카메라맨인 남편이 전날 야근을 해서 속옷을 가져다주는 길이라고 했다. 방송국 로비에서 둘은 차를 마셨다. 중학교를 마치지 못했기 때문에 형민의 어머니는 동창 모임에도 나가지 않았다. 그런데 오랜만에 친구와 옛이야기를 하다보니 그 시절이 그리워졌고 그래서 친구에게 가게 위치를 알려주었다. "언제 한번 와." 친구는 다른 동창들에게도 전화를 걸어 그 소식을 알렸고 이참에 다 같이 얼굴이나 보자는 제의를 했다. 스무명이 넘는 친구들이 가게로 찾아왔다. 몇몇은 진구가 정치인의 숨겨진 자식이라는 소문을 확인하고 싶은 호기심에 오기도 했다. 오래간만에 만난 친구들은 옛이야기를 하고 또 했다. 잊고 있던 기억들이, 혹은 잊고 싶은 기억들이 가게 안을 가득 메웠다. 누군가 사회선생님을 식당에서 만난 적이 있다고 했다. 혼자 선짓국에 소주를 마시고 있었다는 거였다. "얼굴이 아주 안됐더라고. 내가 밥값을 계산했어." 친구의 말에 다른 친구가 참 속도 좋다고 말했다. "나 같으면 복수를 했을 거야." 누군가 말했다. 그 대화를 시작으로 한동안 그녀와 동창들은 복수하고 싶은 선생님들 이야기를 했다. 보고 싶은 선생님 이야기도 했다. 밤아홉시가 지나서 한 친구가 가게 안으로 들어왔다. 낯선얼굴이라 그녀는 손님으로 착각을 하고는 오늘 영업 안합니다,라고 말했다. 그러자 그 친구가 말했다. "나야, 나. 모르겠어?" 그녀는 친구의 얼굴을 빤히 들여다보았다. 그녀가 모르겠다고 말하자 친구가 중학교 1학년 때 운동회 이야기를 꺼냈다. "그때 니가 마지막 주자였잖아, 일학년 이반. 내가 일반의 마지막 주자였고." 그 말을 듣자 그녀는 친구의 얼굴이 떠올랐다. 이름까지. 강희자였다. "니가 그때 그 아이라고? 못 알아보겠다." 그 말에 강희자가 화통하게 웃었다. "하하. 좀 고쳤거든." 어린 시절 강희자의 별명은 쌕쌕이였다. 제트기처럼 빨리 달린다고 해서 쌕쌕이. 명수가 반에서 가장 빨리 달리는 아이였다면 쌕쌕이는 학교에서 가장 빨리 달리는 아이였다. 초등학교 시절 명수는 강희자와 같은 반을 한 적이 없었고 그래서 언제나 그녀의 반은 계주에서 2등을 했다. 그러다 중학생이 되었고 그녀의 반이 쌕쌕이의 반을 제치는 이변이 일어났다. 그녀는 1학년 2반의 계주 주자였다. 1반의 계주 주자는 쌕쌕이였다. 첫번째 주자가 뛰었다. 2반, 1반, 3반 순서로 들어왔다. 두번째 주자가 바통을 이어받았다. 1반 아이가 역전을 했다. 3반 아이가 2반 아이의 팔을 잡아당기는 반칙을 했고 그 바람에 3등으로 밀렸다. 몇몇 아이들이 3반의 두번째 주자 이름을 부르며 야유를 퍼부었다. 그녀 차례가 되었다. 바통을 전해받는 과정에서 3반이 실수를 했고 그녀는 2등으로 출발했다. 그녀의 앞에 쌕쌕이가 있었다. 그녀는 달리면서 생각했다. 니가 쌕쌕이면 나는 구름이다. 나는 구름, 나는 구름. 그녀는 주문처럼 중얼거렸다. 그러자 몸이 가벼워졌다. 발이 공중에 떠 있는 것처럼 느껴졌다. 그녀는 뛰었다. 쌕쌕이의 뒤통수가 점점 가까워졌다. 결승선을 몇미터 앞에 두고 그녀의 어깨가 쌕쌕이의 어깨를 스쳐 지나쳤다. 2반 아이들이 모두 자리에 일어나 환호를 했다. 그녀가 역전의 명수라고 불리게 된 것은 그날 이후였다. "그런데 그때 말이야, 뭔 일이 있었길래 그렇게 달릴 수가 있었던 거지?" 이제는 걷기만 해도 숨이 찰 정도로 뚱뚱해진 쌕쌕이가 명수에게 물었다. "겨울방학 내내 고추장을 먹었거든. 그래서 독해진 거야." 그녀가 대답했다. 쌕쌕이가 웃었다. "몰랐는데 너 재미있는 아이였네. 마음에 든다." 쌕쌕이가 그녀의 잔에 자신의 잔을 세게 부딪쳤다. 쌕쌕이는 그녀의 말을 농담으로 여겼지만, 그녀는 정말로 방학 내내 고추장을 먹은 덕에 발이 빨라졌다고 믿었다.

초등학교 졸업을 앞둔 그해 겨울 그녀의 아버지가 쓰러졌다. 마을회관에서 막걸리를 마시고 집으로 돌아오던 길에 발을 헛디뎌 냇물에 빠졌다. 술에 취하면 마을회관에서 종종 잠을 자기도 했기 때문에 가족들은 아버지를 기다리지 않았고 그래서 아버지는 새벽이 되어서야 발견되었다. 다행히 목숨은 건졌지만 목뼈를 다쳐 전신마비가 되었다. 그녀는 잠결에 할아버지와 할머니가 나누는 대화를 들었다. "내년이면 명석이도 대학에 보내야지. 그러니 명수는 초등학교까지만 보내자고." 할아버지가 말했다. "그럼 명희는?" 할머니가 물었다. "명희는 일년만 더 다니면 되니까 중학교까지만 보내고." 할아버지의 말에 할머니가 한숨을 쉬었다. 그녀는 어른들의 이야기를 숨죽여 들으면서 울었다. 오빠보다 언니보다 자신이 공부를 더 잘하는데. 억울했다. 눈물이 베개를 적셨다. 등 뒤에서 훌쩍거리는 소리가 들렸다. 그녀는 언니도 어른들의 이야기를 듣고 있다는 것을 알았지만 모른 척했다. 그녀는 오빠만 예뻐하는 할아버지가 미웠고, 똥오줌을 받아내야 하는 아버지가 미웠고, 한숨만 쉬는 어머니가 미웠다. 그래서 아침밥을 먹으면 밖으로 나가 하루 종일 동네를 돌아다녔다. 그녀가 자주 가던 곳은 초등학교 운동장이었다. 그녀는 거기서 매일 달리기를 했다. 숨이 차도록 뛰었다. 오후 늦게 집으로 돌아오면 할머니가 이년아 어디 갔다 와, 하고 구박을 했다. 그러거나 말거나, 그녀는 식은 밥을 퍼서 고추장에 비벼 먹었다. 아무리 매워도 물을 마시지 않았다. 그러면서 결심했다. 중학교를 보내주지 않으면 집을 나가겠다고. 할아버지 할머니가 반대를 했지만 그녀의 어머니는 딸을 중학교에 보내주었다. 언니가 쓰던 낡은 가방을 들고 그녀는 학교에 갔다.

그녀가 열다섯살이었을 때 자리보전하던 아버지가 돌아가셨다. 영어 수업시간에 교감선생님이 그녀를 복도로 부르더니 말했다. "가방 싸서 나오너라." 그녀는 단박

에 그 말이 무슨 뜻인지 알아차렸다. "돌아가셨어요?" 교
감선생님이 고개를 끄덕였다. 그녀는 뒷문을 열고 들어가
자리에 앉았다. 그리고 조용히 가방을 쌌다. 가방을 싸면
서 다시는 교실로 돌아오지 못할 거라는 예감에 사로잡혔
고, 그래서 짝에게 아끼던 연필을 주었다. 학교 정문을 나
서자마자 그녀는 뛰었다. 읍내 종묘상 앞에 있는 버스정
류장까지 뛰었다. 버스 시간을 보니 한시간을 더 기다려
야 했다. 그래서 다시 뛰었다. 숨이 가빴고, 그녀는 심장
이 아픈 게 슬픈 것보다 낫다는 생각을 했다. 미용실 간판
에 새로 페인트칠을 하는 사람이 보였다. 그녀는 달리면
서 페인트칠을 하는 남자의 사다리를 걷어차고 싶다는 생
각을 했다. 뛰지 않으면 진짜로 사다리를 발로 찰 것 같아
그녀는 더 빨리 뛰었다. 읍내를 통과하고, 작은아버지네가
사는 윗마을을 통과하고, 윗마을과 아랫마을 사이에 있는
저수지의 제방 위를 통과했다. 언덕길에서 한 아주머니가
나물을 캐고 있었다. "명희 어디 가니?" 아주머니가 그녀
에게 물었다. 평소 같으면 명희가 아니라 명수예요, 하고

쏘아붙였겠지만 그녀는 아무 대꾸도 하지 않았다. 그리고 계속 뛰었다. 아버지가 떨어진 다리를 지나가면서 침을 뱉었다. 술 취한 아들이 아버지에게 낫을 휘둘렀던 집을 지나면서 그녀는 눈을 감았다. 눈을 감고도 뛸 수 있을 정도로 익숙한 길이어서 눈을 감고 뛰었다. 그러다 발을 헛디뎌 논두렁 쪽으로 넘어졌다. 발목이 시큰거렸다. 장례식 내내 그녀는 쩔뚝거리며 걸었다. 그날 이후로 그녀는 아무리 급한 일이 있어도 뛰지 않았다. 십여년이 지난 뒤 남편의 사고 소식을 듣고 응급실로 달려갈 때까지. 그리고 오랜 세월이 흐른 뒤, 형민은 어머니가 뛰었던 것처럼 뛰었다.

형민의 아버지는 별명이 삼일절이었다. 이름이 박삼일이었기 때문이었다. 그는 죽을 때까지 단 하나의 별명만을 가졌다. 그의 이름을 들은 사람들은 대부분 되물었다. 셋째시죠? 그때마다 그는 땡, 하고 대답했다. 위로 형 둘과 누나 한명이 있었다. 그의 아버지의 소원은 자식들 이름에 일부터 구까지 숫자를 넣는 거였다. 하지만 하필이면 돌림자가 일이었고 그래서 고민 끝에 큰아들 이름을 영일이라고 지었다. 둘째 아들이 문제였다. 이일이라고 지어야 했는데 사촌형이 둘째 아들을 낳자 먼저 그 이름을 사용한 것이었다. 고민 끝에 가일이라는 이름을 지었다. 더할 가. 일을 더하니 이가 되는 거지. 사람들한테 그렇게 설명했지만 수긍하는 사람은 몇 되지 않았다. 그다음은 딸이었다. 딸에게 삼일이라는 이름을 붙이면 집을 나가겠다는 부인의 엄포 때문에 선일이라고 지었다. 훗날 선일은 선영이라는 이름으로 개명을 했고, 부모 몰래 이름을 바꾼 것을 안 그의 아버지는 한동안 큰딸의 얼굴을 보지 않았다. 암튼, 그다음에 태어난 그는 원칙대로라면 사일이가 되어야 했지만 죽을 사가 연상된다는 이유로 삼일이가 되었다. 아들로는 세번째였으니 삼일도 맞다고 그의 아버지는 말했다. 하지만 여섯명의 자식들 중 가장 먼저 그가 죽자 그의 아버지는 어쩌면 이 모든 게 이름 탓일지도 모른다는 생각을 했다. 원래 이름은 사일이었으니까.

삼일은 일곱살 때 큰형을 따라 서커스를 구경 간 적이 있었다. 중학교에 다니던 그의 큰형은 한달 후에 서커스가 온다는 소문을 들은 뒤로 읍내 쌀가게 주인에게 부탁하여 배달일을 시작했다. 그리고 그 돈을 모아 동생들을 데리고 서커스 구경을 갔다. 그의 누나는 곰이 통을 굴리는 것을 보면서 박수를 쳤고, 남동생은 공중그네를 보면서 무섭다고 울었다. 그는 서커스장 입구에서 팔던 정체불명의 음료수를 사마신 뒤 오랫동안 배앓이를 했다. 보리차에 설탕을 탄 듯한 맛이었다. 일주일 내내 설사를 했고 그래서 허리띠를 한칸 줄여야 할 정도로 살이 빠졌다. 설사가 멈출 때까지 그는 흰죽에 간장만 먹었다. 앓는 동안 그는 좁은 상자 안에 몸을 집어넣는 악몽을 반복해서 꾸었다. 그건 서커스를 구경할 적에 그가 가장 신기해했던 쇼였다. 꿈속에서 상자 안에 몸을 집어넣는 일은 매번 실패했다. 언제나 오른쪽 다리가 남았다. 상자 안에 몸을 집어넣은 다음에는 다시 나오지 못했다. 그때마다 그는 소리를 지르며 잠에서 깼다. 이불과 베개가 축축했다. 설사는 멈추었지만 그후로도 배앓이는 계속되었다. 늘 배꼽 주위가 싸르르 아팠고 식욕이 돌지 않았다. 그의 어머니는 저녁마다 아궁이에 차돌을 데워 아들의 배꼽에 올려주었다. 배꼽에 따뜻한 돌을 올려놓으면 잠시나마 배 아픈 게 가라앉았다. 어머니는 양귀비를 몰래 구해다 먹이면서 아들에게 말했다. "어디 가서 이거 먹었다고 말하면 안돼. 큰일 나." 양귀비를 먹으면 잡혀갈지도 모른다는 두려움 때문에 배가 더 아파왔다. 삼일의 초등학교 동창들은 그를 이렇게 기억했다. 늘 얼굴을 찡그리고 구부정하게 걷던 아이. 그는 체육시간이면 벤치에 앉아서 아이들을 구경하곤 했다. 운동회를 하면 달리기에서 꼴찌를 했다. 누나는 달리기를 잘해 늘 일등 상품으로 공책을 받아왔다. 그리고 꼴찌를 해서 상심한 동생에게 공책을 주었다. 그는 그 공책에는 멋진 말만 적고 싶었다. 하지만 한글을 겨우 쓸 수 있는 나이였기 때문에 국어 교과서에 있는 글자들을 공책에 베끼기 시작했다. 글을 베끼고 있으면 아무 생각도 끼어들지 않았다.

초등학교 6학년 때 전학 온 아이가 생일이라며 그를 집으로 초대했다. 면장의 아들이었는데, 갓난아이였을 때 부뚜막에서 떨어지는 바람에 한쪽 다리를 절게 되었다. 그 아이의 부모님은 아들이 친구들에게 놀림받을까봐 생일이면 친구들을 불러 맛있는 음식을 한상 차려주었다. 그날 그는 밥을 두공기나 먹었다. 태어나서 처음으로 먹어본 불고기 때문이었는지 보리가 들어가지 않은 흰쌀밥 때문이었는지, 음식들이 씹을수록 달았다. 침이 저절로 나왔다. 같이 간 아이들이 불고기를 다 먹은 다음에 그는 남은 국물이 아까워 거기에 밥을 비벼 먹었다. 그후로 기적처럼 배앓이가 사라졌다. 삼일은 뒤늦게 키가 크기 시작했지만 여전히 달리기는 꼴찌였다. 군대 시절, 혹한기 훈련을 할 적이면 그는 자기 전 텐트에 누워 불고기 국물에 밥을 자작하게 말아서 배추김치를 얹어 먹는 상상을 하곤 했다. 나중에 결혼해서 아들이 생기면, 그래서 같이 술을 마실 수 있는 나이가 되면 꼭 불고기를 안주로 사주리라고 결심하기도 했다. 그는 텐트에 누워 입김을 불어보왔다. 하얀 김이 담배 연기처럼 보였다. 옆에 누운 김이병이 그러지 마, 그러지 마, 하고 잠꼬대를 했다. 훈련이 조금 고된 날이면 김이병은 늘 악몽을 꾸었다. 그는 김이병의 잠꼬대를 들으면서 어떤 꿈이기에 저리 간절히 애원을 하는 것인지 궁금했다. 김이병과 같이 야간보초를 서던 날, 그는 작은 상자에 몸을 집어넣는 서커스 단원이 되는 꿈을 십오년째 꾸고 있다고 말해주었다. 십오년째 실패를 하고 있다고 말해주었다. "아무리 노력해도 오른쪽 다리가 들어가지 않거든." 그 말을 듣던 김이병이 손가락으로 어딘가를 가리켰다. 박상병님, 저거 보십시오. 손가락이 향하는 곳으로 고개를 돌리자 반딧불이가 보였다. 달도 뜨지 않은 밤이었다. 별들이 거기에 있었다. "움직이는 별이네." 그가 말했다. 그리고 한동안 둘은 아무 말 없이 반딧불이가 날아다니는 것을 구경했다. "빛날 빈, 빛날 형, 빛날 휘, 빛날 희, 빛날 창." 김이병이 빠른 속도로 한자들을 말하기 시작했다. "나중에 아이를 낳으면 저는 꼭 이런 한자들로 지을 겁니다." 그 말을 듣던 그가 대답했다. "나

117

도 그래야겠다. 빛날 형, 난 그게 마음에 드네."

어렸을 때 누나가 달리기 일등 상품으로 받은 공책에 무언가를 적기 시작한 뒤로 그는 마음을 진정시키고 싶을 때마다 필사를 하는 버릇이 생겼다. 마음이 초조해질 때면 눈에 보이는 글자들을 수첩에 적곤 했다. 음료수병에 적힌 글자들, 버스정류장에 붙은 전단지들. 전화번호부를 베껴적은 적도 있었다. 아들이 태어나길 기다리던 산부인과 병원 복도에서 그는 벽에 붙어 있는 안내 문구를 수첩에 베껴쓰고 또 베껴썼다. 병원 이름이 서민병원이어서 수첩에 서민이라는 단어도 여러번 썼다. 그러다 문득 반딧불을 보았던 그 밤이 생각났다. 그리고 태어날 아이의 이름이 떠올랐다. 형민. 빛날 형에 백성 민.

군대에서 제대한 뒤 그는 철물점을 운영하던 큰형의 가게에서 일을 돕기 시작했다. 쌀가게에서 배달일을 할 적부터 큰형은 장사를 해야만 돈을 벌 거라고 생각했다. 그래서 중학교를 졸업한 뒤 무작정 상경해 이런저런 가게에서 일을 하다 철물점을 인수했다. 제대를 한 그에게 큰형은 말했다. "겨울이 사라지지 않는 한 보일러 장사는 망하지 않는다. 그러니 너는 보일러 수리를 배워라." 철물점 옆에서 미용실을 하던 미용사가 그의 머리를 자르다 여자친구 있으세요, 하고 물었다. 그가 없다고 하자 재미있는 아가씨를 소개해주겠다고 했다. 그는 그 말이 좋았다. 참한 아가씨라는 말은 많이 들어봤지만 재미있는 아가씨라는 말은 처음 들어보았다. 처음 만나기로 한 날 그는 약속에 늦었다. 버스정류장에서 약속 장소인 다방까지 그는 뛰었다. "헉헉." 숨을 몰아쉬며 그가 말했다. "늦어서, 헉헉, 미안해요, 헉헉." 그때 그녀가 웃으며 말했다. "괜찮아요." 그녀는 손수건을 꺼내 그의 이마를 닦아주었다. 그후로 일년 이개월 동안 데이트를 할 때마다 그는 늘 늦었다. 그리고 늘 뛰었다. 그녀가 멀리서 보이기 시작하면 그는 그녀를 향해 손을 흔들면서 뛰었다. 그가 달려오는 모습을 보는 게 좋았던 그녀는 항상 약속시간보다 일찍 도착해 있었고 그는 부러 십분씩 늦게 도착하곤 했다. 그녀가 가쁜 숨을 몰아쉬는 자신의 등을 토닥여주는 게 좋아서, 빳

빳하게 다린 손수건으로 이마의 땀을 닦아주는 게 좋아서
그는 뛰었다. 그리고 오랜 세월이 흐른 뒤, 형민은 아버지
가 뛰었던 것처럼 뛰었다.

그대로 계속 뛰다보니 공원이 나왔다. 신혼집 근처에도
공원이 있었다. 먼저 퇴근한 아내는 가끔 거기 앉아서 형
민을 기다렸다. 붕어빵 봉지를 들고. 형민은 저 멀리 공원
의 벤치를 향해 손을 흔들었다. 마치 거기에 아내가 앉아
있는 것 같았다. 뛰다가 그는 자전거와 부딪힐 뻔했다. 자
전거 운전자는 날이 좋아 잠시 하늘을 쳐다보았고, 그는
자신이 들어선 길이 자전거전용도로인 줄 몰랐다. 그는
잔디밭 쪽으로 몸을 피하려다 연석에 발이 걸려 넘어졌
다. 운전자가 자전거를 세우고 그에게 다가와 미안하다고
사과했다. 그는 자리에서 일어나 제자리걸음을 해보았다.
발목이 시큰거렸다. 얼굴이 저절로 찡그려졌다. "괜찮네
요." 그는 말했다. 벌받은 것 같은 생각이 들었다. 그는 속
으로 쌤통이라고 중얼거렸다. 운전자가 머뭇거리며 떠나

지 못하자 다시 한번 말했다. "괜찮으니 가던 길 가세요."

그러고서 그는 가까운 벤치로 걸어갔다. 주머니에서 휴대폰 벨소리가 들렸다. 받지 않았다. 벨소리가 그친 뒤 전화기를 확인해보니 부재중전화가 열한통이나 들어와 있었다. 문자메시지는 더 많았다. 그는 답하지 않았다. 왜 그랬지? 그는 벤치에 앉아 숨을 고르며 찬찬히 생각해보았다. 단지 어깨를 적셨던 침이 떠올랐을 뿐이었다. 그때의 불쾌함이 다시 떠올랐다. 그걸 참고 형민은 자신에게 몸을 기댄 남자에게 다정하게 말했다. 괜찮다고. 그렇게 말할 때 그는 지하철에 있던 승객들이 자신을 지켜보고 있는 것을 의식했다. 스튜디오에서 그 이야기를 하다가 그는 자신의 뒤통수를 내려다보는 누군가의 시선을 느꼈다. 뒤를 돌아보고 싶었지만 그러지 않았다. 놀이동산 다람쥐통에 갇혔던 이후, 사춘기 시절 그를 따라다니던 시선과 같은 것이었다. 그래서 그는 일어났다. 뒤통수가 뜨거워서.

벤치에 앉아 숨을 고르자 그제야 가슴이 아파왔다. 경기를 마치고 벤치로 돌아온 운동선수가 된 기분이었다.

그는 두번 숨을 들이쉬고 두번 숨을 내뱉었다. 갑자기 야구선수 박철순과 이름이 같은 아저씨가 떠올랐다. 이름 때문에 동네에서 그 아저씨를 모르는 사람이 없었다. 형민이 오디션에서 두번째로 떨어지던 날, 동네 골목에서 박철순 아저씨가 두 딸과 함께 놀고 있는 것을 본 적이 있었다. 아이들이 빨간색 실을 잡고 아빠 앞에서 걷고 있었다. 자세히 보니 아저씨의 손목이 실로 묶여 있었다. 그 옆을 지나가다가 형민이 아저씨에게 인사를 했다. 두 딸들이 동시에 말했다. "아빠가 잘못해서 잡혀가는 중이에요." 박철순 아저씨가 허허허 하고 웃었다. 빨래를 걷으러 옥상에 올라가던 한 아주머니가 골목길을 향해 소리쳤다. "뭐 하는 거야?" 그러자 두 딸이 옥상을 향해 소리쳤다. "아빠가 잡혀가는 중이에요. 엄마한테 잘못해서요." 그리고 묻지도 않았는데 아빠의 잘못을 늘어놓기 시작했다. 지난주에 술을 마시고 늦게 들어온 것, 엄마가 동생을 임신 중인데도 저녁에 통닭을 사오지 않은 것, 수염 안 깎고 뽀뽀하는 것. 많은 잘못 중 가장 큰 잘못은 양말을 뒤집어

벗는 것이라고 큰딸이 말했다. 뒤에 서서 아이들에게 끌려가던 아저씨가 미안합니다, 하고 대꾸했다. "앞으론 양말 똑바로 벗겠습니다. 아니, 엄마 안 힘들게 내가 빨겠습니다." 그들의 대화를 듣다보니 그는 오디션에 떨어진 것쯤은 대수롭지 않게 느껴졌다. 몇년 후 박철순 아저씨가 아홉시 저녁 뉴스에 나온 적이 있었다. 아저씨가 모는 버스에서 살인사건이 일어난 것이었다. 서 있던 사람이 앉아 있던 사람의 발을 밟은 것이 시작이었다. 뉴스에 나온 목격자는 맨 뒤에 앉아 있다가 그들이 말다툼하는 것을 보았다고 했다. 앉아 있던 사람이 사과를 하라고 하자 서 있던 사람이 급제동을 한 버스의 잘못이니 운전기사에게 사과를 받으라고 맞받아쳤다. "그렇게 서로 옥신각신하더니 서 있던 사람이 갑자기 안주머니에서 칼을 꺼내 찔렀어요. 순식간이었어요." 목격자는 말했다. 범인은 운전기사 쪽으로 다가가 박철순 아저씨의 목에 칼을 들이댔다. "다 니가 운전을 개떡같이 해서 그래." 범인이 말했다. 그러고는 승객들을 모두 내리게 하고 운전기사를 인질 삼아서울 시내를 돌아다녔다. 그 사건으로 박철순 아저씨는 버스 운전을 할 수 없게 되었다. 회사에서 사무직으로 전환해주겠다고 했지만 거절했다. 그리고 대문 앞에 앉아서 종일 지나가는 사람들을 구경했다. 호두 두알을 오른손에 굴려가면서. 그렇게 몇달이 지나자 사람이 아주 못쓰게 되었다는 소문이 돌았다. 아이들에게, 아내에게 욕을 한다는 거였다. 그 집 앞을 지나갈 때면 형민은 딸들과 놀이를 하던 아저씨의 모습이 떠올랐다. 그때의 행복한 얼굴을 생각해보면 욕을 한다는 소문이 믿기지 않았다. 군 입대를 며칠 앞두고 그는 아저씨를 골목에서 만난 적이 있었다. 아저씨는 전봇대에 노상방뇨를 하고 있었다. 못 본 척하려다가 며칠 전에 그 부인이 세 아이를 데리고 친정으로 떠났다는 이야기를 들은 터라 형민은 다정하게 인사를 했다. 아저씨가 계속 오줌을 누며 말했다. "어, 너구나. 이리 와 오줌 누어라." 형민은 오줌이 마렵지 않다고 대답했다. 그리고 가던 길을 가려는데 그의 뒤통수에 대고 아저씨가 말했다. "시끄러워서 그랬어. 숨소리조차 시끄러워."

그 말을 듣자마자 그는 등 뒤가 오싹해졌다. 아저씨가 뒷덜미를 잡을 것 같아 집까지 냅다 뛰었다. 군대에서 구보를 할 때마다 그는 그 말이 환청처럼 들렸다. 시끄러워서 그랬어. 그 말을 곱씹어가며 이해해보려고 노력했지만 이해가 되지 않았다. 그렇게 다정했던 가장이 어째서 한순간 변할 수 있는지.

형민의 앞으로 세발자전거를 탄 아이가 지나갔다. 부모는 보이지 않았다. 어쩌자고 아이 혼자 자전거를 타는지. 그는 벤치에서 일어나 자전거 뒤를 따라가보았다. 자세히 보니 세발자전거가 아니라 네발자전거였다. 뒷바퀴에 작은 보조바퀴가 달린 자전거. 아이의 부모가 어디 있을까 걱정이 되어 따라나선 것인데, 막상 걷다보니 아이의 부모가 자신을 유괴범으로 오해할까봐 걱정이 되었다. 형민은 오해를 받은 적이 별로 없는데도 늘 오해를 받을까봐 전전긍긍하는 성격 때문에 자신이 타인의 마음을 헤아리는 데 미숙한 것일지도 모른다는 생각이 들었다. 공원을 반바퀴 정도 돌자 누군가 아이를 향해 두 팔을 벌리고

서 있었다. "엄마." 아이가 자전거의 속도를 내기 시작했다. "빨리 봄이 왔으면 좋겠네." 아이가 제 엄마의 품에 안기는 걸 본 다음 그는 중얼거렸다. 앙상한 가지들을 보면서 거기에 꽃망울이 피어나는 장면을 상상해보았다. 올해는 꽃 구경을 해야겠다는 생각이 들었다. 벚꽃도 보고 목련도 보고 배꽃도 보리라고. 문득 그는 스튜디오에서 느꼈던 감정이 부끄러움이 아닐지도 모른다는 생각이 들었다. 뒤통수가 뜨거워지자 한없이 쓸쓸해졌다. 외롭다. 형민의 머릿속에 그 단어가 불쑥 떠올랐다. 그 단어가 태어나서 처음 보는 단어처럼 낯설게 느껴졌다. 다시 전화벨이 울렸지만 형민은 받지 않았다. 부재중전화 열두통. 빨간색 숫자들을 한참 들여다보니 그는 어렴풋하게나마 박철순 아저씨가 왜 그렇게 되었는지 알 것만 같은 마음이 들었다.

네발자전거를 탄 아이가 사라진 도로 끝에서 자전거 운전자가 달려왔다. "아직 계셨네요." 운전자가 말했다. 정면에서 자전거 타는 모습을 보자 페달을 밟을 때마다 허벅지 근육이 움직이는 것이 보였다. 아무래도 마음에 걸려 약국에 갔다 왔다며 운전자는 그에게 파스를 내밀었다. "발목 인대는 조심해야 해요. 한번 다치면 자꾸 그쪽으로 넘어지더라고요." 형민은 반대편으로 사라지는 자전거를 보면서 매 계절마다 발목을 접질리는 청년에 대해 상상해보았다. 삐끗, 기울어진 보도블록을 밟아서 삐끗, 마트에 맥주를 사러 가다가 삐끗, 애인과 벚꽃 구경을 가다가 삐끗, 친구들과 당구를 치다가 삐끗. 그런 생각을 하자 웃음이 났다. 못된 생각인 줄 알았지만 넘어지는 상상이 멈춰지지 않았다. 그는 연석에 걸터앉아 신발을 벗었다. 양말도 벗었다. 양말 바닥에 스티커가 붙어 있었다. 순면 100%. 그는 그 글자를 오래 들여다보았다. 면도 아니고 순면이라니. 아침에만 해도 방송 출연을 한다고 새 양말을 신은 게 조금 부끄러웠다. 다 큰 어른이 새 옷도 아니고 새 신발도 아니고 그저 새 양말이라니. 누가 그 사실을 알면 놀림을 받을 것만 같았다. 그런데 순면 100%라니. 그 글자를 여태 밟고 다녔다니. 그는 스티커를 떼지 않았다. 그 말이 부적처럼 느껴졌다. 파스를 붙인 자리가 뜨거워지기 시작했다. 그는 파스 냄새를 좋아해서 시도 때도 없이 멘소래담을 무릎에 바르던 사춘기 시절을 생각했다. 그러고 나면 운동부 아이들에게서 나던 냄새가 자신의 몸에서도 났고, 왠지 운동장 스무바퀴쯤은 거뜬히 뛸 수 있는 남자가 된 기분이 들곤 했다. 그는 제자리뛰기를 해보았다. 집으로 돌아오는 길에 깁스를 한 사람을 세명이나 보았다. 세상에 이렇게 삐끗한 사람이 많다니. 그는 부러 절뚝거리며 걸었다.

형민은 밤새 호랑이에게 쫓기는 꿈을 꾸었다. 밀림이었다. 나뭇가지에 온몸이 긁혔다. 얼굴에도, 팔에도, 종아리에도 피가 났다. 일어나보니 점심시간이 훌쩍 지나 있었다. 잠옷이 땀으로 흠뻑 젖어 있었다. 배가 고팠다. 누룽지를 끓여 싱크대에 서서 먹었다. 그렇게 먹다보니 누룽지에 무말랭이로 아침 식사를 하던 어머니가 생각났다. 무말랭이와 장조림, 어머니는 어떤 일이 있어도 이 두가지

반찬만은 떨어지지 않게 만들어 냉장고에 채워두었다. 늦은 점심을 먹은 뒤 그는 무지개 무늬 양말을 신었다. 딸이 몇년 전에 생일선물로 사준 양말이었는데, 기분이 가라앉을 것 같은 날이면 부러 그 양말을 신곤 했다. 신발을 신다 말고 그는 휴대폰을 꺼내 양말을 신은 발을 찍었다. 딸에게 사진을 보내려다 시차를 가늠해보고는 보내지 않았다.

그는 버스 시간에 맞춰 밖으로 나왔다. 그리고 17번 마을버스를 타고 종점에서 내렸다. 거기에는 일요일마다 가는 목욕탕이 있었다. 옛날식 목욕탕이었다. 그는 찜질방이 싫었다. 모든 사람들이 똑같은 옷을 입고 아무데나 눕는 것도 싫었고, 건강에 좋다며 욕조마다 이상한 색깔의 물이 있는 것도 싫었다. 그는 냉탕과 온탕이 하나씩 있고 작은 습식 사우나가 있는 그런 목욕탕만 찾아다녔다. 그는 팔천원을 내고 수건 두장을 받았다. 카운터에는 젊은 남자가 앉아 있었다. 처음 보는 얼굴이었다. 그 자리에는 늘 주인 할머니가 앉아 있었다. 작년 추석에 목욕을 하러 갔더니 할머니가 형민에게 수건을 건네주면서 착하다고 말했다. 착하다니, 그게 무슨 말이냐고 물었더니 할머니가 제사를 지내기 전에 목욕을 하러 온 게 착하다고 말해주었다. 요즘은 그렇게 목욕재계를 하는 사람들이 줄었다며. 그날을 계기로 그는 목욕을 갈 때마다 할머니와 짧게 이야기를 주고받았다. 그래서 알게 된 사실. 할머니는 사십사년째 목욕탕을 운영하고 있는데 아무리 아파도 카운터를 남에게 맡겨본 적이 없었다. 남편에게도 카운터는 맡기지 않았다고 했다. 아들 둘과 딸 둘이 있는데 지금은 결혼을 해서 똑같이 일남 일녀를 두었다고 했다. 할머니는 손주들 몫으로 여덟개의 통장을 만들었다. 그리고 거기에 매달 이만원씩 적금을 부었다. 할머니는 손자 손녀의 첫 대학등록금을 내주겠다고 약속했는데, 큰손자가 공부를 그다지 좋아하지 않아서 대학을 가지 않았다는 이야기도 들려주었다. "그래놓고 그놈이 대학등록금에 해당하는 만큼의 돈을 선물로 달라고 하네. 대학을 가는 아이만 돈을 주는 건 차별이라며." 그래서 할머니가 큰손자에게 돈을 주었는지는 다시 듣지 못했다. 그는 젊은 남자에게 주인이 바뀌었냐고 물었다. "손자예요." 남자가 말했다. 대학등록금 대신 돈을 달라던 손자일지 모른다는 생각이 들자 형민은 남자가 귀엽게 보였다. 할머니 대신 목욕탕 카운터에 앉아 있다니. 그는 남자에게 착하다고 말해주고 싶었다. 일요일 오후라 그런지 목욕탕에는 사람이 꽤 많았다. 그는 온탕과 냉탕을 다섯번 정도 왕복한 다음 머리를 감고 나왔다. 그리고 팬티만 입은 채로 음료수를 하나 사먹었다. 배를 갈아서 만든 음료수였다. 그걸 먹다보니 딸이 몸살에 걸렸을 때마다 먹던 배숙이 생각났다. 딸이 배즙을 먹고 나면 그는 남은 배 껍질을 이로 긁어 먹는 걸 좋아했다.

형민의 딸은 봄이 되면 몸살에 걸렸다. 그때마다 형민은 딸에게 농담을 하곤 했다. "너, 꽃 피는 거 샘나서 아픈 거야. 꽃이 예쁘니까." 초등학교 저학년 때는 그 농담을 하면 딸은 아니야 아니라고, 하면서 칭얼거렸다. 그러다 초등학교 고학년이 되자 딸은 농담을 여유 있게 받아쳤다. 어떻게 알았어, 하면서. 딸은 몸살을 앓을 때면 편도까지 같이 부었고 음식을 넘기지 못했다. 그러면 형민의 아내는 배 속을 숟가락으로 파낸 후 거기에 꿀과 생강과 대추를 넣고 달였다. 그렇게 배숙을 만들어주면 딸은 숟가락으로 배 안에 고인 국물을 떠먹었다. 그러면서 얼굴을 찌푸리며 말했다. "으, 이거 진짜 싫어." 그렇게 투덜대면서도 딸은 배숙을 먹었다. 그걸 다 먹으면 나중에 매운 닭발을 사준다고 약속했기 때문이었다. 그것도 꼭 마을버스 정거장 앞에 있던 네발가락이란 이름의 닭발집에서 파는 최강닭발이어야 했다. 형민의 아내는 아이가 매운 음식을 먹는 것을 좋아하지 않았고 그래서 아주 특별한 날에만 그걸 사주었다. 이를테면 몸살을 앓고 입맛을 잃었을 때나, 긴 장마로 며칠 동안 밖에 나가 놀 수 없거나, 기말시험이 끝나는 날에. 사나흘 앓다 자리에서 일어나면 딸은 형민에게 메시지를 보냈다. 이제 안 아픔. 그 메시지를 받으면 그는 정시에 퇴근을 했다. 네발가락에 들러 최강닭발 일인분과 그냥닭발 이인분과 주먹밥 이인분을 주문했다. 그리고 음식을 기다리면서 아내에게 메시지를 보냈다. 계란탕 끓여봐, 하고. 집에 가려면 마을버스를 타고 세 정거장을 가야 했지만 그날은 마을버스를 타지 않고 걸어 갔다. 마을버스 정거장과 집 사이에 마트가 하나 있는데 거기서만 뚜껑이 하얀 장수막걸리를 팔기 때문이었다. 집 앞에 있는 편의점에서는 초록색 뚜껑만 팔았다. 막걸리를 사서 집에 돌아오면 식탁에 막 끓인 계란탕이 놓여 있었 다. 딸은 사이다를, 형민과 아내는 막걸리를 잔에 따랐다. 그리고 건배를 했다. 건배사는 늘 딸이 했다. 감기 안녕, 시험 안녕, 하고. 형민은 배로 만든 음료수를 먹다 말고 허 공을 향해 건배를 해보았다.

목욕탕에서 나온 형민은 근처에 있는 중국집에 가서 짜 장면을 먹었다. 옆 테이블에는 중년 여자 둘이 탕수육에 고량주를 마시고 있었다. 그가 대학에 합격했을 때 어머 니가 사준 음식도 탕수육이었다. 첫잔을 따라주면서 어머 니는 말했다. "수고했다." 그래서 그도 어머니의 잔에 술 을 따르면서 말했다. "고생하셨어요." 그렇게 말하고 그는 그 말이 적절치 않다는 생각을 했다. 그런데 다른 말이 떠오르지 않았다. 옆 테이블 사람들이 고량주 한병을 더 주문했다. 그 소리를 듣자 그도 술을 시키고 싶어졌다. "저도 이과두주 한병요." 그가 종업원에게 말했다. 짜장면 한젓가락에 이과두주 반잔, 춘장에 찍은 양파 한조각에 이과두주 반잔. 그렇게 먹고 마신 다음 그는 집으로 돌아왔다. 그리고 일찍 잠을 잤다. 잠들면서 아무 꿈이라도 꾸었으면 좋겠다고 생각했지만 꿈은 꾸지 않았다.

출근을 하는 날이면 형민은 회사 근처 포장마차에서 아침으로 샌드위치를 사먹었다. 중년 부부가 운영하는 가게로 여덟종류의 샌드위치를 팔았는데, 그중에서도 형민은 달걀부침이 두개 들어가는 더블달걀샌드위치를 먹었다. 햄과 치즈는 넣지 않았다. 한쪽 빵에는 딸기잼을 바르고 다른 쪽 빵에는 케첩을 뿌렸다. 매일 샌드위치를 사먹었기 때문에 포장마차 부부는 형민에게 묻지도 않고 늘 그렇게 만들어주었다. 전날 과음으로 몸이 무거운 아침이면 초코우유를 곁들여 먹기도 했다. 그렇게 달달한 아침을 먹고 나면 발걸음이 조금 가벼워졌다. 부부 중 남편이 형민의 샌드위치를 만들 때면 딸기잼을 두숟가락 퍼서 귀퉁이까지 발라주었다. 평소에는 한숟가락이었다. 그랬던 가게가 문을 열지 않았다. 형민은 부부가 여행이라도 갔을지 모른다는 생각을 했다. 그는 초코우유를 사러 편의점에 갔다가 샌드위치와 바나나우유를 샀다. 바나나우유를 보자 반가운 마음이 들었기 때문이었다. 편의점의 파라솔 아래 의자에 앉아 아침을 먹으면서 그는 바나나우유를 마지막으로 먹은 게 언제였는지를 생각해보았다. 너무 오랜만이라 마지막이 언제였는지도 기억이 나지 않았다.

오후에 일을 하다가 형민은 갑자기 어떤 기억 하나가 떠올라 웃었다. 웃음소리를 들은 조과장이 뭔 좋은 일이 있느냐고 물었다. 형민은 별일 아니라고 대답했다. 그러자 조과장 옆에 앉은 박대리가 말했다. "박차장님, 우리 몰래 재미있는 거 보는 거죠?" 형민이 그렇다고 대답했다. 아주, 아주 재미있는 걸 본다고. 뭔지는 비밀이라고. 저녁에 조과장이 퇴근 후에 한잔하자며 형민을 붙잡았다. 막내처제가 아이를 낳아서 아내가 장모님을 모시고 처제한테 갔다는 거였다. 형민이 머뭇거리자 조과장이 다시 한번 졸랐다. "아내 잔소리 듣지 않고 술 마실 기회가 언제 또 있겠어요? 제가 맛있는 거 살게요." 그러자 박대리가 형민에게 귓속말로 이렇게 말했다. "차장님, 곱창 먹자고 해주세요. 저 곱창 먹고 싶어요." 그래서 셋은 곱창에 소주를 마시러 갔다. 형민은 원래 대창을 좋아했는데 염통이 맛있어서 추가로 염통을 더 먹었다. 술을 마시다 형민은 회사에서 왜 웃었는지를 이야기해주었다. 바나나우유 때문이었다고. 형민이 대학생 때의 일이었다. 학생회도 아니었는데 어째서인지 신입생 수련회를 따라간 적이 있었다. 이박 삼일의 일정을 마치고 수련회장 앞에서 신입생들이 단체사진을 찍는데 모두들 바나나우유를 들고 있었다. "글쎄 그게 뭐냐고 물어보니 일학년 중 한 녀석이 제안한 거래. 신입생들이 모두 나이가 같았나봐. 1974년생. 보통은 재수생, 삼수생도 있고 빠른 연도에 입학한 학생들도 있는데 그해는 안 그랬지. 서른명 나이가 모두 같았어. 그래서 1974년에 만들어진 바나나우유를 들고 단체사진을 찍기로 했다나봐. 아까 갑자기 그때 그 장면이 생각나서 웃었어." 형민이 말했다. 그래서 한동안 선배들은 그 학번을 '바나나우유와 아이들'이라는 별명으로 불렀다. 이야기를 듣던 박대리가 자기가 신입생 수련회를 갔을 때도 비슷한 일이 있었다고 말했다. "각 조별로 마스코트를 들고 다녔거든요. 저는 4조라서 사조참치캔, 5조는 오징어, 1조는 빼빼로였나?" 박대리가 그렇게 말을 하고는 퀴즈를 하나 냈다. "6조까지 있었는데 6조는 뭘 가지고 다녔게요?" 그러고는 형민과 조과장이 대답을 하기도 전에 먼저 답을 말했다. 그게 박대리의 말버릇이었다. 질문하고 바로 답하는 것. "육개장 사발면요." 육개장 사발면이라는 말을 듣자 형민이 웃었다. 바나나우유보다 그게 더 웃긴 것 같았다. 형민이 웃는 걸 보자 조과장이 형민을 보며 웃었다. 그게 뭐가 웃기냐며. 박대리가 2차를 가자고 졸랐다. "독감이 유행이니까 콩나물국밥 먹으러 가요. 미리 예방하게요." 그 말이 이상하게 웃겨서 형민은 또 웃었다.

다음날도 샌드위치 가게는 열지 않았다. 형민은 샌드위치를 사러 편의점에 갔다가 육개장 사발면을 보자 충동적으로 그걸 집었다. 조과장이 무단결근을 했다. 점심까지 기다렸다가 전화를 걸었는데 받지 않았다. 콩나물국밥 먹고 감기 걸렸어? 메시지를 보냈는데 답이 오지 않았다. 다음날도 조과장은 출근하지 않았고 다시 전화를 걸어보니 이번에는 전화기가 꺼져 있었다. 일주일이 지나도록 포장마차는 문을 열지 않았고 조과장과도 연락이 닿지 않았다. 그제야 형민은 뭔가 잘못된 게 아닌가 하는 생각이 들었다.

조과장이 서류를 조작해서 부품을 몰래 빼돌리고 있었다는 사실이 드러났다. 뒤늦게 조과장의 부인과 연락이 닿은 형민은 조과장이 이년 전부터 별거 중이라는 사실을 알게 되었다. 부인은 남편이 어디에 사는지도 모른다고 했다. "작년 여름 우리 아버지 칠순잔치에서 본 게 마지막이었어요. 그때 회사 근처 오피스텔에서 산다고 했는데요." 조과장의 부인이 말했다. 형민이 알기로 조과장은 작년에 딸이 예술중학교에 들어가면서 학교 근처로 이사를 갔다. 회사까지 한시간 반이나 걸리는데다 출퇴근 시간에 차가 너무 막힌다며 자주 투덜대곤 했다. 형민은 조과장의 부인에게 딸이 미술을 전공하는지 묻고 싶었지만 묻지 않았다. 그것마저 사실이 아닐까봐. 형민은 조과장이 작성한 모든 서류를 검토했다. 일주일 만에 허리띠 한칸이 줄었다. 부품 주문서와 입금 내역과 서류 들을 들여다보면서 형민은 조과장과 곱창을 먹던 그날 밤을 종종 생각했다. 콩나물국밥을 먹으러 가는 도중 조과장이 갑자기 달을 가리켰다. 보름달이었다. "참, 크네요." 조과장이 말했다. "그러게. 참 크네." 형민이 대답했다. 그러자 조과장이 열다섯살 때 아버지가 뺑소니차에 치여 돌아가셨는데 그날부터 지금까지 늘 똑같은 꿈을 반복해서 꾼다고 말했다. 커다란 가위를 가지고 달을 오려내는 꿈이라고. "달은 늘 반달이에요. 왜 반달인지 저도 모르겠어요. 꿈속에서 저는 달을 오려내면 그 자리로 손을 넣어봐요. 그러면 누군가 내 손을 움켜쥐고 잡아당겨요. 몸이 반쯤 빨려 들어갈 때 꿈에서 깨죠." 조과장이 빼돌린 돈은 일억이 조금 넘었다. 겨우. 형민은 그런 생각이 들었다. 큰돈이긴 했지만 그렇다고 인생을 바꿀 만큼의 돈은 아니었다. 회사는 조과장을 고소했다.

회사가 조과장의 고소를 결정한 날, 월차를 냈던 박대리가 저녁에 형민의 집 앞으로 찾아왔다. 술에 취하지도 않았는데 눈이 빨갛게 충혈되어 있었다. 박대리의 얼굴을 보자마자 형민은 물었다. "조과장 이야기야, 아니면 니 문제야?" 박대리가 말했다. "둘 다요." 형민은 제자리에 서서 심호흡을 했다. 그리고 아무 말 없이 아파트 주변을 걸었다. 박대리가 뒤따라왔다. 걸으면서 형민은 박대리가 첫 출근 하던 날을 떠올렸다. 출근을 축하하는 마음으로 점심을 사주겠다고 했더니 박대리가 비빔냉면이 먹고 싶다고 했다. 자기는 새 일을 시작하면 각오를 다지는 마음으로 매운 음식을 먹는다는 거였다. 그래서 형민은 팀원들과 바싹불고기와 비빔냉면을 세트로 파는 집을 찾아갔다.

맵기를 상중하로 선택할 수 있었는데, 그날은 모든 팀원이 가장 매운 냉면을 시켰다. 맵고 질긴 면. 박대리는 코를 훌쩍이며 냉면을 먹었다. 마치 자기의 앞날에 그런 날이 닥쳐올 것을 미리 예감이라도 한 듯이. 냉면을 다 먹고 난 다음 형민은 뜨거운 육수를 마셨다. 후루룩 소리를 내가며. 형민은 혓바닥에 얼얼한 기운이 가시기 전에 뜨거운 육수를 마시는 것을 좋아했다. 비빔냉면은 그 맛에 먹는 거라고 생각했고 그래서 부러 냉면을 먹는 중간에는 물도 마시지 않았다. 냉면을 다 먹고 난 다음 코를 푸는 박대리를 보면서 형민이 말했다. "신입 신고식으론 나쁘지 않네." 그러자 다른 직원이 맞장구를 쳤다. "그러게요. 앞으로 신입이 들어오면 매운 음식을 먹여요." 그후로 새 사람이 들어오면 매운 냉면을 먹는 게 전통이 되었다.

형민과 박대리는 아파트 단지를 두바퀴 돌았다. 그리고 아파트 정문 쪽에 조성된 작은 공원으로 들어가 벤치에 앉았다. "내가 만약 그 이야기 들으면 뭔가 달라져?" 그렇게 물으면서도 형민은 이미 뭔가 달라졌다는 생각이 들었다. 박대리가 아무 말도 하지 않았다. 형민이 손가락을 들어 자신의 집을 가리켰다. 앞 동에 가려서 거실은 보이지 않고 딸의 방만 보였다. 딸의 방에 불이 켜진 게 보였다. 딸이 떠난 뒤 그는 늘 딸의 방에 불을 켜두었다. "저기가 딸 방이야. 밤에도 불을 켜고 잠을 자." 그는 박대리에게 만우절에 태어날 뻔한 딸 이야기를 해주었다. "예정일이 3월 28일이었거든. 그래서 나는 농담처럼 말하고 다녔어. 며칠만 늦었어도 만우절날 태어날 뻔했다고." 그러다 예정일이 되었는데 아이가 나올 기미가 없었다. 아내는 하루만 더 기다려보자고 했다. 29일이 되었고 역시 아무런 일도 일어나지 않았다. "그제야 걱정이 되더라고. 만우절날 태어나게 될까봐. 사람들에게 생일을 말하면 거짓말 마세요,라는 대답을 듣게 될 거 아니야. 그것도 평생." 그의 말에 박대리가 요즘은 만우절이 생일인 사람들에게 공짜로 케이크를 주는 가게도 있다고 말해주었다. 오히려 더 재미있었을 거라고. "암튼, 그때는 그랬어. 내 딸의 시작이 거짓말을 하는 날이 되는 게 싫었어." 그는 아내에게 수술을 하자고 말했다가 비웃음을 샀다. 뭐든 순리대로 살아야 한다고 아내는 말했다. 그래서 형민은 아내의 배에 대고 중얼거렸다. 나오려면 얼른 나와, 얼른. 시간이 없어. 30일이 되었고 그는 아침저녁으로 아내의 배에 대고 속삭였다. 얼른 나와, 얼른. 그렇게 31일이 되었고 그제야 그는 속삭이는 말을 바꾸었다. 나오지 말라고. 이틀만 참으라고. 거기서 조금 더 있어, 알았지? 조금만 더. 그는 아내의 배에 입을 대고 그렇게 중얼거렸다. 그러면 아기가 알았다는 듯 움직였고, 그게 꼭 자신의 말에 대답하는 것 같았다. 4월 1일이 되었고 점심에 양수가 터졌다. "아내의 손을 잡고 병원으로 가면서 나는 말했어. 조금만 참으라고. 열두시간만 참아달라고. 그래서 어떻게 되었는지 알아?" 그가 물었다. 그리고 박대리의 말버릇처럼 대답을 기다리지 않고 바로 말했다. "택시에서 내리자마자 아내가 정강이를 걷어찼어. 병원 응급실 앞에서 조인트 까인 남편이 된 거야." 그날 아내는 형민을 발로 걷어차면서 이렇게 말했다. "넌 한번도 우리 아기한테 건강하게 나오라는 말을 안했어. 그저 빨리 나와라, 아니 늦게 나와라, 그딴 말만 했지." 그렇게 화를 낸 뒤 아내는 혼자 병원으로 걸어 들어갔다. "그래서 만우절이 생일이에요?" 박대리가 물었다. 형민이 고개를 저었다. "아니, 그다음 날. 사분 지나서 태어났거든. 4월 2일 0시 4분, 그게 딸 생일이야. 이 아빠를 위해 안간힘을 쓰고 사분을 참은 거지. 난 그렇게 생각해." 그는 다시 한번 딸의 방을 보았다. "할 말 있으면 다음주에 해. 만우절이잖아." 그는 이 말이 마지막 농담이 될 것 같았다. 그래도 박대리의 이야기를 듣지 않으려면 억지로 이런 농담이라도 해야 했다.

박대리가 떠난 뒤에 형민은 한참 동안 벤치에 앉아 있었다. 이사를 갈까? 그런 생각이 들었다. 그는 창문을 열면 초등학교 운동장이 보이는 집을 사는 게 소원이었다. "시끄럽기만 하지 그게 뭐가 좋아." 집을 보러 다닐 때 아내는 그렇게 투덜댔다. 그때 그는 아내에게 학교 앞에서 살던 친구 이야기를 해주었다. 그 친구는 쉬는 시간에도 연필을 깎으러 집에 가곤 했는데 그게 그렇게 부러웠다고. 다른 친구들의 연필까지 들고서 운동장을 가로질러 뛰던 그 친구의 뒷모습이 그렇게 듬직해 보였다고. 그의 아내는 그 이야기를 듣고 나중에 더 큰 집으로 이사를 가거든 그땐 꼭 학교 운동장이 보이는 집을 얻어주겠다고 약속을 했다.

만우절용 자판기를 만들자는 제안을 한 직원이 있었다. 캔커피를 누르면 꿀물이 나오고, 휴지를 누르면 손수건이 나오고, 껌을 누르면 가그린이 나오는 그런 자판기를 만들자고. 물론 그 아이디어는 채택되지 않았다. 상사들에게 비웃음을 샀다. 회사가 놀이터냐는 소리도 들었다. 그 아이디어를 낸 직원은 출근해서 퇴근할 때까지 거의 한마디도 하지 않고 점심도 늘 혼자 먹었는데, 회의만 하면 재미있는 아이디어를 끊임없이 쏟아냈다. 하지만 채택된 아이디어는 단 한건도 없었다. 그 직원이 구개월 만에 회사를 그만두면서 형민에게 어떤 비난의 말을 했는데, 그 말이 이혼 직전에 아내에게 들은 말이기도 해서 그는 깜짝 놀랐다. 그 일로 그는 한동안 의기소침했다. 그래서 그다음 해에 만우절용 자판기를 만들자는 제안서를 다시 올려보았다. 난 그런 사람이 아니라고, 남의 의견을 존중하는 상사라고 그는 말하고 싶었다. 그는 제안서가 통과되지 않을 것임을 당연히 알았다. 하지만 그 의견을 묵살한 것은 자기가 아니라는 사실을 증명하고 싶었다. 한편으로 그런 행동이 얼마나 얄팍한 짓인지 알면서도. 해마다 만우절이 되면 그는 그 직원이 생각났고, 그때마다 얼굴이 화끈 달아올랐다.

오후 세시가 넘었는데도 박대리는 줄넘기를 하러 가지 않았다. 박대리는 늘 오후 세시에 줄넘기를 했다. 비가 오는 날이면 복도에서, 날이 좋으면 회사 옥상에서. 책상 서랍의 맨 아래칸에는 운동화와 줄넘기가 들어 있었다. 박대리가 줄넘기를 들고 자리에서 일어나면 형민은 일부러 따라나서곤 했다. "왜 따라와요?" 박대리가 말하면 형민은 이렇게 변명을 했다. "너 따라가는 거 아냐. 졸려서 잠깨려는 거야." 형민은 자판기 커피를 한잔 뽑아 들고 옥상

벤치에 앉아 박대리가 줄넘기하는 것을 보았다. 그러면 정말 잠이 달아났다. 몸무게가 100킬로그램이 넘었다는 박대리는 입사를 하기 전에 살을 뺐다. 서른번도 넘게 면접에서 떨어진 뒤에 다이어트를 결심하게 되었다고 했다. 살도 빼고 취직도 했는데, 여자친구에게 차였다. 살을 뺐더니 여자친구가 다른 사람과 사귀는 것 같다며 떠나갔다는 거였다. 박대리는 살을 뺀 뒤에 여자친구와 가려고 적어놓은 식당 목록을 없애버렸다. 그리고 하루에 세번 줄넘기를 했다. 출근 전에 십분, 회사에서 십분, 그리고 퇴근 후에 십분. 그 이야기를 듣고 형민은 그런 의지면 일도 똑부러지게 할 거라고 기대했지만, 박대리는 줄넘기 시간을 지키는 것 말고 다른 일들은 늘 대충 처리했다. 실수가 잦았지만 그때마다 솔직하게 자진신고를 했고, 변명을 하지 않았고, 상사에게 혼나도 크게 상처받지 않았다. 농담도 잘해서 사람들을 웃겼다. 그게 일을 못하는 박대리가 미움받지 않는 비결이었다. 시도 때도 없이 농담을 해서 조과장으로부터 매일매일이 만우절이라는 놀림을 받기도 했다.

형민은 화장실에 갔다가 금이 간 세면대 거울에 누군가 하트 모양 스티커를 붙여놓은 것을 보았다. 화장실에 갈 때마다 거울 하나 바로 갈아주지 않는 회사가 쪼잔하다며 속으로 비웃었는데, 하트 모양을 보자 피식 웃음이 나왔다. 하트 모양 스티커를 보았기 때문인지 화장실을 나오면서 자기도 모르게 콧노래를 흥얼거렸다. 복도에서 마주친 직원이 좋은 일 있느냐고 묻는 바람에 콧노래를 흥얼거린다는 것을 알았다. 사무실로 돌아온 형민은 박대리에게 줄넘기를 빌려달라고 했다. "이상하게 졸리네. 줄넘기를 하면 잠이 달아날까 하고." 그가 말했다. 박대리가 줄넘기를 빌려주면서 말했다. "이거 하고 나면 피곤해서 더 조는 거 아니에요?"

옥상에 올라와보니 담배를 피우는 직원들이 보였다. 형민은 가볍게 목례를 하고 그들이 사라질 때까지 벤치에 앉아서 기다렸다. 왠지 누군가 앞에서 줄넘기를 하기는 창피했다. 그는 어려운 일이 닥칠 때면 어린 시절에 했던 짝짓기 게임을 떠올려보곤 했다. 그는 그 게임이 싫었다. 아니, 싫었다기보다는 무서웠다. 동그랗게 모여 담배를 피우는 네명의 남자들을 보면서 형민은 속으로 셋,이라고 중얼거려보았다. 그리고 넷 중 무리에 끼지 못할 한 사람을 가늠해보았다. 누구를 밀어낼까. 그런 생각을 하는데 넷이 동시에 하하하 하고 웃었다. 그리고 동시에 담뱃불을 끄고 내려갔다. 그제야 형민은 자리에서 일어나 줄넘기를 했다. 열번도 넘지 못하고 계속 발이 걸렸다. 금방 숨이 찼다.

"어디 그렇게 해서 잠 달아나겠어요?" 박대리가 양손에 컵을 들고 서 있었다. "앞으로 백번만 더 넘으면 커피 드릴게요." 박대리가 벤치에 앉으면서 말했다. "아이스야?" 형민이 묻자 박대리가 하나는 아이스고 하나는 따뜻한 커피라고 말했다. "골라 드시라고요." 그는 얼음이 다 녹기 전에 마시겠다며 줄넘기를 시작했다. 처음은 열두번, 그 다음은 세번. 세번 만에 발이 걸리니 박대리가 웃었다. 다음에는 이를 악물고 줄을 넘었고 그래서 스물세번을 넘

149

었다. 최고 기록이었다. 그다음은 열한번, 열다섯번. 다시는 스무번을 넘지는 못했지만 그래도 일곱번 도전해서 겨우 백개를 넘었다. 그는 숨을 헐떡이며 아이스커피를 마셨다. 맛있다고 칭찬하자 박대리가 줄넘기를 백번 하면 시원한 물은 다 맛있는 법이라고 말했다. 줄넘기를 천번 하면 맛없는 음식이 없다고 덧붙였다. 나중에 늙어서 입맛 없어지면 그때 도전해보겠다고 했더니 박대리가 웃으면서 말했다. "그땐 줄넘기하다 무릎 나가요. 아니, 천번하다간 심장마비 올 수도 있어요." 커피를 한모금 마시고 난 뒤 박대리가 다시 말을 시작했다. "제 생일이 원래 2월 29일인 거 알죠?" "그럼, 알지." 형민이 대답했다. 박대리가 입사한 다음해가 2월 29일이 있는 윤년이었는데, 박대리가 그날이 진짜 자기 생일이라고 고백을 해서 형민이 생일파티를 해준 적이 있었다.

박대리는 29일 오후 11시 55분에 태어났다. 그래서 부모님은 출생신고를 3월 1일에 했고 생일도 3월 1일이 되었다. "사실 저는 태어나지 못할 뻔했어요. 제가 다섯번째 아들이었거든요." 박대리의 어머니는 연년생으로 아들 넷을 키우면서 남자라면 징글징글하다는 생각에 우울증에 걸렸다. 밥을 먹을 때 달걀프라이를 먼저 먹으려고 싸우는 아들들을 보면서 그중 두명은 엄마 볼에 뽀뽀를 해주는 딸이었으면 얼마나 좋았을까 하는 생각을 했다. 사실 넷째는 딸인 줄 알고 낳았다. 태몽도 그렇고 배 모양도 그렇고 의사도 딸이라고 했기 때문이었다. 하지만 아들을 낳았고, 너무 상심한 나머지 우는 아이를 윗목에 두고 쳐다보지도 않았다. "그래서 그런지 넷째 형 성격이 까칠해요. 엄마한테도 제일 못되게 굴고요. 암튼, 그래서 다시는 아이를 낳지 않으려고 했는데 그만 제가 생긴 거예요, 실수로." 박대리의 어머니는 혹시 딸일지도 모른다는 생각에 세달을 기다렸다. 의사가 아들이라고 하면 그때 지우리라 생각하면서. 14주가 되었을 때 의사에게 물으니 의사가 아직 모르겠다고 했다. 2주를 기다렸다가 다시 병원에 갔더니 의사가 태아 성별을 알려주는 것은 불법이라며 말해줄 수 없다고 했다. 그럼 그전에는 왜 말해주었냐고 박대리의 어머니가 항의하자 의사가 애매하게 대답했다. 그땐 그때고 지금은 지금이라고. 박대리의 어머니는 병원을 옮기겠다고 화를 냈다. 그러고서 집으로 돌아왔더니 둘째가 립스틱으로 벽에 낙서를 해놓았다. 아이 엉덩이를 때렸다. 한 아이가 울자 나머지 아이들이 따라 울었고, 박대리 어머니도 같이 울었다. 엄마가 울자 아이들이 울음을 그쳤다. 울면서 박대리 어머니는 의사가 한 말의 뜻을 알아차렸다. 딸이었다면 그렇게 말했을 리가 없다는 것을. 아들이라고 말하면 아이를 지울까봐 그렇게 말했다는 것을. 아이를 지우자. 박대리 어머니는 그렇게 결심을 하고 자리에서 일어났다. 세탁기를 세번 돌려가며 빨래를 했고, 아이들이 좋아하는 밑반찬들을 만들었다. 정육점에 가서 한우 양지를 사왔다. 미역국을 한솥 끓이면서 박대리 어머니는 딸이 태어났을 때를 위해 지어둔 이름을 중얼거려보았다. 박은영. 딸을 낳으면 동그라미가 많은 이름을 짓고 싶었다. 처녀 때부터 소원이었다. 아이들을 옆집에 부탁하고 병원으로 가던 길에 박대리의 어머니는 길에서 넘어진 아이를 보았다. 유치원 원복을 입은 아이였다. 박대리 어머니가 아이를 일으켜 세우면서 괜찮냐고 물었다. 아이가 괜찮다고 대답했다. 무릎에서 피가 나고 있었다. 피를 보고도 울지 않던 아이가 바닥에 떨어져 뭉개진 케이크조각을 보더니 눈물을 흘리기 시작했다. 엄마 생일이라 용돈을 모아 사가는 길이라고 했다. 박대리 어머니는 옷소매 끝자락으로 우는 아이의 얼굴을 닦아주었다. 그리고 아이의 유치원 가방에 이은영이라는 이름이 적혀 있는 것을 보았다. 그 순간이었다. 눈물이 흘렀다. "아줌마, 왜 울어요?" 아이가 물었다. "그날 엄마는 그 아이에게 케이크를 사주었대요. 그리고 집으로 돌아와서는 미역국에 밥을 한그릇 가득 말아 먹었대요. 건강해야 다섯 아이를 키울 수 있다는 생각을 하면서요." 박대리가 커피를 다 마신 다음에 줄넘기를 들고 자리에서 일어났다. "근데 이 이야기는 진짜일까요, 가짜일까요? 오늘 만우절이라 한번 해봤어요." 그렇게 말하고는 형민의 앞에 서서 줄넘기를 했다. 보란 듯이 한번에 백개를 넘었다.

형민이 처음으로 샀던 딸의 생일선물은 미니 금고였다. 영어사전 모양으로 된 금고였는데, 그걸 진짜 사전으로 착각한 딸은 열살밖에 안된 아이한테 벌써부터 공부를 시킨다며 투덜댔다. 그는 리본을 묶은 금고 열쇠를 딸에게 주었다. 딸은 열쇠를 받고서야 사전이 아니라는 것을 알아차렸다. 그리고 좋아서 팔짝팔짝 뛰었다. 그전까지 딸의 생일에는 항상 케이크를 샀다. 그게 선물이라고 생각했다. 그는 가게 점원이 케이크를 포장하면서 초는 몇개 넣어드릴까요, 하고 묻는 순간이 좋았다. 일곱개요. 여덟개요. 해마다 하나씩 늘 때마다 딸이 자라고 있는 게 실감되었다. 어린 딸이 입을 오므리고 입바람을 불어 초를 끄는 순간. 형민과 아내가 박수를 치는 순간. 그 순간이면 이런 게 행복이구나 하는 생각이 저절로 들었다. 그때마다 한편으로 고작 생일케이크 하나에 감동을 받는 중년이 되어간다는 사실이 슬프게 느껴지기도 했다. 하지만 어쩔 수 없었다. 그런 풍경에 마음이 녹았다. 어느날, 딸이

학교에 갔다 와서 말했다. 자기 짝이 생일선물로 보석 만들기 세트를 선물받았다고. 그걸 학교에 가져와 보여줬는데 부러워 죽는 줄 알았다고. "진짜 부러워." 그는 딸이 부럽다고 말하는 걸 처음 들었다. 그제야 그는 딸에게 뭘 사줘야 한다는 것을 알았다. 케이크는 생일선물이 아니었던 것이다. 어느날 퇴근길에 그는 금고를 배달하는 사람들과 같이 엘리베이터에 탄 적이 있었다. 금고 때문에 엘리베이터가 꽉 찼고 그래서 그는 벽에 붙어 서야 했다. 이 낡고 작은 아파트에 금고라니. 그는 참 이상하다는 생각을 했다. 금고를 들이는 가정집이 많으냐고 물어보니 작업복을 입은 남자가 말했다. "생각보다 많아요. 한번 장만해봐요. 의외로 이 안에 넣어둘 것들이 많아요." 그렇게 말하고 남자가 금고를 손바닥으로 탁탁 쳤다. 그 이야기를 들었기 때문인지 형민은 저녁을 먹다 딸에게 금고를 사줘야겠다는 생각이 번쩍 떠올랐다. 형민의 딸은 비타민C 영양제 깡통에 아끼는 물건들을 보관했다. 그 비타민은 형민의 부하 직원이 자기 동생이 약국을 개업했다며 선물한 것이었다. 한번은 형민의 아내가 몰래 깡통을 열어보았다. 안에 뭐가 있는지 눈으로 보기만 하고 바로 뚜껑을 닫았기 때문에 들켰을 리 없다고 생각했다. 그래서 딸이 물었을 때 끝까지 아니라고 우겼다. 그런데 딸이 노란색 실을 아내의 눈앞에 들이밀었다. 이걸 뚜껑에 끼워두었는데 와보니 침대에 떨어져 있었다고 말했다. 그 이야기를 전해들은 형민은 그날 밤 딸이 경찰이 되는 꿈을 꾸었다. 딸은 과학수사대 옷을 입고 있었다. 그 꿈이 하도 황당해서 그는 새벽에 일어나 천장을 보고 웃었다. 아침을 먹으며 꿈 이야기를 했더니 딸이 비웃었다. 상상력이 고작 그거냐고. "아빠, 내 꿈은 맥도날드 가게 주인이 되는 거야." 딸이 말했다. 딸은 햄버거를 좋아해서 울다가도 햄버거 사줄게, 하고 말하면 울음을 그치곤 했다. 생일날 금고를 선물하고 나니 이상하게도 그는 딸의 금고가 몹시 궁금해졌다. 비타민 상자가 궁금했던 적은 한번도 없었다. 딸이 친구의 생일파티에 간 어느 일요일에 그는 딸의 방을 뒤져 열쇠를 찾아보았다. 아무리 뒤져도 열쇠를 찾을 수 없었다. 그걸 지켜보던 아내가 말했다. 그 열쇠는 필통에 들어 있다고. 그리고 아이는 그 필통을 늘 가지고 다닌다고. 그렇게 말하고는 그의 귀에 대고 속삭였다. "내가 열어줄까? 오만원이야." 형민은 바로 지갑에서 오만원을 꺼내 아내에게 주었다. 형민의 아내는 화장대 서랍에서 실핀 하나를 꺼냈다. 그걸 금고 열쇠구멍에 넣고 앞뒤로 몇번 흔드니까 금고가 열렸다. "당신이 이렇게 싸구려를 사준 거야. 실핀으로 열리는 금고가 말이 돼?" 아내가 웃으며 말했다. 금고 안에는 형민과 극장에서 같이 본 만화영화 티켓이 들어 있었다. 그게 있어 그는 뿌듯했다. 만화영화를 보고 나오는 길에 딸이 그에게 물었다. 아빠는 어떤 만화를 좋아했냐고. 그는 어릴 적에 꼭지라는 여자아이가 나오는 만화를 좋아했다고 딸에게 말해주었다. 명랑하고 씩씩한 아이였다고. 그 아이가 나오는 만화를 보면 나도 그런 동생이 있었으면 하는 생각이 들곤 했다고 말했다. 꼭지가 여동생이라는 상상을 해보면 뭔가 따뜻한 기분이 들었다고. 그 이야기를 듣던 딸이 그의 손을 잡아주었다. 그리고 말했다. "아빠, 외로우면 나를 꼭지라고 불러도 돼." 그때 딸은 일곱살이었다. 금고 안에는 빼빼로 상자도 있었다. 흔들어보니 내용물은 들어 있지 않았다. 이걸 왜 두었지? 형민이 중얼거렸더니 아내가 안에 뭐가 들어 있는지를 보라고 했다. 뚜껑을 열어 안을 보니 포스트잇이 들어 있었다. 거기에 나랑 사귀자,라고 적혀 있었다. 빨간색 형광펜으로 하트도 그려져 있었다. "누구야, 이놈은?" 그의 목소리가 커졌다. "귀엽지? 누군지 알려 하지 마." 아내가 깔깔 웃었다. 금고를 사준 뒤로 그는 해마다 생일이면 어떤 선물을 사줄지를 고민했다. 십대 여자아이들이 좋아하는 물건들을 검색해보곤 했다. 딸은 금고 이후로 한번도 그가 사준 선물을 좋아하지 않았다.

형민은 새벽 0시 4분이 되길 기다렸다가 생일 축하 메시지를 보냈다. 선물은? 딸이 답장을 보내왔다. 한달 내내 어떤 생일선물을 사줄까 고민하다가 그는 아무것도 사지 못했다. 십만원을 보내면서 보내는 사람 이름에 '생일 축하'라고 적어넣었다. 그리고 처제에게도 돈을 보냈다. 오늘 하영이 생일이니 맛있는 것 좀 해주세요. 곧 처제에게서 답장이 왔다. 걱정 말아요. 그런데 여긴 아직 4월 1일. 만우절에 태어날 운명이었나봐요. 아내와 결혼을 할 때 처제는 고등학생이었다. 처가에 인사를 드리러 갔을 때 처제는 말했다. "난 무조건 찬성. 형부, 고마워요. 덕분에 드디어 내 방이 생겼어요." 무조건 찬성이라는 말이 좋아서 형민은 처제에게 자주 치킨을 사주었다. "지금까지 백 마리는 넘게 얻어먹었을 거예요." 형민이 딸을 부탁했을 때 처제가 웃으면서 말했다. 그러니 걱정 말라고. 매일매일 맛있는 거 먹여주겠다고. 잠을 자려고 침대에 눕자 딸에게서도 답장이 왔다. 돈을 확인한 모양이었다. 고, 마, 워. 한글자씩 세번에 나눠 메시지가 들어왔다.

형민의 딸 하영은 초등학교 6학년 때 단짝 친구를 사귀었다. 이름이 영하였다. 하영과 영하. 이름만 봐도 단짝이 될 운명을 타고난 것 같았다. 영하가 전학을 오던 날, 하영은 배탈이 나서 양호실에 누워 있었다. 그래서 전학생이 왔다는 사실을 몰랐다. 양호실에서 약을 먹고 한잠 자고 나니 몸이 괜찮아졌고, 그래서 하영은 교실로 돌아왔다. 체육시간이어서 반 아이들은 모두 운동장에 나가 있었다. 교실로 들어온 하영은 창틀에 걸터앉은 채로 운동장을 내려다보는 영하를 발견했다. "누구?" 하영이 물었다. 그러자 영하가 말했다. 전학생이라고. 부반장이었기 때문에 하영은 전학생에게 친절해야 한다는 의무감이 들었고 그래서 전학 온 걸 축하한다며 손을 내밀었다. "나도 반가워." 영하가 하영의 손을 잡았다. 악수를 하다가 둘은 동시에 웃음을 터뜨렸다. 영하가 마까롱 하나를 하영에게 주었다. 자신에게 처음으로 말을 건네는 친구에게 줄 생각으로 챙겨온 선물이라고 했다. 하영은 태어나서 처음으로 마까롱을 먹어보았다. 영하의 어머니는 까페를 했다. 마까롱도 거기에서 파는 것이었다. 아버지가 교통사고로 돌아가셔서 보험금으로 어머니가 까페를 차렸는데, 그 근처로 이사를 해야 해서 전학을 온 거라고 영하가 말했다. 하영은 최근에 부모님이 이혼했다는 이야기를 친구에게 처음으로 고백했다. 둘은 잠들기 전에 삼십분씩 카톡을 했다. 하영은 아이돌을 그다지 좋아하지 않았지만 친구와 이야기를 주고받기 위해 영하가 좋아하는 아이돌을 따라 좋아했다. 초등학교 졸업식날 둘은 부둥켜안고 울었다. 그 모습을 본 형민의 아내가 웃었다. "누가 보면 영영 헤어지는 줄 알겠다." 둘이 같은 중학교에 배정되었기 때문이었다. 영하가 형민의 아내에게 말했다. "아줌마, 그래도 같은 반은 안될 수도 있잖아요." 형민이 울어서 눈이 퉁퉁 부은 영하와 하영의 사진을 찍었다. 둘은 어깨동무를 했다. 영하의 부모님은 오지 않았다. 형민이 같이 밥을 먹으러 가자고 했더니 영하가 거절했다. "엄마랑 가게에서 피자 먹기로 했어요." 영하가 말했다. 그리고 언제 울었냐는 듯 둘은 손을 흔들며 헤어졌다. 크리스마스이브에 하영이 만나자는 메시지를 보냈을 때, 영하는 미국에 있는 이모네 집에 잠깐 놀러 갔다 올 거라는 답을 보냈다. 갔다 와서 보자. 예쁜 거 사다줄게. 그 메시지를 마지막으로 방학이 끝날 때까지 영하는 하영에게 연락을 하지 않았다. 하영과 영하는 다른 반으로 배정되었다. 입학식이 끝나고 하영은 교문 앞에 서서 영하를 기다렸다. 영하가 다른 아이들과 웃으면서 운동장을 건너오고 있었다. 그 모습을 보고 하영이 손을 흔들었다. 영하는 손을 흔들지 않았다. "안녕." 영하가 하영을 지나치면서 무뚝뚝하게 인사를 했다. 혼자 남은 하영은 너무 놀라 아무 말도 할 수 없었다. 영하가 왜 그러는지 이유를 알 수가 없었다. 속상해서 저녁을 굶었다. 다음날, 하영은 다시 교문 앞에서 영하를 기다렸다. 이번에는 영하 혼자 걸어오고 있었다. "안녕." 하영이 영하에게 인사를 했다. 그러자 영하가 하영에게 말했다. 이제 그만 친구 하자고. 새 친구가 생겼다고. 그날 하영은 미끄럼틀 안에 들어가 울었다. 하영이 다닌 유치원에 있던 것이었는데, 놀이기구가 아니라 화재시 탈출을 위한 거였다. 경사가 가파르지 않아서 맨 아래에서 거꾸로 걸어 올라가면 중간에 있는 평평한 곳까지 갈 수 있었다. 하영은 거기 쪼그리고 앉아 울면서 생각했다. 자신이 뭘 잘못했는지에 대해. 그러면서 혹시 영하가 찾아올지도 모른다는 희망을 품기도 했다. 하영의 비밀장소를 아는 사람은 영하밖에 없었으니까. 하영은 속상할 때마다 그 안에 들어가 노래를 부르곤 했다. 그렇게 한참 노래를 부른 다음 미끄럼을 타고 밖으로 나오니 온몸이 땀으로 범벅이 되어 있었다. 긴 마라톤 경주를 마친 선수가 된 기분이 들었고, 그래서 우울한 기분이 사라졌다. 하영은 땀이 식기 전에 근처 약국에 가서 박카스를 한병 사먹었다. 그걸 먹으면서 하영은 영하가 먼저 말을 걸기 전까지 자기도 말을 걸지 않겠다고 굳게 다짐을 했다.

하영은 영하에게 절교를 당한 뒤에도 엄마에게 거짓말을 했다. 오늘은 영하랑 떡볶이를 사먹었어. 영하가 중간고사를 망쳐서 울었어. 영하가 영화를 보러 가자고 했는데 안 갔어. 그렇게 거짓말을 하다가 서서히 다른 친구들 이야기를 곁들였다. 같이 급식을 먹는 친구들 이야기를. 그렇게 몇달이 지나자 형민의 아내는 딸이 단짝 친구 이야기를 하지 않는 것을 이상하게 여기지 않게 되었다. 그냥 다른 반이 되어서 멀어졌다고 생각했다. 그 나이 때 자신도 그랬듯이 자연스럽게 멀어지고, 자연스럽게 새 친구를 사귀었다고. 하영은 다시는 단짝 친구를 만들지 않으리라고 생각했다. 넷이나 다섯, 항상 그런 무리 속에 있으려고 노력했다. 1학년 때는 첫날 같은 테이블에 앉아서 급식을 먹은 아이들하고 어울렸다. 그날 하영은 육인용 테이블에 앉았다. 밥을 먹기 전에 서로 인사를 했다. 그중 셋은 초등학생 때부터 알던 사이였다. 여섯은 몰려다니기에 적당한 숫자였다. 하영이 억지로 말하지 않아도 대화가 끊기지 않았다. 하영은 그중 몇몇이 따로 단체 메시지 방을 만들었다는 것을 알았지만 개의치 않았다. 그냥 같이 점심을 먹고 전날 본 텔레비전 이야기를 하고 시험을 망치면 위로를 하는, 그런 관계로 만족했다. 그러다 2학년이 되었고 어울렸던 다섯명의 친구 중 둘이 하영과 같은 반이 되었다. 학기 초에는 셋만 다니다가 토론 수업에서 같은 조가 된 것을 인연으로 두 친구가 합류해서 다섯이되었다. 3학년 때는 그중 한명과 같은 반이 되었다. 그런데 1학년 때 어울렸던 다섯명의 친구 중 둘이 또 같은 반이 되어서 하영까지 넷이 모여 다니게 되었다. 그중 미진 이랑은 삼년 내내 같은 반을 했다. "너 닭 싫어하면 내가 먹을까?" 1학년 때 급식실에서 미진이 하영에게 처음으로 한 말이었다. 마지막으로 먹으려고 남겨둔 것이었지만 하영은 그걸 미진에게 주었다. 미진은 농담을 잘해서 인기가 많았는데, 아버지가 젊은 시절에 방송국 공채시험에 합격한 개그맨이라고 했다. 미진의 아버지는 포졸이나 까페 손님으로 몇번 방송 출연을 한 적도 있었지만 크게 성공하지는 못했다. 잘나가는 동기들을 보면서 미진의 아버지는 울분이 생기지 않도록 심호흡을 하며 마음을 다스렸다. 물론 잘 되지 않았고 그래서 마음을 수련할 생각으로 요가학원을 다녔다. "거기서 우리 엄마를 만났잖아." 미진은 부모님의 연애 이야기를 친구들에게 자주 들려주었다. 미진의 엄마는 요가 선생님이었고 미진의 아버지는 이벤트회사 사장이었다. 덕분에 미진의 반은 체육대회에서 늘 응원상을 받았다. 그런 미진과는 고등학교도 같이 진학하게 되었다. 그리고 또 같은 반이 되어서, 미진은 하영에게 이러다가 육년 내내 같은 반을 하는 것 아니냐는 농담을 하기도 했다. "내가 그런 게 아니야. 미진이가 그런 거라고." 반 아이가 약을 먹고 자살 기도를 했는데 그 아이 유서에 하영의 이름이 있었다는 담임선생님의 전화를 받고 학교에 갔을 때, 하영은 형민에게 그렇게 말했다. "난 그냥 뒤에 서 있었어. 그냥 미진이가 말을 하면 고개를 끄떡였을 뿐이라고." 딸의 말을 듣는 순간 형민은 안심했다. 그럼 그렇지. 내 딸은 단지 방관자였을 뿐이야. 그건 다른 거라고. 형민은 속으로 그런 생각을 했다. 그런데 하영이 말하자 상담실에 있던 다른 아이들도 똑같이 말했다. "맞아요, 내가 그런 거 아니에요. 미진이가 그런 거라고요." 상담실 구석에 앉아 있던 미진이 자리에서 일어나 소리쳤다. "치사한 년들." 그러고는 흐느껴 울기 시작했다. 어깨가 들썩였다. 미진이 울기 시작하자 다른 아이들이 따라 울기 시작했다. 우는 아이들을 보면서 형민은 부끄러움을 느꼈다.

　형민은 출근길에 토스트 포장마차 앞에 사람들이 서 있

는 것을 보았다. 열었구나. 형민은 반가워 자기도 모르게 소리 내어 말했다. 지나가던 사람이 고개를 돌려 형민을 보았다. 포장마차를 보니 배가 고파왔다. 형민은 포장마차 쪽으로 걸어갔다. 그런데 중년 부부가 아니라 처음 보는 청년이 요리를 하고 있었다. 주인이 바뀌었냐고 물었더니 청년이 그렇다고 했다. "그럼 먼저 주인은 어디 갔어요?" 형민이 물었다. "아주머니가 아프세요." 청년이 대답했다. 조카의 결혼식에 갔다가 올라오는 길에 교통사고가 났는데 조수석에 앉아 있던 아주머니가 크게 다쳤다고. 목숨은 건졌지만 회복하는 데 오래 걸릴 것 같다고. "그런데 어떻게 아는 사이예요?" 형민이 물었다. 청년이 아들의 친구였다고 대답했다. 형민은 늘 먹던 토스트 말고 오리지널 토스트를 주문했다. "맛이 똑같아야 할 텐데. 맛없으면 말해주세요." 토스트를 건네면서 청년이 말했다. 형민은 걸어가면서 토스트를 먹었다. 반쯤 먹었을 때 회사에 도착했다. 맛은 예전만 못했다. 말을 해줘야 하나. 그런 생각을 하다 문득 형민은 청년의 말이 이상하다는 생각이 들었다. 친구였다고, 청년은 과거형으로 말을 했다. 형민은 남은 토스트를 씹지도 않고 삼켰다. 그리고 목이 메어 가슴을 두번 쳤다.

열시가 되어도 박대리가 출근하지 않았다. 직원 중 한명이 모친상을 당했다고 해서 장례식장에 간다는 직원에게 부의금을 부탁했다. 물을 많이 마시지도 않았는데 이상하게 자꾸 요의가 느껴져서 화장실을 들락날락했다. 그렇지만 막상 오줌을 누려 하면 오줌이 나오지 않았다. 부장이 형민을 불렀다. 할 말이 있으니 점심이나 같이 하자고 부장은 말했다. "이따 희원으로 와, 열두시에." 형민은 식당 이름을 듣는 순간 뭔가 일이 생겼다는 것을 알아차렸다. 그곳은 회사 근처에서 몇 안되는 고급 식당 중 하나였는데, 부장은 중요한 이야기를 할 때면 늘 그곳을 예약했다. 거기에서 밥을 먹는다는 것은 둘 중 하나를 의미했다. 아주 좋은 소식이거나 아주 나쁜 소식.

시간에 맞춰 식당에 가보니 부장과 송상무가 앉아 있었다. 형민이 자리에 앉자 상무가 형민의 잔에 청주를 한잔 따라주었다. 형민은 술을 한모금 마시고 매생이죽을 먹었다. "난 이상하게 매생이가 싫더라." 상무는 그렇게 말하면서 죽을 남김없이 다 먹었다. 그리고 상무와 부장은 다른 부서의 곽과장이 대상포진에 걸린 이야기를 주고받았다. 대상포진이 목으로 왔는데 얼굴이 아니라서 다행이라는 이야기도 나왔다. "얼굴에 대상포진이 걸리면 뇌졸중 위험이 있다네요." 부장이 말했다. 형민도 그 기사를 본 적이 있어서 고개를 끄떡였다. 기사에 의하면 시력도 잃을 수 있다고 했다. "예방주사가 있대요. 상무님도 맞으세요." 형민이 상무의 잔에 술을 따라주었다. 부장은 작년에 통풍으로 고생한 뒤로 술을 줄였다. 해산물 모듬이 나왔다. 해산물이 여덟종류나 되는 걸 보니 오만 오천원짜리 코스인 듯했다. 그 코스에는 갈치회가 나왔다. 형민은 비린 것을 그다지 즐기지 않았는데, 갈치내장젓갈에 갈치회를 찍어 먹는 것은 좋아했다. 상무는 해삼을 먹다 이가 부러진 다음부터 딱딱한 해산물은 먹지 않게 되었다며 멍게만 집어 먹었다. 송상무는 형민이 대리였을 적에 경력 직원으로 입사한 사람이었다. 회사가 자판기 전문에서 업소용 냉장고로 사업을 확장할 무렵이었다. 송상무는 업소용 냉장고를 만드는 회사에서 이직을 했다. 부장으로 입사했는데, 매일 두시간씩 회의를 하는 바람에 '회의중'이라는 별명으로 불렸다. 회의를 할 때마다 직원들에게 이것밖에 못하나,라는 말을 했다. 회의를 마칠 때면 모두 자존심을 다친 기분이 들었고, 그래서 형민과 동료들은 저녁마다 인근 치킨집에 모여 맥주를 마시며 상사의 욕을 하곤 했다. 그러다 한 여직원이 회의 중에 뛰쳐나간 일이 있었다. 뛰쳐나가기 전에 그 직원은 자리에 앉은 채 두 손으로 귀를 막고 비명을 질렀다. 그 소리가 어찌나 컸는지 아래층 사무실에서 일하던 직원들 몇몇이 놀라 뛰어 올라왔다. 커피잔을 들고 있던 직원 하나는 잔을 떨어뜨리기도 했다. 아무튼, 그 직원은 스트레스를 견디지 못하고 탈모가 되었고 휴직을 했다가 몇달 후 사표를 냈다. 그 직원은 머리카락이 빠져 휑해진 정수리 사진을 상무에게 보냈다. 하루에 한번씩. 그렇게 서른번의 메시지를 받은 다음 상무는 미안하다는 답을 보냈다. 그 일로 송상무는 조금 달라졌다. 상무가 형민에게 아이가 몇살인지 물었다. 형민은 딸이 하나 있는데 고등학생이라고 대답했다. "딸이군. 아들은 소용없어." 상무가 말했다. 상무의 딸은 과학고등학교에 들어갔다가 이년 만에 조기졸업을 하고 명문대에 들어갔다. 상무는 딸 자랑은 종종 했지만 늦둥이로 낳았다는 아들 이야기는 거의 하지 않았다. "아들이 문제죠, 아들이." 부장은 둘째 아들이 힙합 가수가 되는 게 꿈이라며 방송국에서 주최하는 힙합 경연 프로그램마다 신청을 하는데 모조리 예선에서 떨어졌다는 이야기를 했다. "그래도 자네 아들은 꿈이라도 있잖아." 그렇게 말하고 상무는 술을 한잔 마셨다. 종업원이 메인 회를 가지고 들어왔다. 형민은 다시 한번 상무에게 술을 따르면서 말했다. 할 말이 있으면 하시라고. 그러자 부장이 두 손으로 마른세수를 한 다음 말했다. "박대리가 조과장이 물건을 빼돌리는 것을 알고 있었다고 해. 그걸 눈감아주는 조건으로 조과장에게서 돈을 받았다네." 어디서 들었냐고 물었더니 투서가 들어왔다고 했다. "자네는 박대리가 그런 걸 알고 있었지만 눈감아주었고." 상무가 질문인지 아닌지 알 수 없는 억양으로 말을 했다. 그게 상무의 말투였다. 형민은 술잔을 들었다 내려놓았다. 잔은 비어 있었다. 형민은 물을 한잔 마신 다음 부장을 바라보았다. "부장님도 그렇게 생각하세요?" 형민의 목소리가 떨렸다. 송상무가 형민의 얼굴을 빤히 들여다보더니 그만 알았다고 고개를 끄떡였다. 그리고 형민의 잔에 술을 따라주었다.

식당을 나와 형민은 회사 반대편으로 걸었다. 한 정거장, 두 정거장, 세 정거장. 그렇게 걸어도 혼자 조용히 있을 만한 공간은 보이지 않았다. 형민은 편의점 앞에 설치된 파라솔 아래 앉았다. 테이블에는 먹다 만 핫바가 놓여 있었다. 형민은 잇자국이 난 핫바를 가만히 보았다. 박대리가 그랬을지도 모른다는 생각을 한 적이 있었다. 박대리가 할 말이 있다고 찾아왔을 때. 짐작은 했지만 듣고 싶지는 않았다. 사실을 알면 피곤해지니까. 한 남자가 편의점에서 나오더니 형민의 맞은편에 앉았다. 그리고 담배를 한대 피웠다. 담배 연기를 뱉으면서 남자가 씨발, 씨발, 하고 욕을 했다. 형민은 오래간만에 욕을 들어보았다. 왠지 마음이 진정되는 것 같았다. 남자의 욕을 들으며 그는 아내와 가졌던 마지막 술자리를 떠올렸다. 등산로 입구에 있는 녹두전집이었는데, 전을 맛있게 먹으려면 등산을 해야 한다고 아내가 우겨서 한시간 정도 가볍게 산을 탔다. "나는 우울하면 맹장수술 자국이 가려워. 웃기지?" 막걸리를 한잔 마시더니 아내가 말했다. 그 말을 듣자마자 형민이 물었다. "지금 가려워?" 그러자 아내가 고개를 저었다. "그런데 요새 자주 가려워." 그 말을 들은 그는 아무 말 없이 아내의 녹두전 위에 어리굴젓을 올려주었다. 아내가 그것을 먹고 난 다음 중학교 2학년 때 한 맹장수술 이야기를 들려주었다. 맹장이 터지는 바람에 응급수술을 했다는 거였다. 수술이 끝나고 의사가 며칠 동안 고통이 상당히 심했을 텐데 어떻게 참았느냐고 아내에게 물었다. 형민의 아내는 맹장수술을 하기 일주일 전에 친척 결혼식에 가서 뷔페를 먹었다. 즉석에서 엘에이갈비를 구워주어서 동생이랑 갈비를 세접시나 먹었다. 수타면으로 짜장면을 만들어주는 코너도 있었다. 그렇게 고급 뷔페는 처음이었고 그래서 과식을 했다. 그날 저녁 형민의 아내는 설사를 했다. 배가 사르르 아프기 시작했다. 하지만 부모님에게 말하지 않았다. 약국에도 가지 않았다. 차라리 배가 아픈 게 낫다는 생각을 했기 때문이었다. 단짝으로 지내던 친구가 중학교 2학년 때 전학을 갔다. 전학 가기 전날 둘은 학교 앞 문방구에서 싸구려 반지를 두개 사서 나눠 끼었다. 우리 매일매일 편지하자. 그렇게 약속을 했는데 형민의 아내가 열한통의 엽서를 보내는 동안 단 한통의 답장도 오지 않았다. 설상가상으로 반지를 낀 부분에 두드러기가 나기 시작했다. 형민의 아내는 반지를 빼서 학교 운동장에 파묻었다. 그리고 새로운 친구를 사귀었다. 아버지가 전과자이고 오빠도 깡패라는 소문이 도는 아이였다. 형민의 아내는 원래 그 아이를 싫어했는데, 소문 때문이 아니라 앉고 일어설 때마다 소란스럽게 의자를 끌기 때문이었다. 반지를 운동장에 파묻고 며칠 후에 부반장이 지갑을 잃어버린 사건이 일어났다. 모두들 그 아이를 의심했다. 그걸 눈치챈 아이가 교탁 앞으로 가더니 자신의 가방을 거꾸로 들어 쏟았다. 교과서며 파우치, 플라스틱 물병 들이 바닥에 나뒹굴었다. 그 아이가 소리쳤다. "어디 봐. 지갑이 있나 보라고, 씨발년들아. 그 아이가 욕을 했어. 하굣길에 나는 그 아이에게 사과를 했지. 의심해서 미안하다고. 그걸 계기로 그 아이랑 같이 어울리게 되었어." 형민의 아내는 수업이 끝나면 그 아이네 집에 가서 만화책을 보았다. 그 집은 아주 지저분했고 만화책이 늘 방바닥 여기저기에 널려 있었다. 만화책을 보고 있으면 깡패라고 소문이 난 그애의 오빠가 들어와 욕을 했다. 미친년들이라고. 그러면 그애도 오빠에게 욕을 했다. 미친놈이라고. "그건 어릴 때 문방구 앞에서 불량식품을 몰래 사 먹던 것과는 질이 달랐어. 나도 나쁜 아이가 될 수 있을 것만 같았거든." 그러다 형민의 아내는 부반장이 잃어버렸다는 지갑을 그 아이 집에서 발견했다. 지갑은 책상 아래에 있던 운동화 상자 안에 있었는데, 거기에는 부반장의 것 말고도 다른 아이들 것으로 짐작되는 지갑들이 서너개 더 들어 있었다. 그걸 본 뒤로 형민의 아내는 그 아이의 얼굴을 똑바로 볼 수가 없었다. 보기만 해도 심장이 두근거렸다. 엄마가 아파서 앞으로는 수업 끝나면 바로 집에 가야 한다고 거짓말을 하기도 했다. "그 와중에 배가 아프니 차라리 잘된 일이라고 생각한 거야. 그 아이에게 거짓말을 하는 것보단 차라리 아파서 병원에 입원했으면 했거든. 그때 나흘을 입원했는데, 할머니가 편찮으셔서 엄마가 하루 못 왔거든. 혼자 새벽에 화장실을 갔다가 침대로 돌아오는데 이상하게 눈물이 나더라고. 그래서 울었어, 보호자용 간이침대에 누워서. 내 울음소리에 그 병실에 입원한 사람들이 다 깼어. 어느 아주머니가 물었지. 엄마가 없어서 그래? 그런데 뭐라고 대답해야 할지 모르겠더라고." 형민의 아내는 그때 왜 울었는지 잘 모르겠다고 말했다. 하지만 그렇게 혼자 병실에서 밤을 보내고 나니까 다음날 풍경이 다르게 보였다고. 그날 형민과 아내는 막걸리 세병과 녹두전 두장을 먹었다. 그리고 버스정류장에서 헤어졌다. 형민은 버스를 타고 아내는 택시를 탔다. 그리고 그 택시는 사거리에서 신호위반을 하다 트럭을 박았다. 형민의 아내는 응급실에서 일주일을 버텼다. 아내의 귀에 대고 형민은 늘 똑같은 말을 했다. "어서 일어나자. 그러면 내일 풍경이 다르게 보일 거야."

욕을 하던 남자가 자리에서 일어났다. 형민은 편의점에 들어가 담배 한갑과 라이터를 샀다. 한대를 피운 다음 담배와 라이터를 테이블 위에 올려두었다. 한 정거장, 두 정거장, 세 정거장. 다시 회사 쪽으로 걸어왔다. 그러다 포장마차가 보여 그곳으로 갔다. 형민은 청년에게 왜 과거형으로 말했냐고 물었다. 왜 아들의 친구라고 말하지 않고 아들의 친구였다고 말했느냐고. 그러자 청년이 넓적한 뒤집개로 철판의 빵부스러기를 긁어내면서 말했다. "이젠 없으니까요. 등산을 갔다가 조난을 당했는데, 저는 살았고 그 녀석은 그러지 못했죠." "미안해요, 미안해요." 형민은 사과를 했다. 손님 한명이 와서 달걀토스트를 주문했고 청년은 능숙하게 만들었다. 장사를 처음 하는 솜씨 같

지가 않았다. 토스트를 건네면서 청년은 맛없으면 말해주
세요, 하고 말했다. 손님이 간 다음 형민이 말했다. "미안
해요. 그런데 솔직히 맛은 예전만 못해요. 그래도 저는 계
속 사먹을 거예요. 그리고 아주머니에게 병문안을 가거든
매일 더블달걀샌드위치를 먹던 남자가 기다린다고 전해
주세요. 그때까지 더블달걀샌드위치는 안 먹고 있겠다고
요." 청년이 꼭 전해주겠다고 약속했다.

　다음날도 박대리는 출근하지 않았다. 전화도 받지 않
았다. 그다음 날도, 그리고 그다음 날도. 새벽마다 낯선 번
호로 전화가 울리다가 이내 꺼졌다. 박대리일지 모른다
는 생각에 다시 전화를 걸어보면 받지 않았다. 그렇게 일
주일이 지난 후 아침에 토스트를 사먹는데, 청년이 형민
에게 박형민 차장이냐고 물었다. 형민이 그렇다고 했더니
어제저녁에 누군가 찾아와서는 오늘 아침 토스트값을 미
리 내고 갔다고 말해주었다. "혹시 검은색 뿔테 안경을 썼
나요?" 형민이 묻자 청년이 그렇다고 했다. 박대리가 왔

다 갔구나. 그런 생각이 들었다. 출근을 하니 부장이 형민을 불렀다. 그리고 사직서를 보여주었다. "출근을 해보니 책상에 이게 있었어." 박대리는 조과장에게서 구백만원을 받았다고 했다. 박대리가 서류가 이상하다는 것을 알아차리자 조과장이 세달 후에 원상복귀를 시켜놓겠다고, 그때까지만 눈감아달라고 부탁을 했다는 것이다. 그러면서 삼백만원을 주었다고. 세달이 지나자 조과장은 박대리에게 삼백만원을 더 주었다. 그리고 육개월 후에 삼백만원을 더 주었다. 형민은 어처구니가 없었다. 언제 왔다 갔는지 박대리의 책상은 정리가 되어 있었다. 서랍을 열어보니 줄넘기가 없어졌다. 형민은 복도로 나가 계단 청소를 하는 아주머니에게 쓰레기통에서 줄넘기를 못 보았냐고 물었다. 아주머니가 계단 끝에 있는 쓰레기통을 가리키며 말했다. 저 안에 줄넘기 같은 게 버려져 있긴 했다고. 그는 쓰레기통에서 줄넘기를 꺼냈다. 그리고 옥상에 올라가 줄넘기를 해보았다. 바보 같은 놈. 어리석은 놈.

점심시간이 되자 막내 사원이 자리에서 일어나면서 말

했다. "오늘 구내식당 메뉴는 된장찌개와 고등어구이랍니다." 형민은 속이 좋지 않다고, 다들 가서 맛있게 먹으라고 말했다. 직원들이 식당으로 간 뒤에 그는 회사 밖으로 나왔다. 근처에 대학이 있어서 운동장이나 한바퀴 돌아볼 마음으로 갔는데 마침 야구 시합이 열리고 있었다. 그는 학교 정문에 있는 컵밥집에서 제육덮밥을 샀다. 벤치에 앉아 컵밥을 먹으며 야구 경기를 구경했다. 한 팀은 흰색 조끼를 입었고 다른 팀은 노란색 조끼를 입었다. 노란색 팀의 투수가 공을 던졌다. 볼, 다음은 헛스윙, 볼, 스트라이크, 파울, 그리고 헛스윙. 삼진을 당한 아이가 고개를 숙이며 더그아웃으로 돌아갔다. 형민은 딸의 체육대회를 딱 한번 보러 간 적이 있었다. 딸이 초등학교 4학년 때였는데, 형민은 그날 감기 몸살에 걸려 회사에 출근하지 못했다. 오전에 아내가 끓여준 쌍화탕을 먹고 한숨 잤더니 생각보다 몸이 괜찮아져 오후에 체육대회를 구경하러 딸의 학교로 갔다. 마침 딸이 100미터 달리기를 앞두고 있었다. 그는 휴대폰으로 딸이 달리는 것을 녹화했다. 딸은 그날 여섯 명 중 6등을 했다. 처음에는 4등으로 달리다가 5등으로 밀리자 딸은 뛰는 것을 포기했다. 거의 걷다시피 결승선을 통과했는데, 형민은 그 모습에 실망을 했다. 저녁에 탕수육에 짜장면을 시켜 먹으면서 그는 딸에게 달리기하던 영상을 보여주었다. 딸이 자신의 모습을 보고 웃었다. 그가 왜 뛰지 않았냐고 물었더니 딸이 대답했다. "오등이나 육등이나. 어차피 꼴등이나 마찬가진데 뛰어서 뭐해." 그 말에 형민이 화를 냈다. 밥 먹지 말라고. 어차피 똥 될 거니까 밥 먹지 말라고. 밥 먹는 아이한테 화를 냈다며 아내가 그에게 뭐라고 했다. 그리고 딸이 달리기를 못하는 것은 아빠를 닮았기 때문이라고도 했다. 그러니 본인 탓을 하라고. 아내는 달리기를 잘했다. 고등학교를 졸업할 때까지 아내는 늘 계주의 마지막 주자였다. 형민의 어머니는 달리기를 잘하는 것까지 자신을 닮았다며 며느리를 예뻐했다. 그날 이후로 그는 딸의 체육대회를 보러 간 적이 한번도 없었다.

자살 기도를 한 하영의 친구 이름은 은주였다. 가해자

로 지목된 아이는 모두 일곱명이었다. 그중 여섯명의 어머니들이 사과를 하러 병원으로 가면서 형민에게는 연락하지 않았다. 형민은 혼자 병원에 갔다. 응급실 앞을 서성였지만 막상 은주의 부모님 얼굴을 볼 용기가 나지 않아 돌아왔다. 아내라면 어떻게 했을까. 상대방이 용서해주지 않더라도 매일매일 찾아가 사과를 해야 한다고, 아내라면 그렇게 말했을 것 같았다. 형민은 하루에도 수십번씩 잘 모르겠다고 중얼거렸다. 나라면 내 자식을 그렇게 만든 사람들을 보고 싶을까. 보고 싶지 않을 것 같았다. 그런데 또 그런 이유로 사과를 하러 오지 않는다면 그건 더 참을 수 없을 것 같았다. 은주는 응급실에서 이틀을 보내다 일반 병실로 옮겨졌다. 그래도 형민은 매일 응급실에 갔다. 아내가 실려왔던 응급실이었다. 고통스러웠지만 그랬기 때문에 더욱 은주가 퇴원할 때까지 거기 있어야 할 것만 같았다. 형민은 거기 대기실에 앉아서 다른 사람들의 사연을 들었다. 코피가 멈추지 않는다고 온 아이, 식탁에서 넘어지면서 팔이 부러진 아이, 조기축구를 하다 발등에

금이 갔는데 그것도 모르고 저녁까지 술을 마시다 뒤늦게 온 남자, 그런 사람들이 응급실로 들어갔다. 딸이 아기였을 때 장난감 블록의 인형 머리를 삼켜서 응급실에 왔던 일도 생각났다. 나중에 알았는데 아이들의 질식사를 막기 위해 진품은 인형 머리에 구멍이 나 있다고 했다. 형민의 딸이 가지고 놀던 블록은 인형 머리에 구멍이 없었고, 그 사실을 알고 난 뒤 블록을 모두 버렸다. 그렇게 대기실에서 며칠을 서성이다가 형민은 응급실 안쪽에서 오열하는 소리를 들었다. 울음소리만 들어도 무슨 일이 일어났는지 알 수 있었다. 그날 그 울음소리가 너무나 사무치게 들려서 형민은 손바닥을 펴서 가슴에 올려놓고 천천히 숨을 들이마셨다가 내뱉기를 여러번 했다. 형민이 긴장하면 아내는 말없이 형민의 무릎을 손으로 토닥여주곤 했다. 아내는 늘 그런 식으로 말없이 형민의 마음을 달래주었는데, 그때마다 형민은 아이가 된 기분이 들었다. 그리고 죄를 짓지도 않았는데 부끄러움을 느꼈다. 피투성이가 된 환자 두명이 들것에 실려 들어왔을 때 형민은 용기를 내기로 결심했다. 은주의 어머니는 병실 밖에 앉아 있었다. 형민은 허리를 숙여 사과했다. 미안합니다. 죄송합니다. 사과드립니다. 형민은 그렇게 거듭 사과를 했다. 은주어머니가 아랫입술을 깨물었다. 그리고 한참 동안 고개를 들고 병원 천장을 바라보았다. "하영이 아버지." "네." 형민이 고개를 들었다. "우리 은주는 하영이 이야기를 자주 했어요. 급식을 먹을 때 옆자리에 앉는 친구라고요. 학기 초에는 같이 떡볶이도 사먹었고요. 하영이가 선물로 립밤을 주었다고 좋아하기도 했어요. 하영이는 은주 이야기 안했나요?" 아내가 죽고 형민은 다시 집으로 들어갔다. 형민은 삐걱거리는 싱크대 문짝을 고치지 않았다. 그리고 형민의 딸은 아버지와 이야기를 하지 않았다. "하영이는 집에서 말을 잘 안해요." 형민이 겨우 대답했다. 그 말을 듣자 은주 어머니가 웃었다. 비웃음이었다. "다들 그렇게 말하더라고요. 그렇게 믿어야 마음이 편하겠죠." 은주 어머니가 다시 아랫입술을 깨물었다. "우리 애는 하영이에게 선물도 주었어요. 그게 지난주예요, 지난주." 설마 선물을 받아놓고 그럴 수 있을까. 형민은 잘 이해가 되지 않았다. 미워하는 마음이 있다면 선물은 받지 않아야 하는 게 아닌가. "하영이 아버지, 하영이가 하굣길에 롯데마트 지하에 들러 열대어 구경하는 걸 좋아한다는 거 알아요? 저는 그것도 알아요. 우리 애가 다 이야기해주었어요." 그 말에 갑자기 형민이 눈물을 흘렸다. 형민은 울면서 혼잣말처럼 중얼거렸다. "모르겠어요. 내 딸이지만 정말 잘 모르겠어요." 그 말을 들은 은주 어머니가 고개를 끄떡였다. 입꼬리를 올리며 미소도 지었다. 마치 모든 걸 이해한다는 듯이. 평소에 형민은 그런 표정을 싫어했다. 그걸 형민은 상담사 표정이라고 불렀다. 어서 당신의 마음을 고백하세요. 내가 다 들어줄게요. 그런 표정을 짓는 사람과 마주 앉으면 형민은 몸이 굳고 자기도 모르게 말실수를 하곤 했다. 형민은 울면서 더듬더듬 말을 이었다. "아내가 있었으면, 달랐을까요? 잘 모르겠어요. 정말 모르겠어요." 은주 어머니가 자리에서 일어나 물을 한잔 가지고 왔다. 그리고 형민에게 건네주었다. 그때 어느 부부가 걸어오더니 형민이 앉아 있는 곳으로 다가왔다. 그리고 갑자기 무릎을 꿇었다. "죽을죄를 지었습니다." 부부가 큰 소리로 말했다. 복도를 걷던 사람들이 일제히 형민이 앉아 있는 쪽을 바라보았다. 형민이 얼른 자리에서 일어났다. 무릎 꿇은 사람을 옆에 두고 자리에 앉아 있을 수는 없었다. 은주어머니가 화를 냈다. "가세요. 가라고요." 그러자 부부가 울기 시작했다. 은주 어머니가 더 큰 목소리로 말했다. "가요. 사과할 필요 없으니 가라고요." 은주 어머니의 얼굴이 벌게졌다.

벤치에 앉아 야구 구경을 하며 형민은 무릎을 꿇었던 부부에 대해 생각했다. 그들이 불쾌했기 때문이었는데, 왜 불쾌한지 명확히 설명할 수가 없었다. 한명도 1루로 진루하지 못한 채 공수가 교대되었다. 어느 팀이든 제발 안타를 치길. 형민은 기도했다. 두명의 타자가 연달아 삼진아웃을 당했다. 그리고 세번째 타자가 드디어 안타를 쳤다. 타자는 1루를 밟은 다음 주먹을 쥔 오른손을 들어올렸다. 그러고는 바로 도루를 시도했다 아웃되었다. 학교에서 회사로 돌아오는 길에 형민은 경찰들이 지구대 건물 옥상에 플래카드를 설치하는 것을 보았다. '당신과 함께한 36년이 자랑스럽습니다.' 그 문구 옆에 경찰복을 입은 남자의 사진이 보였다. 삼십육년이라니. 그동안 다치진 않았을까? 형민은 그 자리에 서서 플래카드에 새겨진 남자의 얼굴을 보았다. 그리고 이십대에 경찰이 된 젊은 남자의 모습을 상상해보았다. 그때, 새벽마다 걸려오던 그 번호로 전화가 왔다. 자신을 택시기사라고 밝힌 남자가 말했다. 누군가 자신의 차로 뛰어들었다고. 지금 병원으로 가는 중인데 그 남자의 휴대폰에는 이 번호 하나만 저장되어 있다고.

박대리는 왼쪽 발과 왼쪽 팔에 깁스를 했다. 횡단보도 앞에 서 있던 박대리는 파란불로 바뀌어도 건너지 않았다. 그러다 빨간불로 바뀌자 갑자기 차도로 뛰어들었다고 박대리를 친 택시기사가 말했다. 처음에는 보험사기에 걸려든 줄 알았다고. 형민은 택시기사에게 사과했다. 박대리는 한마디도 하지 않았다. 그리고 병실로 옮겨진 다음에는 계속 잠만 잤다. 육인실 병실에는 병문안 온 사람들이 많아서 남는 의자가 없었다. 형민은 침대 아래에 있던 간이침대를 꺼내 거기에 앉았다. 옆 침대에 누운 할아버지가 병문안을 온 친구와 이야기를 하고 있었다. 목소리가 커서 듣고 싶지 않아도 저절로 듣게 되었다. 들어보니, 노인정 친구인 순철이 할아버지에게 돈을 삼백만원 빌려주었는데 그만 그 할아버지가 치매에 걸린 모양이었다. "치매는 치매고 돈은 돈 아니겠어?" 할아버지가 친구에게 말했다. 친구가 그럼그럼, 하고 대꾸했다. 며칠을 고민한 할아버지는 순철이 할아버지의 아들을 찾아가 사정 이야기를 했다. 그랬더니 차용증이 있느냐고 아들이 되물었다. "싸가지 없는 놈. 순철이가 그 아들 때문에 엄청 속 썩었지." 친구가 말했다. 그 말에 할아버지가 맞장구를 쳤다. "맞아. 집도 그놈이 팔아먹은 거잖아." 할아버지는 노인정 친구들을 데리고 다시 아들을 찾아갔다. 돈을 빌려줄 때 옆에 있던 할아버지들이었다. 그랬는데도 아들은 이야

c

188

기를 들을 생각을 하지 않았다. 사람은 못 믿는다며 차용증을 가지고 오라는 말만 반복했다. "내가 며칠을 잠을 못 잤어, 분해서." 그렇게 며칠 속앓이를 하던 할아버지는 그 아들네 집 현관에 오줌이라도 뿌리고 와야겠다는 생각이 들었다. 그래야만 돈을 잊을 수 있을 거라고. 편의점에 들러 맥주 두캔을 마셨다. 그리고 순철이 할아버지 아들네로 가서 현관에 오줌을 누었다. 그러고는 계단을 내려오다 그만 미끄러져 엉치뼈에 실금이 갔다. 할아버지의 이야기가 끝나자 입구 쪽에서 누군가 흐흐흐 하고 웃었다. 형민은 박대리의 얼굴을 보았다. 잠을 자는 척하며 할아버지의 이야기를 듣고 있던 것은 아닌지 하는 생각에. 해가 지기 시작하자 병실 안으로 햇빛이 깊게 들어왔다. 형민은 자리에서 일어나 블라인드를 내렸다. 블라인드를 내리면서 아래를 내려다보니 누군가 우산을 쓰고 걷고 있었다. 비가 오는가 싶어 다른 사람들을 살펴봤지만 우산을 쓴 사람은 그 한 사람뿐이었다. 형민은 뒤돌아 박대리를 보았다. 수액이 반으로 줄어들어 있었다. 형민은 수액이 떨어지는 것을 보면서 그 속도에 맞춰 눈을 깜빡여보았다.

형민은 다시 간이침대에 앉아서 박대리에게 자전거 브레이크가 여덟번이나 고장 난 사람에 대한 이야기를 해주었다. "내리막길에서 전봇대를 박기도 했대. 그때 그 사람은 이런 생각을 했다고 해. 내 인생도 이렇게 고장 나겠구나, 하고." 형민은 사회자가 보여준 이마의 상처를 떠올렸다. 그리고 자기 이마를 만져보았다. "그랬는데도 그 사람 아주 잘 살아." 형민은 말했다. "일년 동안 실내화 슬리퍼 끈이 다섯번이나 끊어진 십대 소년도 있었어. 다섯번째 슬리퍼 끈이 끊어졌을 때 그 소년은 자신의 인생에 행운은 찾아오지 않을 거라 믿었어. 그래서 공부를 했지." 그 이야기를 가만히 듣던 박대리가 눈을 떴다. 그리고 물었다. "박차장님 이야기예요?" 형민은 아니라고 말했다. "아니, 내 친구들 이야기. 슬리퍼 끈이 끊어진 친구는 지금도 복권을 안 사." 박대리는 깁스를 한 팔을 보았다. 그리고 오른손으로 왼손 집게손가락을 꼬집어보았다. "열세살

무렵에 잠깐 가출을 한 적이 있었어요." 박대리의 목소리
가 갈라졌다. 옆집에 노부부가 살았는데, 할아버지는 매일
아침마다 아령 두개를 들고 복도의 이쪽에서 저쪽 끝까지
걸었다. 아침마다 학교에 가는 박대리에게 잔소리를 했
다. 공부해서 효도해라. 박대리는 그 말을 들을 때마다 할
아버지 자식들은 공부해서 효도했어요, 하고 되묻고 싶었
다. 옆집 할머니는 누군가 부축을 해야 걸을 수 있을 정도
로 나날이 쇠약해지는데, 할아버지는 점점 젊어졌다. 박대
리는 그게 징그러웠다. 그래서 어머니에게 이사를 가자고
졸랐다. 이 아파트는 싫다고. 구질구질하다고. 옆집 할아
버지의 기침 소리까지 들린다고. 방이 더 많은 곳으로 가
자고. 형들 없이 혼자 자보고 싶다고. "엄마가 저에게 화를
냈어요. 이딴 구질구질한 집을 사기 위해 엄마 아빠는 더
구질구질하게 살았다고 하면서요." 그날 박대리는 아침도
안 먹고 도서관에 간다며 가방을 들고 나왔다. 그리고 버
스터미널로 가서 낯선 도시로 가는 버스표를 끊었다. 버
스를 타면서 몇시간을 가야 하냐고 물었더니 네시간이 걸

린다고 했다. 네시간 후 박대리는 낯선 버스터미널에서 김밥을 사먹었다. 김밥이 너무 맛이 없어서 화가 났다. 이렇게 김밥이 맛없는 도시에서는 살 수 없을 것 같았다. 그래서 다시 돌아왔다. 돌아올 때는 차가 막혀 다섯시간이 걸렸고, 중간에 휴게실에서 알감자를 사먹었다. 뜨거워서 혓바닥을 데었다. 쌤통이다. 박대리는 생각했다. 집에 돌아와보니 어머니는 없었다. 방에 들어가보니 도배가 새로 되어 있었다. 책상 위에는 이런 쪽지와 돈 이만원이 있었다. 니 방만이라도 구질구질하지 않게 새로 도배했어. 저녁에 피자 사먹어. 어머니의 글 옆에 같은 방을 쓰는 형들의 글도 있었다. 우리는 거실에서 잘게. 너 혼자 써. "그랬던 어머니라서 전화를 못하겠어요. 제가 회사 잘 다니고 있는 줄 알거든요." 박대리가 말했다.

이제 형민은 혼자 점심을 먹었다. 야구 연습을 보면서 컵밥을 먹으면 명예퇴직을 당한 중년 남자가 된 기분이 들었다. 자꾸 먹다보니 제육덮밥보다 치킨마요덮밥이 더 입맛에 맞았다. 한번은 컵밥집 사장이 서비스라며 달걀프라이를 공짜로 해주기도 했다. 비가 온 어느날, 형민은 우산을 쓰고 운동장에 갔다. 당연히 아무도 야구 연습을 하지 않았다. 그는 빈 운동장을 한바퀴 걸었다. 구두가 젖어 발이 축축해졌다. 야구 경기가 열리지 않아 형민은 컵밥을 사지 않았다. 그리고 그 옆에 있는 분식집으로 들어갔다. 가게 입구에 오픈 기념으로 미니돈가스를 준다고 쓰여 있었다. 형민은 잔치국수를 한그릇 주문했다. 국수와 돈가스가 나왔다. 형민은 그릇을 들어 국물을 마셨다. 그때 교복을 입은 여고생 세명이 들어왔다. 여고생들은 상하이짬뽕과 새콤비빔면과 국물떡볶이를 시켰다. "새콤, 국떡, 그리고 상하이요." 종업원이 주방을 향해 소리쳤다. 그 순간 여학생들이 동시에 노래를 부르기 시작했다. "상하이 상하이 상하이, 트위스트 추면서." 그리고 동시에 웃었다. 깔깔깔, 그렇게 웃었다. 형민도 속으로 흥얼거려보았다. 상하이 상하이 상하이. 한참 후에 주문한 음식들이 나왔다. 그러자 여학생들이 또 노래를 불렀다. 아까보다 더 큰 목소리로. "상하이 상하이 상하이, 트위스트 추면서." 여학생들의 노래를 듣자 형민은 목이 메었다. 그래서 면은 먹지 않고 국물만 계속 들이켰다. 형민은 이 풍경을 기억했다가 딸을 만나면 말해주고 싶었다. 글쎄 지난주에 식당에 갔는데 말이야, 그렇게 말을 시작하고 싶었다. 하지만 그렇게 할 자신이 없었다. 그게 슬펐다.

사건이 일어난 뒤 하영은 계속 결석을 했다. 형민은 그 사실을 모르고 있었다. 하영은 미끄럼통을 다시 찾았다. 이제 영하 때문에 상처받았던 일은 아무렇지 않았다. 그때 울었던 자신이 창피하게 느껴지기도 했다. 하영은 미끄럼통 안으로 들어갔다. 살이 쪄서 미끄럼통을 거슬러 올라가는 일이 쉽지 않았다. 그래도 겨우겨우 중간까지 올라갔다. 그리고 통 안에 누웠다. 너무 무서워서 눈물이 나지 않았다. 좁고 어두운 통 안에 갇혀 있다보니 숨이 막힐 것만 같았다. 여기서 죽어버리면 아무도 찾지 못할 거라는 생각이 들었고, 하영은 미끄럼통 안에서 약을 먹고 죽는 상상을 해보았다. 그러자 눈물이 났다. 은주가 마지막으로 보낸 메시지의 문구를 떠올리며 하영은 울었다.
하영이 우는 동안 유치원생 중 한 아이가 벽에서 울음소
리가 들린다고 선생님에게 말했다. 그 아이는 방바닥이나
벽에 귀를 대고 가만히 있는 걸 좋아했다. 선생님은 아이
의 부모에게 혹시 모르니 병원에서 진료를 받아보길 권했
다. 그 말을 들은 아이의 엄마가 말했다. "그냥 예민한 아
이예요. 그러니 가만히 두세요." 그래서 선생님은 될 수 있
으면 아이가 하고 싶은 대로 하도록 두었다. "무슨 소리가
들리니?" 선생님은 가끔 아이에게 물었다. 그러면 아이는
늘 똑같이 대답했다. "심장 뛰는 소리가 들려요. 건물도 심
장이 있나봐요." 어느날 아이가 다른 말을 했다. "선생님,
누군가 울어요." 선생님은 그 말을 무시했다. 아이는 며칠
이나 우는 소리가 들린다고 말했다. 너무 슬퍼 마음이 아
프다고. 너무 슬퍼 밥을 먹을 수 없다고. 선생님이 벽에 귀
를 대보니 정말 희미하게 울음소리가 들렸다. 선생님은
119에 신고를 했다. 누군가 건물에 갇혔다고. 구조대원이
건물을 한바퀴 돌아본 뒤 선생님에게 말했다. 갇힌 사람

이 없다고. 분명히 어디선가 울음소리가 들린다고 선생님은 말했다. 벽에 귀를 대보라고. 구조대원이 벽에 귀를 대고 가만히 소리를 들었다. 그리고 마침내 미끄럼통 안에서 울고 있는 하영을 발견했다.

경찰서에서 딸을 데려오면서 형민은 딸에게 자전거 브레이크가 여덟번이나 고장이 났던 이야기를 해주었다. 자기 이야기인 것처럼. 딸이 이마의 흉터를 한번 만져봐도 되겠냐고 해서 만져보라고 했다. 딸이 자신의 이마를 만지는 동안 그는 딸의 눈을 들여다보았다. 눈을 보며 그는 딸이 태어났을 때 성당에 가서 예배를 올린 일을 떠올렸다. 아내의 병실은 오층이었는데 거기서 밖을 보면 성당의 첨탑이 보였다. 형민은 그곳까지 걸어갔다. 병실에서 볼 때는 가까워 보였는데 막상 걷다보니 꽤 멀었다. 성당에 들어갔더니 새벽이었는데도 많은 사람들이 기도하고 있었다. 그는 맨 뒷자리에 앉아서 기도하는 사람들의 뒷모습을 바라보았다. 그도 두 손을 맞잡고 눈을 감았다. 그날 태어나서 처음으로 기도를 해보았는데, 어색해서 그런지 적당한 기도문이 떠오르지 않았다. 그래서 고개를 들어 십자가에 매달린 예수상을 보았다. 한참을 바라보자 진짜 자기가 하고 싶은 말이 무엇인지 알 것만 같았다. 너무 높은 자리에 올라가지 않도록 해주세요. 너무 크게 성공하지 않게 해주세요. 그는 그렇게 기도했다. 그는 성당에 가서 기도를 했다는 사실을 아내에게 이야기하지 않았다. 막상 기도를 하고 나니 그게 딸을 위한 기도인지 자신을 위한 기도인지 알 수 없었다. 하지만 그는 딸이 진심으로 그렇게 자라길 바랐다. 딸이 누군가를 이기기 위해 애쓰지 않고 살아가기를 바랐다. 성공을 해서 망가진 사람들. 혹은 망가지는 것을 두려워하지 않아서 성공한 사람들. 형민은 딸이 높이 오르려다 자신을 잃어버리지 않길 바랐다. 딸의 얼굴을 보고 있자니 그 안에 겁 많고 야망도 없는 박형민이라는 십대 소년이 들어 있는 것 같았다. 그때 그렇게 기도를 하지 말았어야 했어. 평범하게 기도를 했어야 했어. 건강하게 자라게 해주세요, 착한 사람이 되게 해주세요, 용기 있는 사람이 되게 해주세요, 그렇게. 그날 형민은 뒤늦은 후회를 했다. 그리고 딸을 처제에게 보내야겠다고 결심을 했다.

딸이 떠나던 날 형민은 오래간만에 운전을 했다. 처음 차를 사고는 너무 좋아서 일주일에 한번씩 셀프세차를 했다. 룸미러에는 도라에몽 인형이 달려 있었다. 딸이 달아놓은 거였다. 형민은 세차장에 가서 세차를 하고 목욕을 한 뒤 점심으로 냉면이나 비빔국수를 먹던 일요일이 그리웠다. 차는 지저분했다. 형민은 그 차를 이혼할 때 아내에게 주었고 아내가 죽고 난 뒤 한번도 몰지 않았다. 운전석에 아내가 좋아하는 방석이 깔려 있었다. 사고가 났는지 차들이 움직일 생각을 하지 않았다. 오분이 지나고 십분이 지났다. 형민은 사고가 났다면 아무도 다치질 않았길 기도했다. 눈이 내리기 시작했다. 형민은 와이퍼를 작동해보았다. 와이퍼가 움직일 때마다 소리가 났다. 형민이 혼잣말처럼 중얼거렸다. "올 겨울엔 눈이 많이 왔으면 좋겠어. 아주 많이." 형민은 폭설로 도로에 고립되는 상상을 해보았다. 형민은 대학 시절에 산악동아리에 가입한 적이 있었다. 산악동아리 모집이라는 포스터를 보자마자 어렸을 때 자주 꾸었던 꿈이 떠올랐다. 폭설이 내리는 날 산장에 고립되는 꿈이었다. 꿈속에서 어른이 된 형민은 벽난로 앞에 앉아 젖은 등산화를 말리고 있었다. 어째서 그런 꿈을 꾸었을까? 그게 궁금해서 형민은 즉흥적으로 산악동아리에 가입했다. 그리고 등반 한번 해보지 못하고 신입생 환영회를 끝으로 탈퇴를 했다. 형민이 다닌 대학교 주변에는 낮은 산이 하나 있었는데 산악동아리는 야밤에 그 산을 한바퀴 도는 것으로 신입생 환영회를 대신했다. 십팔년째 내려온 전통이라는 것이었다. 준비물은 랜턴과 사발면, 그리고 뜨거운 물을 담은 보온병이었다. 밤 열두시에 학교 정문에 모여 출발했다. 산에 들어서기 전에 모두들 고개를 들어 보름달을 보았다. 산은 낮은 동산이었고 그래서 힘들지는 않았다. 하지만 새로 산 등산화 때문에 형민은 뒤꿈치가 아팠다. 그렇게 두시간을 걷다 어느 정자에 도착했다. 거기서 사발면을 먹었다. 선배들이 막걸리를 가지고 와서 다들 막걸리도 한잔씩 마셨다. 그리고 각자 자기소개를 했다. 이름, 나이, 고향, 전공, 그런 것들을 말하고 나자 동아리 회장이 자리에서 일어나 한마디 했다. 지금부터 살면서 가장 힘들었던 일을 한가지씩 고백한다. 회장은 그게 산악동아리의 전통이라고 했다. 그래야 한 가족이 된다고. 형민은 그 말을 이해할 수 없었다. 신입생들이 한명씩 돌아가면서 힘들었던 일을 고백했다. 아버지가 교통사고로 돌아가신 이야기, 사업에 실패해서 반지하로 이사를 가야 했던 이야기, 어머니가 유방암에 걸려 오랫동안 투병을 한 이야기. 형민은 처음 보는 사람들 앞에서 자기 이야기를 털어놓는 동기들을 바라보았다. 단한명도 머뭇거리지 않았다. 형민은 자기 차례가 다가오자 심장이 두근거리기 시작했다. 그러다 자기 옆에 앉은 동기가 이야기를 시작할 때 형민은 자리에서 일어났다. 선배가 어디 가느냐고 묻자 형민은 오줌이 마렵다고 말했다. 그리고 정자 아래로 걸어 내려갔다. 위쪽에서 목소리가 웅성웅성 들려왔다. 형민은 오줌이 마렵지 않았지만 억지로 오줌을 누었다. 그리고 근처 바위에 앉아서 고백의 시간이 지나가길 기다렸다. 한참이 지난 후 정자에서 누군가 소리쳤다. "박형민, 어디 있냐?" 형민이 대답했다. "여기 있어요." 그날, 형민은 아무 말도 하지 않았다. 할 말이 없다고 하자 그럼 동아리에 가입할 수 없다고 회장이 말했다. 산악동아리 회원들은 생사를 같이해야 하는 동지이기 때문에 이런 관문을 통과해야 한다고 했다. 형민은 그 말이 무서웠다. 그래서 회장에게 변명을 했다. "사실 저는 등산을 싫어해요." 그런 뒤 형민은 정자에 혼자 남았다. 거기서 아침 해가 뜰 때까지 기다린 다음 하산을 했다. 형민은 내리는 눈을 보면서 딸에게 그때 일을 이야기해주었다. 그후로 보름달이 뜨는 날이면 혼자서 그 정자에 갔다고. 뜨거운 물을 넣은 보온병과 사발면, 그리고 막걸리 한 통. 그걸 정자에서 먹으면서 허공에 대고 아무 말이나 중얼거려보았다고. 한참 후에 딸이 핸들을 잡고 있는 형민의 손을 잡아주었다. "아빠, 미안해." 딸이 말했다. 형민은 룸미러에 달려 있는 도라에몽 인형을 떼어 딸에게 주었다.

그날 공항에서 하영은 형민에게 이런 이야기를 고백했다. 하영은 학기 초에 은주에게 거짓말을 한 적이 있었다. 개학 첫날, 하영은 실내화를 갈아 신다가 자신의 것과 똑같은 신발이 신발장에 있는 것을 보았다. 16번 칸이었다. 누구일까? 그 신발은 하영이 인터넷 쇼핑몰에서 산 것이었는데, 친구들이 즐겨 신는 유명 브랜드가 아니어서 같은 신발을 신은 아이를 만나리라고는 생각도 안해보았다. 그래서 하영은 16번 학생에게 말을 걸어보았다. 은주는 그 신발을 집 앞에 있는 작은 옷가게에서 샀다고 했다. 마네킹이 입고 있는 초록색 티셔츠가 예뻐서 들어갔다가 발견한 신발이라고 은주는 말했다. 짝수 날은 은주가, 홀수 날은 하영이 운동화를 신기로 약속했다. 은주는 초등학교 4학년 때 아버지를 여의었다. 출장을 갔다가 그 건물 엘리베이터가 고장 나서 추락사를 했는데, 그날 밤 뉴스에도 나왔다고 은주는 말했다. 그러면서 자신의 어머니는 아버지가 돌아가신 충격으로 저장강박증 환자가 되었다고 하영에게 고백했다. 집에 쓰레기가 얼마나 쌓였는지 나중에는 동생하고 식탁 위에서 잠을 자야 했다는 은주의 말에 하영은 자신도 모르게 거짓말을 했다. "우리 아빠는 집을 나갔어. 이 세상이 싫다며 산속으로 들어가버렸어." 그 말을 들은 은주가 그런 사람들 텔레비전에서 많이 봤어, 하고 대꾸했다. 산속에서 움막을 치고 사는 사람들. 텔레비전도 보지 않고 라디오도 듣지 않고 영어사전이나 백과사전 따위만 들여다보는 사람들. 시꺼멓게 그을린 냄비 하나로 밥을 해 먹는 사람들. 은주는 그런 사람들이 나오는 프로그램을 자주 본다고 말했다. "그 프로그램을 보면 말이야, 상처받은 남자들은 산속으로 들어가고 상처받은 여자들은 쓰레기를 모아. 다 그런 건 아닌데 대체로 그래." 그날 은주는 하영에게 떡볶이를 사주었다. "참, 우리 엄마는 이젠 안 그래. 다 나았어. 집도 깨끗하고. 하지만 다른 아이들한테는 비밀이야." 은주의 말에 하영이 고개를 끄떡였다. 우리 아버지 얘기도 비밀이야, 하고 말했다. 은주가 고개를 끄떡였다. 그날부터였다. 하영은 이상하게도 은주에게만은 불행한 것들만 이야기하고 싶었다. 하지만 엄마의 죽음은 말하고 싶지 않았고 그래서 자꾸 거짓말을 하게 되었다. 하영은 불행한 이야기를 지어낼 때마다 그게 진짜가 될까봐 두려웠다. 그러면서도 마음 한편에서는 이상한 희열이 느껴져서 멈출 수가 없었다. 미진이 은주를 괴롭힐 때 옆에서 동조한 이유는 그래서였다. 그래야 거짓말을 멈출 수 있을 것 같아서. 형민은 이야기를 마친 딸의 얼굴을 바라보았다. 안아주어야 하는데. 그런 생각이 들었지만 쑥스러워서 몸이 움직이지 않았다. 딸의 입술 옆에 작은 흉터가 보였다. 처음 보는 흉터였다. 형민은 그 흉터의 존재를 전혀 몰랐다는 사실에 당황했다. 딸이 자전거를 타다 넘어져 왼쪽 팔꿈치에 다섯바늘을 꿰맨 적은 있었다. 그때 딸의 자전거를 뒤에서 잡고 있던 사람은 형민이었다. "놓지 마, 아빠. 놓지 마." 어린 딸은 말했다. 그때 장난기가 발동한 형민이 딸의 앞으로 뛰어가면서 말했다. "이미 놓았지. 아빠 잡아봐라." 딸이 넘어진 것은 그 순간이었다. 딸을 데리고 병원으로 가면서 형민은 생각했다. 나중에 딸이 속을 썩이면 이 순간을 기억해야지. 나 때문에 다친 이 순간을. 하지만 그때 생각한 속 썩는 일은 이런 게 아니었다. 제 엄마에게 소리를 지른다거나, 공부하기 싫다며 게임에 빠진다거나, 도서관에 간다고 거짓말을 하고 친구들하고 놀러 가는 것. 형민은 그런 것만 상상했다. 형민은 용기를 내어 손을 뻗었다. 그리고 딸의 입술 옆 흉터를 만져보았다.

형민은 매일 야근을 했다. 회사는 조과장과 박대리의 빈자리를 채워주지 않았다. 조만간 인사이동이 있을 예정이니 기다리라고만 했다. 회장의 아들이 미국에서 돌아와 회사를 이어받을 준비를 한다는 소문이 들렸다. 형민은 열시에 퇴근을 한 다음 열시 오분에 집으로 가는 버스를 탔다. 그리고 마을버스 정류장 근처 해장국집에서 뼈해장국 일인분에 소주 한병을 먹었다. 그걸 먹다보면 해장국이 칼로리가 장난 아니에요, 하며 줄넘기를 하던 박대리의 말이 들리는 듯했다. 옆 테이블에 앉은 남자가 츱츱 소리를 내며 뼈를 빨아 먹었다. 또 그 옆 테이블에서 감자탕을 먹던 남녀 커플도 츕츕 소리를 내며 뼈를 빨아 먹었다. 말소리는 들리지 않고 오직 뼈를 빨아 먹는 소리만 들렸다. 츕츕. 츕츕. 형민은 그 소리가 싫었다. 징그러웠다. 그랬는데도 형민은 부러 소리를 내어 뼈를 빨았다. 양손으로 뼈를 들고서. 그렇게 소리 내어 뼈를 빨다보니 이상하게도 무릎을 꿇고 사과하던 부부의 모습이 자꾸 떠올랐다. 왜 그들이 불쾌하게 느껴졌는지 알 것만 같았다. 그런 사과는 조용한 곳에서 했어야 한다고, 사람이 많은 곳에서 해서는 안되는 것이라고, 처음에 형민은 그렇게 생각했다. 다 헛소리였다. 그들을 불쾌하게 생각해야지만 자신의 죄책감이 줄어드는 것 같은 착각이 들기 때문이었다. 그 집 아이와 내 아이는 다르다고. 당신들의 죄책감과 나의 죄책감은 결이 다르다고. 형민은 츕츕 소리 내어 뼈를 빨아가며 그런 생각을 했다.

형민이 진구였을 적에 진구의 짝은 늘 이렇게 물었다. "어제 뭐 했어?" 자리에 앉아 가방을 풀기도 전에 먼저 그것부터 물었다. 그러면 진구는 대답했다. "낮잠 잤어." 짝은 포기하지 않고 또 물었다. "그다음엔?" "일어나 하늘을 봤지." "그다음엔?" "비가 와서 빨래를 갰어." "그다음엔?" "몰라." 진구가 모른다고 대답해야 질문은 끝났다. 진구의 짝은 별다른 역할이 없었다. 마치 어제 뭐 했어, 라고 묻기 위해 등장하는 것처럼. 형민이 고등학생이었을 때 비가 오면 학교를 결석하는 아이가 있었다. 이름이 성호였다. 담임선생님이 어제 왜 학교에 안 왔냐고 물으면 늘 똑같이 대답했다. "오려고 했어요. 그런데 비가 오잖아요." 성호는 비가 오면 우산을 쓰고 비가 그칠 때까지 걷는다고 했다. 담임선생님은 그 말을 믿지 않았다. "어디 만화방에 처박혀 있던 거 아냐?" 그렇게 말했다. 성호는 만화책을 읽지 못한다고 했다. 네모 칸이 어디로 연결되는지 헷갈린다는 거였다. 소설책을 못 읽는 사람은 봤어도 만화책을 못 읽는 사람은 처음 봤다며 담임뿐만 아니라 반 아이들도 그 말을 믿지 않았다. 태풍이 왔을 때 성호는 닷새나 결석을 하기도 했다. 성호는 키가 커서 뒷자리에 앉았고 그래서 중간쯤에 앉은 형민과는 가깝게 지낼 일이 별로 없었다. 그러다가 둘이 체육시간에 열외가 되어 운동장 벤치에 앉게 되었다. 형민이 전날 음식을 잘못 먹어서 배탈이 났기 때문이었다. 성호는 늘 체육시간에 열외였다. 체육선생님은 열외인 학생들을 교실에 두는 것을 싫어했다. 다른 아이들이 뛰고 있을 때 빈 교실에서 공부를 하는 건 반칙이라는 거였다. 그때 벤치에 앉아서 반 아이들이 배구 경기를 하는 것을 구경하다가 형민이 성호에게 물었다. "어제 뭐 했어?" 그러자 성호가 대답했다. "걸었어." "그다음엔 뭐 했어?" "비가 그쳐 집에 돌아왔어." "그다음엔 뭐 했어?" "잤어." "그다음엔 뭐 했어?" "라면 먹었어." 그렇게 말하고는 성호가 형민을 바라보았다. "넌 어제 뭐 했어?" 형민은 바로 답을 하지 못했다. 전날 뭘 했는지 생각이 나지 않았기 때문이었다. "낮잠 잤어." 형민은 거짓말을 했다. "그다음엔 뭐 했어?" "일어나 하늘을 봤어." 그러자 성호가 다른 질문을 했다. "하늘 색은 어땠어?" "붉은 노을이었어." "아름다웠어?" 성호가 다시 물었다. 형민은 노을이 지는 저녁 하늘을 상상해보았다. 그러자 자기도 모르게 다른 대답이 나왔다. "슬펐어." 성호는 체육복 윗도리를 걷어 가슴을 보여주었다. 가슴 한가운데 수술 자국이 보였다. "내가 이래서 체육 수업을 안하는 거야. 다른 친구들한테는 비밀이야." 그날 이후로 형민과 성호는 아침마다 서로에게 어제 뭐 했어, 하고 물었다. "어제 뭐 했어?" "길 가다 천원을 주웠어." "그걸로 뭐 했어?" "쌍쌍바를 사먹었지." "반으로 잘 쪼갰어?" "아니. 그래서 슬펐어." 규칙을 정한 것은 아닌데 마지막 문장은 늘 슬펐어,로 끝났다. 성호와는 고등학교 3학년이 되면서 다른 반으로 갈렸다. 대학 입시에 실패한 성호는 이모가 산다는 동남아의 어느 나라로 여행을 떠났다. 그걸로 소식이 끊어졌다. 확인할 수 없는 소문들만 돌았다. 그중에는 부모님이 재벌이어서 세계여행을 하면서 산다는 소문도 있었다. 형민은 애써 성호를 찾으려고 노력하지 않았다. 그보다 소문을 믿는 게 더 마음이 편했다. 형민은 야근을 하고 늦게 귀가하면서 전세계를 떠도는 성호를 상상했다. 해장국을 먹고 집까지 걸어오면 자정이 지났다. 그러면 형민은 성호와 했던 그 놀이를 혼자 하곤 했다. 어젠 뭐 했어?
야근했지. 그리고? 혼자 술 마셨지. 그렇게 주고받다가 만
약 아내라면 어떻게 대답했을지 상상해보았다. 여보, 어제
뭐 했어? 어느 집 담벼락에 핀 장미꽃을 구경했지. 그리
고? 꽃이 예뻐 한송이 꺾었지. 그리고? 장미에 찔려 피가
났지. 아내라면 그런 말을 했을 것 같았다. 이번에는 아내
가 형민에게 어제 뭐 했냐고 묻는 장면을 상상해보았다.
여보, 어제 뭐 했어? 밤에 혼자 울었지. 왜 울었어? 어떤
아나운서가 죽어서 울었지. 많이 슬펐어? 아니, 안 슬퍼서
울었어. 형민은 그렇게 말하면서 이마의 상처를 만져보았
다. 이제 사회자 이마에 난 상처는 사라지겠지.

　「그 시절, 그 사람들」은 58회까지 방영되었고 63회분까
지 녹화가 진행되었다. 형민의 이야기는 57회에 방영될
예정이었다. 녹화가 중단되었기 때문에 형민의 방송은 보
류가 되었는데, 사회자는 편집을 해서 어떻게든 방영을
하자고 주장하기도 했다. 63회를 녹화하는 동안 사회자는

단 한번도 지각을 한 적이 없었다. 늘 녹화 두시간 전에 도착해서 대본을 들고 건물 옥상에 꾸며놓은 정원으로 올라갔다. 거기 벤치에 앉아서 대본을 읽었다. 그리고 녹화 십분 전에 스튜디오로 내려와 따뜻한 홍삼차를 마셨다. 사회자가 처음으로 지각을 하자 담당 피디는 불길한 예감에 사로잡혔다. 하지만 이런 일이 생길 거라고는 짐작도 하지 못했다고 기자들에게 말했다. 오는 도중 교통사고가 났거나, 욕실에서 쓰러졌거나, 몸살을 앓아 몸져누웠거나, 그런 줄 알았다고. 담당 피디는 막내 피디와 막내 작가를 사회자의 집으로 보냈다. 둘 다 차가 없었기 때문에 자신의 차를 내주었고, 운전이 서툰 막내 피디는 주차를 하다 주차장 기둥에 차를 들이받았다. 둘은 오피스텔 관리인을 불러 문을 열었다. 천장을 보고 똑바로 누워 있었기 때문에 처음에는 잠을 자는 줄 알았다고 관리인은 말했다. 책상 위에는 유서가 놓여 있었다. "괜찮은 사람이 되고 싶었습니다. 잘 되지 않았습니다. 미안합니다." 형민은 유서를 찍은 사진을 들여다보고 또 들여다보았다. 시옷을 다른 자음보다 크게 썼는데, 그래서인지 사람이라는 글자가 튀어나와 보였다. 녹화를 할 때 사회자는 형민에게 물었다. "지금 진구를 만나게 되면 무슨 말을 하고 싶나요?" 대본에 없던 질문이었다. "글쎄요, 아무 말도 못할 것 같아요. 그런데 진구에게 칭찬을 들었으면 좋겠어요, 이만하면 괜찮게 컸다고. 진구가 제 머리를 한번 쓰다듬어주었으면 좋겠어요." 그렇게 말하고 형민은 자신의 앞머리를 쓰다듬었다. 그 말을 듣던 사회자가 갑자기 눈물을 흘려서 녹화가 중단되었다. 밖으로 나갔다가 잠시 후 돌아온 사회자가 눈에 뭐가 들어갔었다며 거짓말을 했다. 그 말이 사회자의 어느 부분을 건드린 것일까. 형민은 장례식장으로 가면서 그 질문을 하고 또 해보았다. 형민은 답을 알 수 없었고 그래서 장례식장 앞을 서성였다. 그러다 형민에게 섭외 전화를 했던 작가와 마주쳤다. "미안합니다." 형민은 사과를 하고는 또 도망을 쳤다. "저기요." 작가가 형민을 불렀지만 형민은 뒤돌아보지 않았다. 형민은 뛰었다. 계단을 내려오는 사람들과, 로비에 서 있는 사람들과, 담배를 피우는 사람들과 어깨가 부딪혔다. 그때마다 그는 큰 소리로 말했다. 미안합니다, 미안합니다. 마치 그 말을 하고 싶어서 일부러 어깨를 부딪는 사람처럼.

3

  형민의 딸은 별명이 박카스였다. 형민과 아내는 딸을
낳고 한달이 지나도록 출생신고를 하지 못했다. 아이 이
름을 짓지 못했기 때문이었다. 평범하면서도 친구들에게
놀림받지 않을 그런 이름을 짓고 싶었는데 생각보다 쉽
지 않았다. 형민이 며칠을 고민해 겨우 이름 하나를 생각
해내면 아내가 말했다. 동창 중에 그 이름이랑 같은 아이
가 있었는데 고등학교 2학년 때 집에 불이 나서 죽었다고.
그러니 안된다고. 그리고 또 아내가 이름을 말하면 형민
이 대꾸했다. 싫어했던 선생님의 이름이라고. 늘 지루하고
우울한 얼굴이었다고. 형민의 어머니는 매일 전화를 걸어
잔소리를 했다. 딸이 태어났을 때, 형민은 병원 앞에 있는

추어탕집에서 장인어른과 술을 한잔 마셨다. 장인이 형민에게 고맙다고 말했다. "나는 딸이 태어나는 걸 못 봤거든. 딸의 이름도 아내가 지었지." 그날 형민은 장인이 젊은 시절에 중동으로 돈을 벌러 갔었다는 사실을 처음 알았다. 장인은 중동으로 떠난 지 한달 후에 아내가 임신했다는 편지를 받았다. 그리고 여덟달이 지난 후에 아이가 태어났다는 편지를 받았다고 했다. 그 편지에는 눈도 뜨지 못하는 갓난아이의 사진이 들어 있었다. 장인이 형민의 잔에 술을 따르면서 말했다. "그러니 손녀 이름만은 내가 지어주면 안되겠나?" 형민은 장인어른 앞에 놓인 잔에 술을 따랐다. "아버님." 그렇게 말하고 형민은 잔을 들어 입술을 축였다. 마시지는 않았다. "아버님, 죄송하지만 그건 안되겠어요. 제 첫 딸이거든요." 장인이 그 말을 듣고 호탕하게 웃었다. "그래, 내가 생각이 짧았네." 딸의 이름을 짓지 못하자 형민은 왠지 장인 보기가 껄끄러웠다. 겨우 이런 이름을 지으려고 내 부탁을 거절했나. 나중에 그런 소리를 들을 것만 같았다. 출생신고 기한이 지나자 아내가 재미있는 제안을 하나 했다. 서로 좋아하는 단어를 다섯 개씩 적어낸 다음 제비뽑기를 해보자는 거였다. "나중에 우리 딸이 이름을 그렇게 지었다는 사실을 알면 실망하지 않을까?" 형민이 묻자 아내가 대수롭지 않게 말했다. "어쩌면 재미있어할지도 몰라. 그래도 혹시 애가 실망하면 너무 심각하게 살지 말라는 깊은 뜻이 있다고 말해주자." 아내의 말을 듣고 보니 일리가 있었다. 형민은 이름의 뜻보다 못한 삶을 사는 사람들을 너무나 많이 봤다고 아내에게 말했다. 그러자 아내도 그렇다고 했다. 형민은 자기 이름에서 민이라는 글자를 하나 적어냈다. 그리고 하, 연, 효, 경이라는 글자를 적었다. 아내는 비밀이라고 보여주지 않았다. 열개의 제비를 식탁에 던졌다. 그리고 부부는 가위바위보를 했다. 형민은 보를 냈다. 가위를 내서 이긴 아내가 제비 하나를 집어들었다. 하라는 글자가 나왔다. 형민이 제비 하나를 집었다가 다시 내려놓았다. 그리고 그 옆에 있는 제비를 집었다. 거기에는 영이라는 글자가 적혀 있었다. 부부는 동사무소로 가서 벌금 만원을 내고 출생신고를 했다.

　유치원을 다닐 적에 하영을 좋아했던 남자아이가 있었다. 유치원 선생님은 아침마다 아이들하고 「당신은 누구십니까」라는 노래를 불렀다. 그렇게 출석 체크를 했다. 딸을 좋아했던 남자아이는 하영이 이름을 대면 그 이름 안 예쁘군요, 하고 노래를 불렀다. 그때마다 하영은 울었다. 하영이 그 아이 때문에 유치원에 가기 싫다고 말하자 형민의 아내가 말했다. "너도 그럼 안 예쁘다고 말해." 그래서 딸은 그렇게 했다. 그러자 남자아이가 자리에서 일어나 하영을 밀쳤다. 하영이 화가 나서 남자아이의 별명을 불렀다. "야, 양변기야" 남자아이의 이름이 양민기였기 때문이었다. 민기가 제자리에 서서 씩씩댔다. 한참 그렇게 있다가 별명 하나를 생각해냈다. "야, 박카스야." 그 말에 같은 반 아이들이 웃었다. 하영은 유치원을 졸업할 때까지 내내 그 별명으로 불렸다. 그리고 잠깐 박하사탕이라는 별명으로 불리다가 초등학교 2학년 때 유치원을 함께 다녔던 아이와 같은 반이 되면서 다시 박카스라고 불리게 되었다. 형민의 아내는 어린 딸에게 박카스는 지친 사람들이 기운을 내기 위해 마시는 음료라고 말해주었다. 그러니 좋은 뜻이라고. 형민의 아내는 딸의 별명이 마음에 들었다. 그래서 아침마다 딸을 깨울 때면 별명을 불렀다. 박카스, 일어나!

하영은 초등학교 6학년 때 단짝 친구였던 영하와 도둑질을 한 적이 있었다. 영하가 하영에게 말도 없이 사흘이나 결석을 한 적이 있었다. 걱정이 된 하영은 영하네 엄마가 한다는 까페를 찾아갔다. 까페에는 영하 엄마가 없었다. 아르바이트생은 주인 아주머니에게 딸이 있는지도 모르고 있었다. 영하의 남극. 거기 있으면 대답하라. 하영은 저녁마다 메시지를 보냈지만 답은 오지 않았다. 읽었다는 표시도 뜨지 않았다. 그러다 나흘 만에 학교에 온 영하가 말했다. 엄마가 남자친구를 사귄다고. 동창들하고 제주도를 간다고 했지만 사실은 남자친구와 단둘이 여행을 갔다고. 그게 미워 사흘 동안 집에서 잠만 잤다고. "한끼도 안 먹고 잠만 잤더니 이렇게 살이 빠졌어." 그렇게 말하고 영하는 두 팔을 벌린 채 한바퀴를 돌았다. 영하의 엄마가 사귄다는 남자는 서점을 했다. 둘은 고등학교 동창이었는데 졸업하고 처음으로 장례식장에서 만났다. 고등학교 1학년 때 담임선생님의 장례식이었다. 선생님은 지하철에서 떨어진 아이를 구하려다 목숨을 잃었다. 그 사건은 그날 저녁 뉴스에 나왔다. 선생님의 제자 중 검사가 된 사람이 나와서 인터뷰도 했다. 머리로 계산하지 말고 살아라. 사법고시에 합격했을 때 선생님이 자신에게 해준 말이라고 인터뷰에서 검사는 말했다. 선생님이 의롭게 죽었다는 사실 때문인지 장례식장은 제자들로 넘쳤다. 장례식장에서 맞은편에 앉은 남자가 영하의 어머니에게 술을 따라주며 말했다. "나 기억 안 나?" 그 남자를 보자 영하의 어머니 머릿속에는 어떤 사건 하나가 떠올랐다. 학교 앞 문방구에서 볼펜을 훔친 일이었다. 그날, 문방구 주인한테는 들키지 않았는데 참고서를 사던 남자애한테는 들키고 말았다. 그때 그 아이였다. 교문 앞에서 영하 어머니의 귀에 대고 이렇게 속삭였던. "오늘은 빨간색 볼펜, 지난주는 형광펜." 그 아이가 가족과 이민을 간다고 했을 때 얼마나 안심을 했던가. "너 브라질로 간 거 아니었어?" 영하 어머니가 물었다. "망했지." 남자가 대답했다. "거기서 아버지도 돌아가시고." 남자는 술을 한잔 마시고는 안주로 새우젓을 조금 집어 먹었다. 그날 이후로 둘은 종종 술을 마셨다. "언제부터인가 엄마가 전화 통화를 할 때면 방으로 들어가더라고. 그래서 내가 엄마를 미행해보았지." 영하는 떡볶이 가게에서 그 이야기를 해주었다. 사흘을 굶었다며 떡볶이를 삼인분이나 먹었다. 그날 하영과 영하는 남자의 서점에 갔다. 서점은 지하에 있었다. 반은 서점이고 반은 문구점인 그런 곳이었다. 하영은 책을 읽는 척하면서 카운터에 앉아 있는 남자를 관찰했다. 손님은 별로 없었고 남자는 두꺼운 책을 읽고 있었다. 서점 주인이라 일부러 두꺼운 책을 읽는 척하는 거라고 하영은 생각했다. 영하는 문구 코너에서 연필 세트를 훔쳤다. 하영은 휴대용 연필깎이를 훔쳤다. 그리고 그게 너무 작은 것 같아서 나비 모양의 포스트잇과 기차 모양의 지우개도 훔쳤다. 둘이 서점을 나오는데 카운터에서 남자가 잠깐만요, 하고 불렀다. 너무 놀란 둘은 뛰었다. 계단에서 누군가와 어깨를 부딪쳤다. 죄송합니다. 그렇게 소리치고는 계속 뛰었다. 발이 빠른 영하가 저만치 달려갔다. 하영은 영하의 뒤통수를 보고 뛰었다. 달리다보니 초밥 모양의 모자를 쓴 사람들이 전단지를 나눠주고 있었다. 달리면서 하영은 그것을 받았다. 헉헉. 숨이 차자 차가운 연어초밥이 먹고 싶어졌다. 집에 가서 엄마한테 사달라 그래야지. 그런 생각을 하며 하영은 뛰었다. 어느새 영하의 모습이 보이지 않았다. 헉헉. 치사한 년. 기다리지도 않고. 하영은 영하의 욕을 하면서 뛰었다. 헉헉. 그렇게 뛰면서 하영은 생각했다. 이렇게 뛰면 체육대회에서도 상 한번 받았겠다고. 하지만 하영은 그후로도 체육대회에서 늘 꼴찌를 했다. 그리고 몇 년이 지난 뒤, 형민은 딸이 뛰었던 것처럼 뛰었다.

형민의 아내는 일남 이녀 중 둘째였다. 위로 오빠가 하나 있고 아래로 동생이 하나 있었다. 아버지가 삼대독자였기 때문에 오빠는 할아버지, 할머니의 사랑을 독차지했다. 사우디에서 육년 만에 돌아온 아버지는 늦둥이로 태어난 여동생을 특히 예뻐했다. 가운데 낀 형민의 아내는 어린 시절 늘 불만이 많았다. 남매들 중 돌잔치 사진이 없는 사람은 자기뿐이었다. 장남이란 이유로 세뱃돈을 많이 받는 오빠도 싫었고, 혼날 것 같으면 아버지한테 뽀뽀를 해서 애교를 떠는 동생도 싫었다. 심부름은 늘 형민의 아내 차지였다. "왜 내가 해야 해?" 그렇게 따지면 오빠와 동생은 말했다. "난 장남이니까." "난 아직 아기니까." 형민의 아내는 입술을 잔뜩 내민 채 심부름을 갔다 왔다. 오빠는 그런 동생을 인상파라고 놀렸다. "야, 인상파, 얼굴 좀 펴." 이름이 인상현이었기 때문에 그런 별명이 붙었다. 인상준, 인상현, 인상미. 세 남매의 이름은 그랬다. 상현은 자기 이름이 싫었다. 상현의 어머니는 세 자식 중 유일하게 작명소에서 지은 이름이라며 딸을 위로했다. 크게 성공할 이름이라고. 성공하거든 나중에 오빠한테 큰소리를 치라고. 상현은 오빠의 얼굴에 여드름이 나기 시작하자

곰보빵이라고 부르기 시작했다. 그 별명을 상현의 어머
니는 질색을 하고 싫어했다. 어머니는 어렸을 때 동네에
곰보빵이라는 별명을 가진 남자가 있었다는 이야기를 상
현에게 들려주었다. 어머니가 다닌 중학교는 여학교였지
만 같은 재단의 남학교와 운동장을 사이에 두고 마주 보
고 있었다. 곰보빵은 그 남학교에 다니던 학생의 별명이
었다. 상현의 어머니보다 한 학년이 높았다. "근데 여드름
이 많이 났어, 곰보빵이라고 불리게?" 상현이 물었다. 어
머니가 고개를 저었다. "피부는 아주 좋았단다. 인기가 많
았지. 특히 여학생들에게." 상현은 잘 이해가 되지 않는다
고 했다. 상현이 즐겨 보는 주말 드라마에 나오는 주인공
의 친구 별명도 곰보빵이었고 학교 앞 만화방의 주인 남
자 별명도 곰보빵이었는데, 그들은 모두 피부가 마마를
앓은 사람처럼 얽어 있었다. "그 선배가 공씨였거든. 이름
이 보배. 공보배. 그래서 곰보빵이 되었어." 어머니가 말
했다. "곰보빵 선배는 자기 이름을 싫어했어, 계집애 같다
고. 곰보빵이라고 불리는 걸 더 좋아했지." 곰보빵의 어머

니는 동네에서 유명한 술집 작부였다. 술에 취하면 사납게 변하는 걸로 유명했지만 아들 사랑은 남달랐다. 곰보빵은 키도 컸고, 잘생겼고, 또 공부도 잘했다. "그렇게 잘난 사람이었는데 일찍 죽었지. 엄마 생각엔 그 별명 때문인 것 같아." 곰보빵을 짝사랑한 여학생들이 아주 많았다. 그중에 동네에서 가장 큰 빵집 딸도 있었다. 그 아이는 아침마다 곰보빵네 대문에 빵과 우유를 걸어두었다. 그러기를 백일. 백일 후 그 여학생은 빵집 주방장에게 부탁해 커다란 곰보빵을 만들었다. 그리고 그걸 들고 가서 고백을 했다. 둘이 사귄다는 소문이 한나절도 걸리지 않아 학교 전체에 퍼졌다. 둘이 사귄 지 일년이 지났을 때였다. 방학 때 몇몇 친구들과 함께 바닷가로 놀러 갔다가 사고가났다. 파도에 휩쓸린 여자친구를 구하려 바다에 뛰어들었다가 곰보빵은 죽고 여자친구만 살아남은 것이다. 아들을잃고 술만 마시던 곰보빵의 어머니가 여학생의 빵집에 불을 질렀다. 그리고 그 불구덩이에 뛰어들어 자살을 했다. "빵집 주방장도 죽었지. 그 여학생의 아버지는 간신히 살았지만 전신화상을 입었고. 그애가 곰보빵만 주지 않았어도 둘이 사귀지는 않았을 거야. 그러면 죽지도 않았겠지.”
상현은 어머니의 이야기가 좀 이상하다는 생각이 들었다. 그건 별명과는, 특히 곰보빵과는 전혀 상관없는 이야기였다. “근데 엄마, 그 아저씨 곰보빵 먹는 건 좋아했어?” 상현이 어머니에게 물었다. “아니.” 어머니가 대답했다. “그럼 뭘 좋아했어?” 상현이 다시 물었다. “사실 곰보빵은 카스텔라를 좋아했어.” 어머니는 곰보빵과 같이 카스텔라를 먹던 기억을 떠올려보았다. 그 선배가 첫사랑이었다. 어머니의 이야기를 들었지만 상현은 오빠를 계속 곰보빵이라고 놀렸다. 오빠는 동생에게 다른 별명으로 불러달라고 했다. 자기를 뽀빠이라고 불러달라는 거였다. 그러면서 동생에게 자신의 알통을 만져보라고 했다. 아버지가 마당에 역기를 설치해준 뒤로 오빠는 매일 역기를 들었다. 여동생은 오빠의 팔뚝에 매달리는 걸 좋아했다. “도와줘요, 뽀빠이.” 그렇게 말하면 오빠는 막냇동생을 팔뚝에 매달고 빙빙 돌았다. 상현은 뽀빠이는 예쁜 올리브가 있어야

한다고 말했다. 그런 여자친구가 없으니 오빠는 뽀빠이가
될 자격이 없다고. 몇년 후, 군대에서 사고가 났다는 소식
을 들었을 때 상현이 가장 먼저 한 생각은 그거였다. 뽀빠
이라고 불러줄걸. 엄마 말을 들을걸. 오빠의 장례식장에
서 상현은 곰보빵이라고 오빠를 놀렸던 일을 후회하고 또
후회했다. 그 별명 때문에 오빠가 일찍 죽은 것만 같았다.
장남을 잃은 아버지는 한순간에 늙었다. 장남을 잃은 어
머니는 불면증에 걸렸다. 상현은 다정한 사람이 되리라고
결심했다. 오빠는 그런 사람이었으니까.

딸을 낳고 상현은 이년 동안 일을 쉬었다. 아이는 기저
귀가 축축해져도 칭얼거리지 않았다. 잠투정도 없이 예쁘
게 잠을 잤다. 그런데도 상현은 우울증이 생겼다. 처음 증
상은 겁이 나는 거였다. 아이가 자고 있으면 숨을 쉬지 않
을까봐 십분에 한번씩 코밑에 손가락을 대보았다. 죽으
면 어쩌지. 그런 걱정이 심해져서 나중에는 불면증에 걸
렸다. 아이가 분유를 많이 먹어도 겁이 나고, 안 먹어도 겁
이 났다. 형민이 감기라도 걸리면 아이와 자신을 두고 남

편이 먼저 죽을까봐 겁이 났다. 아이가 커서 부모를 시시한 사람들이라고 생각할까봐 겁이 났다. 그 증상이 조금 나아지자 다음에는 화가 났다. 화를 삭이려고 자는 아이의 볼을 손가락으로 톡톡 건드리곤 했다. 그러면 아이는 자면서도 웃었다. 그걸 보면 잠깐이지만 마음이 가라앉곤 했다. 화가 사라지자 아무 때나 눈물이 났다. 개나리가 피는 것만 봐도 눈물이 났다. 그녀는 화가 나는 것보다는 슬픈 게 더 낫다는 생각이 들었고 그래서 아이를 유아차에 태워 집 근처의 공원을 하염없이 돌았다. 그러면서 아이에게 일찍 죽은 삼촌에 대한 이야기를 들려주었다. 달리기를 아주 잘했다고. 공부는 더 잘했다고. 무엇보다 다정한 아들이었다고. 막 말을 하기 시작한 아이는 공원을 산책할 때면 이런저런 나무들을 가리키며 말했다. "엄마, 저거." 어떤 날은 똑같은 말을 오십번도 더 하기도 했다. 그러던 어느날 딸이 목련을 보고 말했다. "엄마, 예뻐." 그 말에 그녀는 위로를 받았다. 그래서 목련이 질 때까지 매일 그 나무 아래를 서성였다. 아이의 유아차 위로 목련이 떨어졌다. 공원은 버스정류장 근처에 있었다. 형민은 야근을 하지 않는 날이면 아내에게 말하지 않고 몰래 공원으로 갔다. 그리고 아내와 딸을 찾기 위해 공원을 뛰었다. 아이가 멀리서 뛰어오는 자신을 보며 아빠, 하고 말하는 순간을 기다리면서. 그리고 몇년이 지난 뒤, 형민은 뛰었다. 저 멀리 딸이 기다리고 있는 것처럼. 저 멀리 아내가 기다리고 있는 것처럼.

형민은 한참을 달렸다. 그러다 그만 구두 굽이 떨어지고 말았다. 낡은 구두도 아닌데 굽이 떨어진 게 황당해서 형민은 길 한가운데 서서 웃었다. 그리고 떨어진 굽을 들고 절뚝거리며 걸었다. 그렇게 걷다 형민은 박대리의 전화를 받았다. 형민이 어디냐고 물었지만 박대리는 아무 대답도 하지 않았다. 형민은 박대리가 윗니로 아랫입술을 깨물고 있는 모습을 떠올려보았다. 술에 취하면 박대리는 입술을 깨무는 버릇이 있었는데, 그래서 술이 과한 날은 아랫입술이 빨갛게 부풀곤 했다. 예전에 사귀던 여자친구가 그런 버릇이 있었다고 했다. 그런데 여자친구와 헤어진 뒤 박대리는 자신도 모르게 그 버릇을 흉내 내게 되었다. "술 마셨어?" 한참을 기다린 뒤 형민이 말을 건넸다. 박대리가 조금 마셨다고 대답했다. 그러더니 대뜸 자기 아버지 장례식장에 와줘서 고마웠다는 말을 했다. 형민은 그게 무슨 소리인가 싶었다. 그건 벌써 삼년 전의 일이었다. 박대리의 아버지는 약수터에 가다가 십대 아이가 몰던 차에 치여 돌아가셨다. 운전을 한 아이는 새벽에 부모님의 차를 몰래 몰고 나와서 박대리의 아버지를 치고 도망가다가 차가 전복되어 반신불수가 되었다. 그 아이의 아버지가 장례식장에 왔고, 박대리의 큰형이 멱살을 잡았다. 형민은 화장실에 갔다가 접객실로 돌아오던 길에 그 광경을 보았다. 멱살을 잡힌 사내가 옆으로 넘어졌다. 형민은 사내를 부축해서 식장 밖으로 데리고 나왔다. 로비에 사내를 앉혀놓고 물을 한잔 가져다주었다. 종이컵을 받아 드는 사내의 손이 떨렸다. 물이 출렁거릴 정도로. "전날 밤 내가 화를 냈어요. 성적이 떨어져서요. 아들에게 내

229

가 소리쳤죠. 꼴도 보기 싫다고. 그깟 성적이 뭐라고." 사내는 형민의 얼굴을 보지 않고 허공을 향해 말을 했다. 형민은 사내의 무릎에 오른손을 올려놓았다. 잠시 그러고 있다 가만히 자리에서 일어나 식장으로 돌아왔다. "그때 사고를 냈던 아이요, 이제 스무살이 되었어요." 박대리가 말했다. "얼마 전에 기사에서 봤는데요, 장애인 농구선수가 되었어요. 그런데요 차장님, 큰형하고 둘째 형이 의절을 하는 바람에 우리는 제사도 따로 지내요." 박대리는 어째서 형제들이 갈라서게 되었는지에 대해 이야기하기 시작했다. 재산싸움, 어머니의 편애, 큰형에 대한 불만. 뭐 그렇고 그런 이야기였다. 그런 이야기를 한참 늘어놓다가 박대리가 갑자기 토스트 가게나 차려볼까 생각 중이라고 말했다. "회사 앞에 거요, 그걸 인수할까봐요. 그러면 차장님은 공짜예요." 형민은 그러면 하루에 두번씩 사먹겠다고 말했다. 출근할 때 한번, 퇴근할 때 한번. 박대리가 약속이에요, 하고 말했다.

전화를 끊고 형민은 계속 걸었다. 모르는 동네였다. 한참을 걷다 하늘을 올려다보았다. 달이 밝았다. 밝아도 너무 밝다고 그는 생각했다. 이런 날은 구름에 달이 가렸으면 좋겠다고. 그는 어머니가 자기를 죽이려고 했던 그 밤도 이렇게 달이 밝았을 거라고 생각했다. 달이 밝아 어머니가 나쁜 마음을 금방 거두었다고. 아버지가 죽고 며칠이 지난 뒤였다. 아버지의 장례식이 끝난 뒤 어머니는 밤마다 울었고, 그래서 그는 어머니가 창피하지 않도록 잠을 자는 척했다. 그날도 그런 날 중 하나였다. 어머니가 울지 않아 이상하다고 생각하고 있는데 갑자기 숨이 막혀왔다. 무엇인가 얼굴을 누르고 있었고, 그는 순간 그것이 베개라는 것을 알아차렸다. 아주 잠깐이었다. 십초, 아니 그보다 더 짧은 순간이었다. 그는 눈을 뜨지 않았다. 눈을 뜨면 어머니의 눈과 마주칠 것만 같아서. 어머니가 차려준 아침밥을 먹으면서 그는 밤에 일어난 일이 꿈일 것이라고 생각했다. 전날 밤 「전설의 고향」을 보았기 때문이라고. 그래서 그런 무서운 꿈을 꾼 것이라고. 그뒤로 그는 매주 「전설의 고향」을 챙겨 보았다. 무서웠지만 꾹 참고 보았다.「전설의 고향」을 본 날이면 그는 빌었다. 무서운 꿈을 꾸게 해달라고. 그래야 그 일이 꿈이었다는 확신을 가질 수 있을 것 같았다. 그는 어머니가 돌아가시기 전에 언젠가 한번은 그 이야기를 할 수 있을 거라고 생각했다. 하지만 기회가 오지 않았다. 어머니는 위암 말기에야 병을 발견했고, 수술 후 패혈증이 찾아와 돌아가셨다. 갑작스러운 일이었다. 돌아가시기 이틀 전, 응급실에서 어머니의 얼굴을 한참 들여다보다가 그는 어머니에게 귓속말을 했다. 그때 그 일은 잊으시라고. 아들은 이미 오래전에 용서했다고. 어머니가 알아들었는지 손가락을 움직였다. 그의 눈에는 그렇게 보였다. 그때 그는 병원에서 나와 집까지 걸어갔다. 네시간인가 다섯시간인가, 그렇게 걸렸다. 길을 걷다 고개를 올려 하늘을 보았는데 별이 듬성듬성 보였다. 별자리를 찾아보려다 아는 별자리라고는 북두칠성밖에 없어서 자신에게 실망했다. 집에 돌아와보니 엄지발가락에서 피가 나고 있었다. 피가 나서 다행이라는 생각이 들었다. 그는 피를 닦지 않고 아내가 자고 있는 침대까지 걸어갔다. 발이 닿는 곳마다 핏자국이 남았다. 그는 아내를 깨웠다. 그리고 말했다. 아는 별자리가 북두칠성밖에 없다고. 그게 너무 슬프다고. 그는 아내를 붙잡고 울었다. 그 소리에 아기였던 딸이 잠에서 깨어 울었다. 잘 울지 않아 억지로 울려야 했던 딸이 자지러지게 울었다. 그때 아내가 그의 등을 토닥여주며 말했다. 지금부터 공부하면 된다고. 별자리도 공부하고, 들꽃이랑 나무의 이름도 외우고, 그래서 나중에 딸과 함께 걸어다니며 모든 걸 말해주는 척척박사 아버지가 되면 된다고. 그는 그런 아버지가 되어야겠다고 결심했다.

집으로 들어가기 전에 형민은 105동 뒤쪽으로 걸어갔다. 거기에는 사람들이 담배를 피우는 벤치가 있었다. 누군가 담배꽁초를 버릴 수 있는 깡통을 가져다둔 뒤로 언제부터인가 흡연자들은 모두 그곳에서 담배를 피웠다. 형민은 담배를 피우지는 않지만 가끔 그 벤치에 앉아 담배 피우는 남자들을 구경하곤 했다. 맨발에 슬리퍼를 신고 나온 남자들. 잠옷을 입고 나온 남자들. 지난달에는 아내 몰래 친구에게 돈을 빌려달라는 전화 통화를 하는 남편들을 두명이나 보았다. 벤치 쪽으로 가보니 할머니 두 분이 담배를 피우고 있었다. 할머니들을 방해하는 게 아닌가 싶어 형민이 발걸음을 멈추었다. 그랬더니 한 할머니가 말했다. "왜, 여자들이 담배 피우는 게 보기 싫어?" 다른 할머니가 이어 말했다. "아님, 늙은이가 담배 피우는 게 싫어?" 형민은 고개를 가로저으며 그게 아니라고 대답했다. 그리고 벤치로 다가가 맨 끝에 앉았다. 형민은 돌아가신 외할머니도 담배를 피우셨다고 말했다. 그것도 환갑이 되어서야 배웠다고. 자식들이 다 늙어서 뭐 하는 짓이냐고 화를 내자 형민의 외할머니는 말했다. 이제 무릎도 아프고 허리도 아파 움직이기도 힘들다고. 그러니 근사한 의자에 앉아서 창밖을 보며 담배나 피우며 늙어가고 싶다고. 그 이야기를 들려주자 두 할머니들이 고개를 끄떡였다. "근데 우린 창밖을 보며 피우진 못해. 손주 녀석한테 혼나." "며느리한테도 구박받고." 그 말을 듣고 형민도 고개를 끄떡였다. 한 할머니가 담뱃불을 끄고 꽁초를 쓰레기통에 버렸다. 다른 할머니가 다 피운 꽁초를 들고 하늘을 올려다보았다. "그런데 말이야, 그애는 왜 그랬을까?" 한 할머니가 말하자 다른 할머니가 그러게 말이야, 하고 대답했다. "한대 줘?" 한 할머니가 형민에게 담배 한개비를 주었다. 형민은 그걸 받아서 냄새를 맡아보았다. 형민이 담배를 들고만 있으니 다른 할머니가 말했다. "솔직히 말해. 안 피우지?" 형민이 그렇다고 말했다. 하지만 조금 더 들고 있으면 안되겠느냐고. 그러면서 형민은 담배를 코끝에 대고 비벼보았다. "근데 그 아이는 왜 그랬을까?" 할머니 한분이 형민에게 물었다. 형민이 무슨 말인지 몰라 "네?" 하고 되물었다. "저기, 101동 옥상에서 뛰어내린 아이 말이야." 아이가 뛰어내렸다니, 형민은 처음 듣는 이야기였다. "그래서요, 많이 다쳤어요?" 형민이 조심스럽게 물었다. 할머니 둘이 고개를 저었다. 그게 무슨 뜻인지 형민은 알아들었다. "그랬군요, 그랬군요." 형민은 할머니들에게 들릴락 말락 한 소리로 중얼거렸다. 아이가 뛰어내린 것을 처음 목격한 사람은 택배 배달을 하던 아저씨

였다. 3, 4호 라인 배달을 마치고 밖으로 나오자마자였다
고. 구급차에 실려갈 때만 해도 아이는 살아 있었다고. "근
데 그 아이는 왜 그랬을까?" 할머니들은 같은 말을 묻고 또
물었다. 그러다 한 할머니가 형민에게 담배를 도로 달라고
했다. "내놔. 보름달이라 그런가, 한대 더 피우고 싶네."

형민은 담배 연기가 공중으로 흩어지는 걸 보다가 허공
을 향해 입바람을 불었다. 형민은 담배 냄새를 싫어했지
만 연기가 허공으로 퍼져나가는 광경을 바라보는 것은 좋
아했다. 가끔은 담배를 피우는 사람들 옆에 서서 그들이
연기를 뱉을 때마다 따라서 한숨을 쉬어보기도 했다. 담
배를 도로 달라던 할머니가 형민에게 언제부터 여기에 살
았는지 물었다. 처음 보는 얼굴이라며. 형민은 얼마 전에
이사를 왔다고 거짓말을 했다. 이 아파트는 형민과 아내
가 처음으로 산 집이었다. 딱 십년만 살자. 형민의 아내는
말했다. 아내가 말한 십년이 지났다. 이혼을 할 때 형민의
아내는 집을 팔자고 했지만 형민은 싫다고 했다. 언젠가
재개발이 될 거라고. 그러면서 내심 형민은 몇년만 지나

면 아내가 자신을 다시 받아줄 거라고 생각했다. 다시 이 집으로 돌아올 거라고 생각했다. 아내가 죽은 후 결국 다시 돌아오긴 했지만. "나는 말이야, 여기가 처음 지어졌을 때부터 살았어." 할머니가 말했다. 삼십오년 전, 할머니는 이 아파트가 지어지는 것을 보았다. 그때 할머니는 단칸방에서 딸 둘과 아들 하나를 키우고 있었는데, 백일이 된 아들은 새벽이면 울기 시작해서 멈추지를 않았다. 버스 운전을 하던 남편은 밤에 잠을 자지 못하면 다른 사람이 된 것처럼 화를 냈다. 그래서 할머니는 새벽이면 아들을 업고 동네를 돌아다녔다. 남의 집을 기웃거리며 할머니는 내 집을 사면 가장 먼저 초등학교 다니는 큰딸에게 예쁜 책상을 사주리라고 생각했다. 그렇게 동네를 돌아다니다 할머니는 어느 공사 현장을 발견했다. 여덟개 동으로 된 십층짜리 아파트였다. 할머니는 태어나서 한번도 이층 이상에서 살아본 적이 없었다. 그래서 그 건물 꼭대기에서 사는 상상을 하곤 했다. 베란다에 서서 저 멀리에서 아이들이 집으로 걸어오는 걸 내려다보는 자신의 모습을.

아이들에게 손을 흔들어주는 자신의 모습을. 그런 상상을 하자 좋은 엄마가 될 수 있을 것만 같았다. "그래서 무리를 해서 여기로 이사를 했지. 이 집을 사고 빚을 다 갚는 데 십년이 넘게 걸렸어. 그래도 빨리 갚은 거야. 내가 도배를 배웠거든. 늦둥이 막내아들을 데리고 다니면서 도배를 했지." 형민은 엄마가 도배를 할 때 그 옆에서 벽지를 가지고 노는 어린 아들을 상상해보았다. 꽃무늬 벽지로 딱지를 만들었을까? 비행기를 만들어 날렸을까? 친구 중에 그런 놈이 있었다. 세살 때 어머니를 여의고 아버지와 둘이 살았는데, 살림이 넉넉하지 않던 아버지는 공사 현장으로 아들을 데리고 다녔다. 공구에 다칠까봐 아버지는 어린 아들을 커다란 종이상자 안에 넣고는 나오지 말라고 했다. 아이는 그 안에서 나뭇조각들을 가지고 놀았다. 훗날 보드게임이 유행했을 때 친구는 젠가라는 게임을 보고 깜짝 놀랐다. 다섯살 때 종이상자 안에서 혼자 하던 놀이가 바로 그거라는 거였다. 친구는 아들에게 젠가를 사주면서 말했다. 사실은 아빠가 어렸을 때 개발한 게임이라고. "그래서 그 친구의 아들은 아버지의 피를 이어받아 게임 개발자가 되겠다며 매일 게임만 한대요. 근데 친구는 자길 닮았다면 분명 성공할 거라면서 혼도 안 낸대요." 형민은 할머니들에게 말했다. 친구는 술을 마시면 말하곤 했다. 정작 종일 게임만 하고 싶은 사람은 자신이라고. 일주일 동안 아무도 만나지 않고 사발면만 먹어가면서 게임만 하고 싶다고. 친구는 자동차회사 영업사원이었는데, 그 회사가 법정관리에 들어가면서 몇달 전에 중고차 판매사원으로 이직을 했다. 거기서도 실적이 그저 그런 듯했다. "여기서 삼십여년을 넘게 사는 동안 별일을 다 봤지. 남편이 여기 사는 여자랑 바람이 났다며 그 부인이 찾아와 불을 지른 적도 있고, 술 취한 남자가 창밖으로 술병을 던져 지나가던 여학생이 크게 다친 적도 있고, 동생이 형을 칼로 찔러 죽인 일도 있었어. 참, 로또에 당첨되어 이사를 간 사람도 있었고." 할머니는 그렇지만 옥상에서 떨어진 사람은 없었다고 말했다. 예전에는 주민들이 옥상에서 고추도 말리고 빨래도 널었는데 학생들이 몰래 술을 마시고

담배를 피운다는 민원이 제기된 뒤로 폐쇄되었다. "그런
데 그 아이는 어떻게 그 문을 열었을까? 여기 사는 아이도
아니라는데." 그렇게 말하고 할머니는 주머니에서 휴지
를 꺼내 코를 풀었다. 자식들이 결혼을 할 때까지 할머니
는 늘 거실에서 잠을 잤다. 방 하나는 딸 둘이, 또다른 방
은 아들이 썼다. 그래서 부부는 거실에서 잘 수밖에 없었
다. 할머니는 소파 위에서, 할아버지는 소파 아래에서. 딸
둘이 결혼을 한 뒤에 할아버지는 그 방으로 잠자리를 옮
겼다. 할머니는 계속 소파에서 잠을 잤다. 그러면서 아들
이 결혼하기만을 기다렸다. 아들의 방을 혼자 쓰기 위해
서. 아들이 결혼을 하자마자 둘째 딸이 이혼을 했다며 손
녀딸을 데리고 집으로 돌아왔다. 할머니는 아들의 방에
서 겨우 일주일을 자보고 다시 소파에서 잠을 자야 했다.
"그래서 불면증에 걸렸어." 할머니는 처음이자 마지막으
로 산 이 집에서 혼자 조용히 늙고 싶었다. 하지만 거실 한
구석이 다시 아이의 장난감으로 채워졌고, 텔레비전 볼륨
이 높아졌고, 장조림이나 소시지볶음 같은 음식을 다시

해야 했다. 할머니는 새벽이면 아파트 주변을 걷고 또 걸었다. 걷다 다리가 아프면 벤치에 앉아 달을 구경하고 담배를 한대씩 피웠다. "그러다가 이 할머니를 만났어. 이 할머니도 새벽이면 여길 나와 담배를 피우더라고." 할머니가 말하자 그 옆에 앉아서 이야기를 듣던 할머니가 고개를 끄덕였다. "나도 잠을 통 못 자." 형민은 두 할머니가 자매처럼 닮았다는 생각을 했다. "그래도 손녀가 있어 좋지 않으세요? 덜 외롭고." 형민이 말하자 할머니 둘이 동시에 말했다. "그건 그거고." 한 남자가 슬리퍼를 신고 벤치 쪽으로 다가오다가 형민과 할머니 둘을 보고는 다른 쪽으로 갔다. 이혼한 딸 때문에 아직도 소파에서 잠을 자야 하는 할머니가 그 사람의 뒷모습을 보고는 목소리를 낮춰 말했다. "난 저이가 중학생일 때부터 봤어. 아무데나 침을 뱉는 못된 버릇이 있지." 그러고는 고개를 돌려 형민을 바라보았다. "손녀가 예쁜 건 예쁜 거고, 잠이 안 오는 건 안 오는 거야." 할머니는 처음에는 딸이 이혼한 게 속상해서 잠을 못 자는 줄 알았다. 세 자식 중 가장 똑 부러진 딸이었다. 키울 때 가장 손이 덜 간 자식이었다. 그러던 어느날, 소파에 앉아 가만히 창밖을 바라보다가 할머니는 어떤 사실을 깨달았다. 딸 때문이 아니라는 것을. 남편이 사라졌으면. 할머니가 원한 것은 그거였다. 처음 그 생각이 들었을 때만해도 할머니는 겨우 방 하나 때문에 남편이 죽길 바란다는 건 말도 안된다고 생각했다. 그만큼 남편을 미워한 적도 없었다. 그랬는데도 새벽이면 할머니는 설명할 수 없는 감정에 사로잡혔다. 남편의 자는 모습을 가만히 내려다본 적도 있었다. 유독 남편만 늙지 않는 것 같았고 그게 징그럽게 느껴졌다. "그래서 집 밖을 돌아다니는 거야. 내가 남편 목이라도 조를까봐." 할머니는 그렇게 말하고는 갑자기 흐흐흐 하고 웃었다. "내가 미친 것 같아." 할머니가 말했다. 형민은 아니라고 말했다. 하지만 솔직히 아직까지는 할머니의 마음을 이해할 수 없다고 덧붙였다. "나도 그래. 내 마음을 몰라. 그래서 잠이 안 와." 그러자 그 옆에 앉아 있던 할머니가 왼손을 들어 가만히 옆 할머니의 무릎에 올려놓았다. 토닥토닥, 할머니가 손바닥으로

친구의 무릎을 두드려주었다. 그리고 자신은 왜 불면증이
생겼는지를 이야기하기 시작했다.

이 아파트에는 원래 할머니의 막내아들네가 살고 있
었다. 할머니는 소읍의 어느 중학교 앞에서 '소문난 김
밥집'이라는 가게를 사십년 넘게 운영했는데, 형편이 좋
은 위의 두 아들과 달리 살림살이가 팍팍한 막내아들 때
문에 무릎이 아파도 쉴 수가 없었다. 전세를 살고 있는 막
내아들에게 집을 한채 사주고 싶었기 때문이었다. 그런
데 어느날 새벽에 오줌을 누러 화장실에 가다 할머니는
가게 바닥에 버려진 나무젓가락을 밟고 미끄러졌다. 전화
기가 있는 곳까지 간신히 기어갔다. 전화기를 든 할머니
는 잠시 고민을 했다. 어느 아들에게 전화를 해야 하나 하
고. "큰아들한테 하면 당장 가게를 그만두라고 화를 낼 것
같고, 큰며느리는 이상하게 어렵고." 할머니가 말했다. 옆
에서 이야기를 듣던 할머니가 맞장구를 쳤다. "응, 며느리
는 어렵지." 그래서 할머니는 막내아들의 전화번호를 눌

렀다가 벨이 울리기 전에 끊었다. 그리고 119로 전화를 걸었다. "막내아들이 새벽에 일을 하거든. 그 시간이면 운전을 하고 있을 것 같아서." 할머니는 오른쪽 다리와 오른쪽 팔이 부러졌다. 깁스를 하고서 할머니는 할 수 없이 자식들에게 소식을 알렸다. "그래서 오게 되었어, 여기 아들네로." 막내아들은 아들을 하나 두었는데 그 아들이 공부를 잘해서 기숙사가 있는 과학고등학교에 다니고 있었다. 그래서 그 방이 할머니의 방이 되었다. 손자는 주말이면 집에 왔는데 그때마다 싫은 내색 없이 거실 소파에서 잠을 잤다. "착하네요." 형민이 이야기를 듣다 말했다. "응, 착하지. 내 손자라 그런 게 아니라 진짜 착해." 할머니가 말했다. 할머니 드시라고 집에 올 때면 꼭 단팥빵을 사오는 아이라고. 깁스를 풀던 날 아들네와 외식을 했다. 갈빗집에 가자는 걸 할머니가 횟집에 가자고 우겼다. 누워 있는 동안 어찌나 설렁탕을 많이 먹었는지 소고기는 싫다면서. 횟집에서 할머니는 비단멍게라는 걸 처음 먹어보았다. 그렇게 이름이 예쁜 음식은 처음이라 할머니는 눈물이 났다. 할머니가 우는 걸 보고 막내아들이 말했다. 이제 장사 그만두고 같이 살자고. 할머니는 팔년 전에 가족사진이라는 것을 처음 찍어보았다. 둘째 아들네가 미국으로 이민을 가기로 했기 때문이었다. 그 가족사진을 가게에 딸린 방에 걸면서 할머니는 결심했다. 절대 자식들에게 짐이되지 않겠다고. 거동을 못하게 되면 죽어버리겠다고. 그랬는데 아들이 같이 살자고 하자 할머니는 고개를 끄떡였다. 비단멍게 때문이라고 할머니는 생각했다. 그게 맛있어서. 너무 향긋해서. 그 맛있는 걸 아들, 며느리, 손자와 같이 먹어서. 어쩌냐, 너네 집도 못 사주고. 그 대신 내 생활비는 보태마. 할머니가 말했다. 할머니는 김밥집을 월 삼십오만원에 내놓았다. 상권이 죽어가는 동네여서 세달 만에 겨우 임자가 나타났다. 그중 이십오만원을 며느리에게 주었다. "잘했네, 잘했어. 그런데 그건 그거고, 잠은 왜 안오는 건데?" 옆에 앉아 있던 할머니가 물었다. 그러자 할머니가 갑자기 말을 빨리하기 시작했다. 그 아들네가 둘째 형이 있는 미국으로 가게 되었다는 것, 둘째는 거기서 식당을 했는데 장사가 잘되어 분점을 내게 되었다는 것, 분점의 매니저가 돈을 빼돌리는 걸 보고서 피붙이가 낫겠다는 생각이 들었다는 것. 그리고 결정적으로, 이민을 망설이는 부부에게 할머니는 말했다. 가라고. 너네한테는 공부 잘하는 아들이 있지 않느냐고. 할머니는 그런 이야기를 두서없이 했고 형민은 고개를 끄떡이며 들었다. "그래서 혼자 살게 된 지 일년이 안되었지. 하루는 아들네가 쓰던 안방 침대에서 잠을 자고, 하루는 손자의 침대에서 잠을 자고, 하루는 소파에서 잠을 자고." 할머니는 다시 혼자가 되었다고 해서 외롭거나 쓸쓸한 기분은 들지 않았다. 그런 감정은 잊어버린 지 오래였다. 아들네가 떠나고 난 뒤 집 안 물건들이 하나씩 고장 나기 시작했다. 처음에는 보일러가, 다음에는 세탁기가. 그리고 냉장고의 소음이 심해졌다. 밤이 되면 그 소리가 더 크게 들렸고, 할머니는 뒤척이는 시간이 길어졌다. 눈만 감으면 잠을 잔다고 해서 손자들이 '삼초후에'라는 별명을 지어주기도 했었는데. 냉장고의 모터 소리를 듣고 있자니 잊었던 기억들이 튀어

나왔다. 곗돈을 가지고 도망간 여자를 찾으러 다니던 일, 둘째 아들이 딱지를 다 잃었다며 울며 집에 돌아온 일, 대학에 입학한 큰아들이 제사상에 합격증을 올려놓았던 일. 그런 기억들. 그러다 어느날 밤 불쑥 이름 하나가 떠올랐다. 황정기. 김밥집을 하던 시절 할머니가 화장실에 간 틈에 돈을 훔쳐 도망간 아이. 화장실에서 돌아와보니 아이는 사라지고 테이블에는 먹다 만 김밥만 있었다. 얼른 앞치마를 찾아 주머니를 뒤져보니 돈이 없었다. 할머니가 그 아이를 찾을 수 있었던 것은 이름 때문이었다. 교복에 새겨진 이름. 그 이름은 할머니가 결혼 전에 선을 봤던 남자의 이름하고 똑같았다. 생긴 것도 비슷해서 할머니는 김밥을 말면서 피식하고 웃기도 했다. 할머니는 경찰서로 달려가 신고를 했다. 그 일로 아이는 정학을 당했다. 그리고 아버지에게 죽도록 맞다가 가출을 했다는 소문이 들렸다. 평소에도 술만 마시면 손찌검을 자주 하던 남자라고 했다. 그 아비에 그 자식이군. 할머니는 그런 생각을 했다. 그리고 잊었다. 그런데 왜 이제서야 그 이름이 자꾸 떠오르는 것일까. 할머니는 생일날 큰아들네와 저녁을 먹다 황정기라는 아이의 소식을 물어보았다. 얼추 계산해보니 큰아들보다 한살이나 두살 어렸던 것 같았다. 큰아들이 황정기란 이름을 서너번 중얼거렸다. "아! 나보다 한 학년 후배였어." 아들이 덧붙였다. "그애, 죽었어." 할머니는 갑자기 가슴이 벌렁거렸다. "왜?" 할머니가 물었다. "나도 자세히는 몰라. 자살했다고만 들었어." 작은 동네여서 누군가 자살했다면 그 소문을 들었을 텐데 할머니는 그런 기억이 없었다. 정말이냐고 할머니가 다시 묻자 아들이 그렇다고 했다. 그 아이의 사촌형이랑 같은 반이었다고. 그 사촌형이 수업시간에 갑자기 창밖을 보고 오열을 했다고. "아들한테 그 아이가 죽었다는 이야기를 듣고 났더니 어떤 기억이 하나 떠오르더라고. 어느날 새벽에 누군가 가게를 향해 돌을 던졌거든. 놀라 나가보니 창문이 깨져 있고 가게 안에 주먹만 한 돌덩이가 굴러다니고 있었지. 그땐 누가 그랬는지 짐작도 못했는데 아마 그 아이 엄마가 그러지 않았을까 싶네." 아이를 경찰에 신고하고 며칠 뒤 아이 엄마가 가게로 찾아와 말했다. 왜 경찰서에 갔냐고. 자기에게 찾아왔으면 돈을 돌려주었을 거라고. 그러면서 할머니에게 욕을 했다. 매정한 년이라고. 욕을 먹은 할머니는 가만있지 않고 아이 엄마에게 마주 욕을 했다. 자식이나 똑바로 키우라고. 냉장고 모터 소리를 들으면서 할머니는 그렇게 말한 일을 후회하고 또 후회했다. "그렇게 말하는 게 아니었는데. 그 말이 후회되어서 잠이 안 오더라고. 그날부터였어. 밤이면 동네를 몇바퀴씩 돌아도, 그렇게 무릎이 아프도록 걸어도 잠이 안 오더라고. 내가 신고를 안했으면 그 아이가 죽지 않았을까 싶어서." 옆에 앉아 있던 할머니가 오른손을 들어 친구의 무릎에 올려놓았다. 토닥토닥, 손바닥으로 친구의 무릎을 두드려주었다.

두 할머니가 동네를 한바퀴 걸어야겠다며 자리에서 일어났다. 다리를 움직이면 조금이라도 잠을 잘 수 있을지 모른다며. 할머니들의 뒷모습을 바라보다가 형민은 나중에 늙어서 손주들에게 이런저런 이야기를 들려주는 자신

의 모습을 상상해보았다. 이 할아버지가 말이야, 그는 허
공에 대고 중얼거려보았다. 그랬더니 그다음에 할 말이
떠오르지 않았다. 니 엄마가 말이야, 그는 말을 바꾸어보
았다. 니 엄마는 똥을 싸도 울지 않았단다. 배가 고파도 울
지 않았단다. 그는 딸이 우는 모습을 보고 싶어서 부러 볼
을 꼬집곤 했다. 아내 몰래. 그때가 아득하게 느껴졌다. 딸
이 유치원에 다닐 때 이런 일도 있었다. 유치원에서 돌아
온 딸이 말하길, 잘생긴 아이가 새로 들어왔다는 것이었
다. 그 아이랑 종일 놀았다고. 남자친구가 생긴 거냐며 형
민과 아내는 딸을 놀렸다. 그후로 딸은 유치원에서 돌아
오면 그 아이의 이야기를 했다. 오늘은 블록놀이를 같이
했다고. 오늘은 그 아이가 요구르트를 주었다고. 오늘은
유치원 농장에 가서 같이 감자를 심었다고. 오늘은 사탕
을 받았다고. 어느날은 그 아이가 자기에게 말도 안 걸고
다른 여자애랑 놀았다며 집에 와서 울기도 했다. 그렇게
열흘이 지났나. 늦잠을 잔 아이를 데리고 유치원에 간 아
내는 이참에 딸이 좋아하는 남자아이의 얼굴을 봐야겠다

는 생각을 했다. 그래서 선생님에게 그 아이에 대해 물었다가 이상한 대답을 들었다. 그런 이름의 아이는 없다는 거였다. 새로 입학한 아이도 없다는 거였다. 놀란 아내는 형민에게 전화를 걸었다. 그 모든 것이 아이가 지어낸 거짓말이었다. 그날 밤 그는 아이와 눈을 마주치고는 천천히 물었다. 엄마가 유치원에 갔더니 그 아이가 없었다고. 어떻게 된 일이냐고. 그랬더니 아이가 웃으면서 태연하게 대답했다. 전학을 갔다고. 아빠가 다른 회사를 다니게 되어서 저 멀리 전학을 가게 되었다고. 조금도 머뭇거리지 않고 거짓말을 하는 딸을 보고 그는 충격을 받았다. 하지만 그는 아이를 혼내지 않았다. 아니, 혼내지 못했다. 왜 그런 거짓말을 했을까? 그 거짓말이 무얼 의미하는 걸까? 혹시 내게서 어떤 나쁜 영향을 받은 걸까? 밤마다 생각해봐도 그는 도통 이해할 수가 없었다. 딸을 이해할 수 없다고 생각했는데, 생각하면 할수록 아내도 이해할 수 없고 자신도 이해할 수 없게 되었다. 질문이 꼬리에 꼬리를 물던 어느날 밤, 비로소 그는 아이를 키운다는 것이 얼마나

251

무서운 일인지를 깨달았다.

형민은 자리에서 일어나 101동이 있는 쪽으로 걸어갔다. 아이가 떨어진 자리에 누군가 꽃 한송이를 놓아두었다. 그는 근처에서 작은 돌 세개를 주웠다. 꽃 옆에 탑을 쌓았다. 돌들이 너무 작아서 바람이 불면 곧 쓰러질 것 같았다. 그는 하늘을 올려다보았다. 지금도 아는 별자리는 북두칠성밖에 없구나. 하나도 달라지지 않았구나. 집으로 돌아온 형민은 발을 닦았다. 발가락 사이사이를 꼼꼼히 닦았다. 일부러 수건으로 물기를 닦지 않고 거실을 걸어보았다. 발자국이 남도록.

새벽이 되도록 잠이 오지 않았다. 형민은 강정구 차장에게 메시지를 보냈다. 자요? 거긴 벚꽃이 피었어요? 강정구 차장은 고향으로 내려간 뒤 일년에 두번 그에게 안부 메시지를 남겼다. 봄에 한번, 겨울에 한번. 문구는 매번 똑같았다. 겨울 내내 살아 있었지? 꽃구경하러 한번 와. 난 이제 겨울잠을 잘 거야. 너도 푹 자고 싶으면 언제든지 와.

그때마다 형민은 조만간 내려가겠다고 답을 보내곤 했다. 오분도 지나지 않아 답이 왔다. 비라도 내리면 꽃이 질 거야. 그전에 내려와. 묵은지가 맛있어. 형민은 일기예보를 보았다. 삼일 후에 비 예보가 있었다. 그래서 형민은 낡은 차를 몰고 고속도로를 달렸다. 강정구 차장이 대리였을 때 형민은 신입사원이었다. 첫 출근날 강차장이 그에게 말했다. "사수가 무슨 뜻인지 사전에서 찾아봐." 군대를 갔다온 사람이라면 사전을 찾아보지 않아도 알 수 있는 말이었기에 그는 사전을 찾아보지 않았다. 그랬더니 다음날 강차장이 사전을 펼쳐 그에게 보여주었다. 사수라는 단어가 열개도 넘게 있었다. 난 이중에서 이 말이 제일 좋아. 강차장이 검지로 한 단어를 가리켰다. 검지손톱이 보기 흉하게 일그러져 있었다. 죽음을 무릅쓰고 지킴. 출근하자마자 마신 커피 때문인지 그 구절을 보자마자 배꼽 안쪽이 사르르 아파오기 시작했다. 강차장이 그를 보고는 검지를 눈앞까지 들었다가 내렸다. 그건 알아들었지,라는 뜻이었다. 그후로 하루에도 수십번 보게 될 행동

이었고, 강차장이 회사를 그만둔 뒤로 형민이 부하 직원
들에게 자주 하게 될 행동이기도 했다. 그날 그는 그 말을
알아듣지 못했다. 그러니까 상사가 부하 직원을 지킨다
는 것인지, 부하 직원이 상사를 지켜야 한다는 것인지. 어
찌 되었든 둘 다 지켜지지는 않았다. 강차장은 형민이 실
수를 해도 그 자리에서 지적하는 법이 없었다. 일을 할 때
도 세세하게 설명해주지 않아서 형민은 자신에게 일이 주
어지면 겁부터 났다. 물어볼 데가 없었다. "알아서 해." 강
차장은 늘 그렇게 말했다. 그러다 그가 큰 실수를 하게 되
면 책상 위에 메모 한장을 남겨놓았다. 어째서 그렇게 해
선 안되었는지. 그런 실수 하나가 나중에 어떤 결과를 초
래하는지. 메모의 마지막에는 늘 똑같은 말이 적혀 있었
다. 알아들었으면 퇴근 후 어느 식당으로 나오라는. 그때
그는 새로운 음식을 참 많이도 먹어보았다. 양념한 주꾸
미를 철판에 구워서 무쌈에 싸 먹는 맛이란. 프라이드치
킨을 먹는 날은 파가 잔뜩 들어간 골뱅이무침을 2차로 먹
었다. 형민이 입사 이년 후에 강차장이 새로운 부서로 옮

254

겨가면서 그도 같이 옮겼다. 커피 자판기를 임대하고 관리하는 일로는 구멍가게 수준을 벗어날 수 없다고 판단한 사장이 직원을 늘리고 새 일에 도전했다. 그때 형민은 걸핏하면 야근을 했다. 그걸 계기로 자판기 제조회사가 되었고 나중에는 업소용 냉장고까지 사업이 확장되었다. 껌 자판기, 책 자판기, 라면 자판기, 콘돔 자판기. 그때 강차장이 낸 아이디어 중에는 칫솔 자판기도 있었다. 강차장의 어린 아들이 충치 치료를 하러 치과에 갔다가 의사에게서 양치질을 안하면 이를 몽땅 뽑을 거라는 무서운 충고를 듣고는 아빠에게 그런 자판기를 만들어달라고 한 것이었다. 그때 팀원들은 모두 웃고 말았는데 강차장만이 정색하면서 말했다. "오만원 내기하자, 나중에 정말 칫솔 자판기가 생길지 안 생길지." 고속도로 휴게소 화장실 앞에서 그는 정말 칫솔 자판기를 보았다. 어느 회사에서 만들었는지 처음 보는 물건이었다. 형민은 칫솔 자판기를 카메라로 찍으면서 중얼거렸다. 차장님이 내기에서 이겼어요. 충치가 무서워 악몽을 꾸던 그 어린 아들은 중학생이 되면서 아무것도 무서운 게 없어졌다. 장례식장에서 강차장의 부인이 남편의 멱살을 잡고 흔들며 울부짖었다. 가슴팍을 내리치며 소리쳤다. "당신 때문이야. 당신 때문이라고." 그 장면을 잊으려고 형민은 창문을 열고 고속도로를 달렸다. 그래도 자꾸만 환청처럼 그 말이 떠올랐다. 부인에게 맞아서 목덜미가 벌게진 강차장이 와이셔츠의 단추를 여미던 모습과 함께. 밤공기는 아직 차가웠다. 갓길에 차 두대가 세워져 있는 것이 보였다. 운전자로 보이는 두 남자가 싸우는 것 같았다. 새벽에 싸우는 남자들이라니. 그들의 실루엣이 유령처럼 느껴졌다.

강차장은 어릴 적에 문방구에서 물건을 훔쳤다는 누명을 쓴 적이 있었다. 아니라고 말해도 문방구 주인은 믿어주지 않았다. 심지어 부모님과 누나들도. 문방구 주인이 집으로 찾아오자 부모님은 아들의 이야기는 듣지도 않고 미안하다고 사과를 했다. 그게 섭섭해서 강차장은 일부러 거짓말을 했다. 훔친 장난감을 밭에 파묻었다고. 그랬더니 아버지가 아들의 등짝을 때리며 말했다. "당장 가서 찾아와! 못 찾으면 집에 올 생각도 하지 마."그날, 강차장은 일부러 밭에 심은 무를 뽑아버렸다. 무는 아직 자라지 않아서 엄지손가락만 했다. 무를 뽑으면서 작년에 돌아가신 할머니를 생각했다. 할머니라면 무조건 믿어줬을 텐데. 할머니 생각을 하자 눈물이 날 것만 같았고 그래서 강차장은 울지 않기 위해 뽑은 무를 발로 짓밟았다. 애당초 찾을 장난감이 없었기 때문에 집에 돌아갈 수가 없었다. 나이가 사백년이 넘었다는 마을 수호수 아래에서 개미들을 구경하다가 비가 와서 당집으로 비를 피하러 갔는데, 거기서 깜빡 잠이 들었다. 당집에서 잠이 들었기 때문인지 기괴하게 생긴 귀신들이 발바닥을 간지럽히는 악몽을 꾸었다. 소리를 지른 뒤 눈을 떠보니 어머니가 가슴을 토닥이며 괜찮다, 괜찮다 하고 말해주었다. 주말 오후에 낮잠을 자다가 강차장은 그때 그 꿈이 생각났다. 아니, 정확히 말하면 꿈이 아니라 괜찮다며 토닥여주던 엄마의 손길이. "그 이유만으로 여기로 내려온 건 아니야." 강차장이 형민에게 말했다. 매형의 생일이라 오래간만에 고향에 사는 큰누나네 들렀다가, 누나에게 아직도 당집이 있느냐고 물었더니 동네 사람들이 모여서 일년에 한번씩 제를 지낸 다는 이야기를 들었다. 강차장은 산책도 할 겸 당집을 찾아 나섰다. 길을 잘못 들었는데 그 바람에 문이 열린 양조 장을 보았다. 오래전에 문을 닫은 양조장이었다. 양조장집 아들은 강차장과 동창이었는데 반에서 공부를 가장 잘했 다. 그 아들이 대학에 합격했을 때 양조장 아저씨는 동네 잔치를 했다. 졸업 후 은행에 입사를 했을 때도, 같은 회사 의 대리와 연애를 해서 결혼을 했을 때도, 마을 사람들은 실컷 막걸리를 마셨다. 동창들 중에 가장 먼저 결혼을 해 서 결혼식장 분위기는 동창회를 하는 듯했다. 그후 십여 년이 지난 뒤, 장례식 때 찾아온 동창들은 몇명 되지 않았 다. 죽은 친구가 주식으로 큰돈을 잃고 나중에 회삿돈에 까지 손을 대서 잘렸다는 이야기가 술자리 여기저기에서 들렸다. 꽤 많은 친구들이 돈을 불려주겠다는 말에 투자 를 했다가 돈을 날렸다고 했다. 아들을 잃은 양조장 아저 씨는 술을 만들지는 않고 마시기만 하더니 알코올중독으로 죽었다. 혼자 남은 양조장 아주머니는 양조장 문을 닫고 딸네 집으로 떠났다. 그런 양조장이 열려 있다니. 강차장은 열린 양조장 문을 두드려보았다. 계세요? 그러자 안에서 긴 머리를 하나로 묶은 남자가 걸어 나왔다. 어이, 정구. 남자가 강차장의 이름을 불렀다. 누구? 강차장이 물었다. 나야, 나. 문방구. 남자가 말했다. "문방구집 둘째 아들이었어. 그 녀석이 어찌 된 일인지 양조장을 인수해서 술을 빚고 있더라고. 그날 막걸리를 얻어 마셨는데, 그게 참 맛있더라. 그래서 문방구를 인수했지." 그게 무슨 말이냐고 형민이 되물었더니 자고 일어나면 알 수 있을 거라고 강차장이 말했다. 그러면서 꽃무늬가 새겨진 이부자리를 깔아주었다. "바지까지 이런 걸 주고 이불까지 꽃무늬라니." 형민이 양복바지를 벗고 빨간색 꽃무늬 수면바지로 갈아입으면서 투덜거렸다. "나이 들면 그런 게 좋아져. 너도 몇년 지나봐." 강차장이 자리에 누웠다. "불 꺼요?" 형민이 묻자 강차장이 그냥 두라고 했다. 불을 켠 채 잠을 자게 된 지 몇년 되었다고. 형민은 눈을 감았다. 형광등 불빛 때문에 눈이 부셨다. 몸을 왼쪽으로 돌렸더니 강차장의 등이 보였다. 뒤통수가 납작해 보였다. 다시 오른쪽으로 돌려 미닫이문을 바라보았다. 미닫이문을 열면 바로 문방구로 연결되는 구조였다. 형민은 문을 열어놓고 손님이 올 때까지 낮잠을 자는 강차장의 모습을 상상해보았다. 아이들이 물건을 훔쳐가도 모를 정도로 낮잠을 자는 강차장. 사표를 낸 강차장에게 이제 뭐 할 거냐고 묻자 강차장은 말했다. 당분간 낮잠을 좀 실컷 자야겠어,라고. 형민은 사표를 내는 강차장을 말리지 않았다. 어느날 만취한 강차장을 집까지 데려다주면서 들은 말 때문이었다. 구내식당 반찬이 맛이 없는 것도, 일도 못하면서 따지기만 하는 신입 직원들도, 얍삽한 한부장의 얼굴을 매일 봐야 하는 것도 참을 수 없다고. 그리고 무엇보다 나쁜 공기 때문에 화가 난다고. 마스크를 쓰고 걷는 사람만 봐도 미칠 듯이 화가 난다고. 강차장이 사표를 낸 뒤 형민은 차장으로 승진을 했다. "강차장님?" 형민은 나지막이 불러보았다. "왜?" 한참 후에 강차장이 답했다. 형민은 잠을 자다 말고 중간에 일어나 오줌을 누는 버릇이 있었다. 과음을 하면 자다 말고 두번씩 화장실을 가기도 했다. "화장실은 어디 있어요?" 형민이 물었다. 강차장이 문방구 밖으로 나가 오른쪽으로 돌아가면 있다고 말했다. 강차장이 하품을 하더니 이내 고른 숨소리가 들렸다. 그의 숨소리를 듣고 있자니 쌔근쌔근이라는 단어가 절로 생각났다. 쌔근쌔근. 그 숨소리에 맞춰 형민도 숨을 내쉬었다 들이쉬었다. 그러다보니 저절로 잠이 왔다.

눈을 떠보니 열한시가 넘어 있었다. 휴대폰을 보니 아무데서도 전화가 오지 않았다. 태어나서 처음으로 한 무단결근이었는데 아무도 전화를 하지 않다니. 형민은 실망스러웠다. 회사에서 전화가 오기 전까지 먼저 연락하지 않으리라고 그는 결심했다. 그가 미닫이문을 열고 문방구 카운터 쪽으로 고개를 내밀자 강차장이 배고프냐고 물었다. 냉장고에서 달걀 하나를 꺼내 프라이를 하면서 강차장이 말했다. "이따 맛있는 거 해줄게. 지금은 간단히." 형민은 들기름과 간장을 넣은 달걀비빔밥을 한 손으로 들고 문방구를 돌아다니면서 먹었다. 혼자 살게 되면서 그는 종종 서서 밥을 먹었다. 김치찌개나 된장찌개에 밥을 말아서 거실을 빙글빙글 돌면서 먹다보니 이십년을 넘게 앓아왔던 위통이 거짓말처럼 사라졌다. 강차장이 방앗간에서 직접 짠 들기름이라고 자랑을 했다. "맛있어요. 그런데 장사는 잘돼요?" 형민이 묻자 강차장이 무심히 대답했다. "작년에 문 닫았어, 초등학교가." 폐교 앞에 있는 문방구라니. 그는 먹던 밥이 목에 걸려 기침을 했다. 강차장이 다가와 등을 두드려주었다. "뭘 놀라, 폐교 전에도 학생이 열명밖에 없었는데." 학생이 열명밖에 되지 않았기 때문에 강차장은 아침마다 문방구 앞에 서서 학생들의 등교를 구경했다. 아이들 이름을 하나하나 불러주며 하이파이브를 하다보면 초등학교 선생님이 된 듯한 기분이 들었다. 이십대 시절 강차장은 누군가에게 영향을 주지 않는 사람이 되고 싶다는 생각을 자주 했는데, 등교하는 아이들을 보니 그런 생각을 했던 자신이 치기 어리게 느껴졌다. 선생

님은 될 수 없겠지만 뒤늦게 공부를 하고 싶은 생각마저
들기도 했다.

형민은 밥을 먹고 설거지를 했다. 젖은 손을 꽃무늬 바
지에 닦았다. 화장실을 가려고 밖으로 나왔다가 교문이
열려 있는 것을 보았다. 교문이 열려 있어 다행이라는 생
각이 들었다. 열명의 아이들은 어디로 전학을 갔을까. 새
교실에서 새 친구들과 잘 지내고 있을까. 그는 철봉에 매
달렸다. 팔에 힘을 주고 턱이 철봉에 닿을 때까지 몸을 끌
어올려보았다. 겨우 두개. 그런데 이 운동 이름이 뭐더
라. 이름이 생각나지 않았다. 그는 철봉에 매달려 두 다리
를 흔들었다. 분명 세 글자인데. 세 글자인데. 그는 철봉에
서 내려 손바닥의 냄새를 맡아보았다. 녹슨 쇠 냄새를 맡
으니 옛집 마당에 버려진 역기가 생각났다. 세를 살던 남
자들 중 한 사람이 가져다놓은 것이었는데 그가 이사를
간 뒤 마당 한쪽에 버려졌다. 비를 맞고 눈을 맞고, 역기는
녹슬어갔다. 문방구에 돌아와보니 강차장이 보이지 않았
다. 형민은 크레파스와 도화지를 꺼내 책상에 앉았다. 오

래된 나무 책상은 서랍이 뒤틀려 조금씩 열려 있었다. 책상 위에는 계산기가 놓여 있었는데, 장사도 안되는 가게에 계산기가 무슨 소용인가 싶어 그는 웃었다. 그리고 1부터 10까지 숫자를 더해 55를 만든 다음 다시 0이 될 때까지 빼기를 했다. 그는 파란색 크레파스를 들고 도화지 위에 구름을 그렸다가, 구름의 모양을 보고는 자신의 상상력이 보잘것없다는 생각에 실망했다. 그는 문방구를 둘러보았다. 도라에몽 색칠공부가 있었다. 다시 책상에 앉아 파란색으로 도라에몽의 옷을 칠했다. 가슴의 주머니가 무슨 색이었는지 떠올려보았는데 기억나지 않았다. 그래서 그냥 노란색으로 칠했다. 그랬더니 반달로 보였다. 진짜 반달처럼 보이도록 그는 도화지를 왼쪽으로 돌렸다. '반달을 보면 배가 고파요. 초승달을 보면 웃고 싶어요.' 딸이 쓴 동시가 생각났다. 초등학교 3학년 때 그 시를 써서 딸은 상을 받았다. 도라에몽 색칠을 끝내고 문방구 앞으로 나가보니 저 멀리서 강차장이 검은 비닐봉지를 들고 걸어오고 있었다. 형민은 손을 흔들었다. 강차장이 마주 손을 흔들었다. 두부가 굳는 걸 기다렸다가 사오는 바람에 늦어졌다며 강차장은 두부가 담긴 봉지를 형민에게 내밀었다. 따뜻했다. "신김치에 싸 먹으면 술이 술술이지." 강차장이 말했다. "술이 술술이지." 형민이 그 말을 따라했다.

강차장을 도둑으로 몰았던 문방구 주인은 뒷마당에 놓을 평상을 만들다가 못이 박힌 나무를 발로 밟았다. 그리고 다음날 감기에 걸린 것 같다며 자리에 누웠는데 사흘을 앓다 허망하게 죽었다. 그 소식을 들은 강차장은 울었다. 느티나무 아래에서 개미들을 죽여가며 자기를 의심한 문방구 주인을 저주했기 때문이었다. 그 때문에 강차장은 같은 반이었던 문방구집 둘째 아들을 보면 죄책감이 들었고 여럿이 어울릴 때가 아니면 같은 자리에 있기를 피했다. "그런데 말이야, 그때 그 장난감을 훔친 사람이 자기라고 하더라고, 그 녀석이." 강차장이 형민에게 막걸리를 따라주면서 말했다. 술을 한모금 마신 뒤 형민은 신김치에 두부를 싸서 먹었다. "음, 좋네요." 형민이 말했다. "그 아버지가 돌아가시고 그 어머니가 문방구를 계속했는데 한

십년 전인가 부산에 사는 큰형이 모시고 갔다나봐. 삼남매의 추억이 있는 곳이라 문방구는 팔지 않고 세를 주었고." 세 들어 사는 사람이 장사를 그만두겠다는 바람에 문방구집 둘째 아들이 형 대신 고향에 내려왔다. 세를 받지 않는 대신 문방구를 계속 유지해줄 사람을 찾고 싶었는데 부동산에서는 고개를 절레절레 흔들었다. 폐교가 될 거라는 소문이 돈다는 것이었다. 둘째 아들이 부동산에서 나와 문방구로 가보니 문이 닫혀 있었다. 그래서 문방구 앞에 있는 오락기 앞에 앉았다. 쪼그리고 앉아서 오락을 하다보니 이참에 고향에 내려와 문방구나 하면서 살고 싶다는 생각이 들었다. 문방구 뒤에 텃밭도 있어서 농사를 지으면 그럭저럭 먹고살 수 있을 것 같았다. 동전이 삼백원뿐이라 세판밖에 하지 못했다. 게임을 마치고 세입자에게 전화를 거니 저녁이 되어서야 가게로 돌아올 수 있을 거라고 했다. 시간도 남고 해서 둘째 아들은 아버지 산소를 찾아갔다. "그런데 말이야, 아무리 해도 지 아버지 산소를 찾지 못했나봐. 이 산소에 가서 절을 하면 저 산소 같고,

저 산소에서 절을 하면 이 산소 같고. 그래서 할 수 없이 보이는 산소마다 다 절을 했는데." 강차장이 술을 한모금 마시고 다시 말을 이었다. "바보 같은 놈이지? 그래서 생각했대. 부모님의 문방구를 이어받을 자격이 자기에겐 없다고. 그러니 문을 닫자고." 형민은 강차장의 잔에 술을 따랐다. 형민은 중학생 때인가 고등학생 때 어머니와 함께 아버지 산소를 찾아간 적이 있었는데 그때 어머니도 아버지 산소를 한번에 찾지 못했다. "그날 우리도 모르는 사람 산소에다 절을 했어요." 형민이 말하며 웃었다. 문방구 앞에 파라솔 테이블과 의자를 펼쳐놓고 술을 마시다보니 이런 휴가라면 일주일도 보낼 수 있을 거라는 생각이 들었다. 바람이 불 때마다 벚꽃이 파라솔 테이블로 떨어졌다. 가끔 술잔 안으로도 떨어졌다. 호미를 들고 할머니 한분이 지나갔다. 강차장이 잔에 막걸리를 따라 한잔을 건넸다. "무릎 아파요. 쉬엄쉬엄." 그러고는 두부를 김치에 말아 할머니 입에 넣어드렸다. "정우네 두부구먼. 이 집이 최고지." 할머니가 말했다. "막걸리 칭찬도 좀 해요, 이만하

면 맛있다고." 강차장이 말하자 할머니가 고개를 흔들었
다. 아직 멀었다고. 옛날 그 맛을 따라가려면 더 있어야 한
다고. 할머니가 걸어가는 뒷모습을 보다 형민은 문득 한
단어가 떠올랐다. 턱걸이. 맞아, 그 운동은 턱걸이였어. 나
는 턱걸이를 두개밖에 못하는 남자가 되었어. 형민은 생
각했다.

"산소를 못 찾아 문방구를 닫았다는 건 알겠는데, 그거
랑 술이 무슨 상관이래요?" 형민이 강차장에게 물었다.
"그니까 더 들어봐. 그날 그 녀석이 절을 한 묘가 무려 스
물한기였대. 마흔두번 절을 하면서 녀석은 생각했대. 그
중에서 살아생전 얼굴을 봤던 사람은 몇명이나 될까, 하
고." 기억나는 사람은 동네를 돌아다니며 남의 집 대문마
다 침을 뱉던 치매 걸린 이웃집 할머니뿐이었다. 할머니
는 꽃상여를 타고 갔다. 문방구집 둘째 아들은 꽃상여에
달린 종이꽃들을 보고는 제사에 올리는 사탕을 닮았다는
생각을 했다. 할머니가 치매에 걸리기 전에는 동네 아이
들에게 옥춘당을 자주 나눠주었는데, 그는 그 사탕을 먹

을 때면 꼭 바다에 침을 뱉었다. 빨간색 침을 뱉으면 외계인이 된 듯한 기분이 들었고 그럴 때면 친구들을 보며 저런 바보 같은 지구인, 하며 비웃기도 했다. 자신이 절한 산소들 중 어딘가에 그 할머니가 누워 있을 거란 생각을 하자 조금은 위로가 되었다. 그래서 약간은 홀가분한 마음으로 하산을 하다 낙엽을 잘못 밟아 미끄러졌다. 발목을 살짝 삐끗해 걸을 때마다 욱신거렸다. 나뭇가지를 잘라 지팡이를 만들었는데, 그만 지팡이가 부러지는 바람에 산비탈을 구르는 사고를 당했다. "넘어지면서 가장 먼저 생각한 건 휴대폰이었대. 왜, 영화를 보면 꼭 그런 순간에 배터리가 없잖아." 하지만 다행히 배터리도 구조를 요청할 만큼 있었고 산속이었지만 통화도 잘되었다. 춥지는 않았지만 그는 두 팔을 양쪽 겨드랑이에 끼웠다. 산속에서 고립되면 그렇게 해야 체온을 유지할 수 있다는 기사를 본 기억이 났기 때문이었다. 겨드랑이에 손을 끼우자 그제야 추위가 느껴졌다. 그는 만약 휴대폰 배터리가 없었다면 어떻게 되었을지 상상해보았다. 자신이 산소를 찾아나선

걸 아는 사람은 아무도 없었다. 약수터가 있는 산도 아니니 등산객이 올 리 없을 테고, 추석 때도 아니니 성묘를 하러 올 자손들도 없을 것이다. 그는 기어서 산을 내려갈 것이고, 그러다 길을 잃을 것이고, 또 그러다 저체온증으로 죽어갈 것이다. 그 모든 게 아버지 산소를 찾지 못한 불효자에게 내린 벌이라고 생각했다. 그는 휴대폰을 꺼내 다시 한번 119에 전화를 걸었다. 배터리는 48퍼센트가 남아 있었다. 물류창고에서 사고가 발생했을 때 그는 태어나서 처음으로 119에 전화를 걸어봤다. 후진을 하기 전 분명 지게차 뒤에는 아무도 없었다고, 사고를 낸 후배는 말했다. 그 후배는 아내의 출산을 며칠 앞두고 있었다. 쌍둥이라며 그래서 두배로 일해야 한다고 동료들에게 말했다. 그 마음이 예뻐서 그는 삼겹살에 소주를 사주기도 했다. 지게차에 치인 아르바이트생은 스물다섯살밖에 되지 않았다. 그 사고로 한쪽 다리를 절단해야 했고, 직원이 아니라는 이유로 회사에서는 병원비와 약간의 위로금만 주었다. 청년은 고소를 했고, 그는 사고 현장에 있었다는 이유로

조사를 받았다. 전 아무것도 보지 못했습니다. 그는 말했다. 거짓말은 아니었다. 하지만 지게차가 후진할 때 나는 음성안내가 들리지 않았다는 말은 하지 않았다. 아르바이트생이 규정을 어기고 이어폰을 꽂고 있었으니 상황은 달라지지 않았을 거라고 그는 생각했다. 산속에 가만히 있다보니 다양한 동물들의 소리가 들렸다. 고요하다고 생각한 산속은 시끄러웠다. 바람에 나뭇가지가 흔들리는 소리까지 시끄럽게 들렸다. 그는 부러진 나뭇가지로 낙엽들을 긁어모아 조난을 당한 사람처럼 낙엽을 다리 위에 덮어보았다. "그러다가 땅속에 무언가가 파묻혀 있는 것이 보였대. 그게 뭔지 궁금해 그쪽으로 기어가서 땅을 파보았는데 글쎄 그게 막걸리병이었다나봐." 그렇게 말하고 강차장이 막걸리병을 들었다 내려놓았다. "이거. 물론 디자인은 바뀌었지만." 형민이 두부를 먹고 막걸리를 한모금 마셨다. 그러면서 술을 마시고 안주를 먹는 게 아니라 안주를 먹고 술을 마시고 있었다는 걸 깨달았다. 근데 이상하게도 지금 마시고 있는 막걸리는 그게 더 어울린다는 생각이 들었다. 그런 이야기를 했더니 강차장도 형민을 따라 안주를 먼저 먹고 술을 마셨다. 강차장이 고개를 끄덕였다. "안주, 술, 안주, 술, 안주, 술. 이 말을 빨리해봐. 그러면 어느 게 먼저인지 알 수 없지." 형민이 안주, 술이란 단어를 연이어 중얼거려보았다. "그러니까 그 말은 빨리 마시면 안주가 먼저인지 술이 먼저인지 중요하지 않다는 말이기도 해." 강차장이 형민의 잔에 술을 따른 다음 건배를 했다. 문방구집 둘째 아들은 언제 묻혔는지 알 수 없는 막걸리병을 보자 어릴 적에 그 막걸리병을 찌그러뜨려 신발에 묶고 놀던 것이 생각났다. 납작한 플라스틱병을 신발에 묶고는 얼음판 위에서 스케이트 선수 흉내를 내곤 했던 것이다. "죽은 막걸리집 녀석이 그걸 잘 만들었지. 문방구집 둘째 녀석이 가장 빨랐고. 나는 늘 꼴찌. 암튼, 그래서 그랬는지 어쨌는지, 녀석은 다리에 철심을 박는 수술을 하고 깁스를 풀 때까지 회사를 쉬었는데 그때 밤마다 얼음을 지치던 어린 시절의 꿈을 꾸었대. 그래서 고향으로 돌아온 거래." 강차장은 친구가 들려주었던 꿈 이야기를 형민에게 전부 말하지 않았다. 꿈속에서 친구는 절름발이가 되어 있었다고. 절뚝이며 스케이트를 타다 매번 넘어졌다고. 호미를 들고 지나갔던 할머니가 검은 봉지를 들고 걸어오고 있었다. 이번에는 형민이 할머니에게 막걸리를 한잔 따라드렸다. 할머니가 검은 봉지에서 나물 한 줌을 꺼내 테이블 위에 올려놓았다. "삶아서 된장에 무쳐. 마늘은 넣지 말고. 마늘 때문에 나물 향이 날아가." 할머니가 말했다. 할머니가 마신 잔을 마지막으로 막걸리가 바닥났다. 형민이 겨우 두병을 사왔냐고 투덜댔더니 강차장이 낮술이란 딱 한병씩만 마셔야 하는 법이라고 말했다. "2차는 이따 밤에. 설마 오늘 갈 건 아니지?" 형민은 저녁에 맛있는 거 만들어주면 하룻밤 더 자고 갈 수 있다고 대답했다. "회사 며칠 안 간다고 뭐 세상 망하나요." 밖에서 술을 마셨더니 방으로 들어오자 몸이 노곤노곤해졌다. 강차장과 형민은 낮잠을 잤다. 강차장은 꿈도 꾸지 않고 두시간을 내리 잤고 형민은 계속해서 악몽을 꾸었다. 그런데 자고 일어나니 불쾌한 기억만 남아 있고 꿈의 내용은 떠오르지 않았다.

오후가 되어 문방구에 손님이 한명 찾아왔다. 제사를 지내야 하는데 지방을 쓸 화선지가 떨어졌다는 거였다. 강차장은 화선지와 붓펜을 판 돈 오천원을 형민에게 보여주었다. "이것 봐. 술값은 벌잖아. 돈 벌었으니 고기 사러 가자." 형민은 오천원으로 무슨 고기를 사느냐고 말하려다 자기가 계산할 마음으로 양복 주머니에 있는 지갑을 꺼내들었다. 정육점까지 가는 길에 강차장이 콧노래를 흥얼거렸다. 무슨 노래인지 모르겠지만 왠지 익숙한 곡조여서 형민은 따라 흥얼거렸다. 그러다 문득 강차장은 남 앞에서 노래 부르는 것을 싫어해서 회식 때도 노래방에 가지 않았던 게 생각났다. 그런 사람이 노래라니. 형민은 일부러 한 발 뒤에서 걸었다. 강차장이 혼자 콧노래를 부르도록. 정육점에 갔더니 부부가 삼겹살을 구워 저녁을 먹고 있었다. "목살 사서 김치찜 하려 했는데 삼겹살 보니 또 삼겹살이 먹고 싶네." 그러면서 강차장이 손님들한테 삼겹살 팔려고 일부러 가게에서 저녁을 해 먹는 거 아니

나며 농담을 했다. 강차장이 형민에게 삼겹살인지 목살을 넣은 김치찜인지 고르라고 했다. "소고기 등심요." 형민이 말했다. 그러자 강차장이 목살 한근 줘요, 하고 재빨리 주문했다. 정육점 부인이 상추에 삼겹살을 싸서 강차장에게 내밀었다. 그리고 삼겹살을 두점 넣어 쌈을 만든 다음 형민에게도 주었다. 형민하고 강차장이 동시에 카드를 내밀었고 정육점 남자가 강차장의 카드를 집었다. "놀러 왔으니 얻어먹어요." 정육점 남자가 비닐봉지를 건네주며 한근 넘게 담았다고 생색을 냈다. 고기는 형민이 받아들었다. 양조장으로 가면서 강차장은 삼겹살 쌈을 싸주었던 정육점 안주인이 초등학교 동창이라는 이야기를 했다. 남편은 네살 많은 선배인데, 둘이 몰래 연애하는 걸 최초로 목격한 사람이 자기였다는 말이었다. "고등학생 때였어. 극장을 갔는데 맨 뒷자리에 개가 있더라고, 군복을 입은 어떤 남자랑. 그때 비밀로 해달라며 부탁하길래 통닭을 얻어먹었지." 강차장에게 이런저런 동네 이야기를 듣다보니 어느덧 양조장에 도착했다. 형민은 나무로 된 양조장 문을 밀었다. 묵직한 문이 삐거덕 소리를 내며 열렸다. 강차장이 친구의 이름을 불렀다. "여기로 들어와." 안쪽에서 소리가 들렸다. 가보니 양조장 주인이 잘 왔다며 반색을 했다. 시험 중인 막걸리들이 있는데 시음해보라는 거였다. 형민은 여덟종류의 막걸리를 조금씩 번갈아가면서 맛을 보았다. "세번째 거요." 형민이 말하자 양조장 주인이 그럼 그거 더 마시고 가요, 하며 한 주전자를 내왔다.

안주는 더덕. 생더덕을 초고추장에 찍어 먹었다. 강차장이 낮에 형민과 술을 마실 때 안주를 먼저 먹고 술을 마셨다는 이야기를 했다. 그랬더니 양조장 주인이 말했다. "무슨 소리야? 원래 내 막걸리는 안주가 필요 없어. 술에서 안주 맛이 나거든." 그 말을 하면서 천연덕스럽게 더덕을 두개나 먹는 모습을 보고 형민이 웃었다. "얘가 육학년 일반 오락부장이었어." 강차장이 말했다. "부인도 아마 웃겨서 꼬셨을걸." 그 말에 양조장 주인이 그건 인정, 하고 대꾸했다. 양조장 주인이 아내를 만난 것은 스물아홉살 때였다. 지게차 자격증을 따기 전에 그는 트럭 운전을 했었다. 고등학교를 졸업한 후 고향을 떠나 오빠 집에서 살고 있다는 여자에게 그는 말했다. "트럭 타고 밤길 달려봤어요? 답답하면 말해요. 언제든지 운전해줄게요." 마침 새언니와의 갈등 때문에 이런저런 고민이 많았던 여자는 그 말에 반색을 했다. 그후로 그는 여자와 토요일 밤에 경부고속도로를 달리며 연애를 했다. 옆에 사랑하는 사람이 있으니 라디오를 듣지 않아도 좋았고, 그래서 그는 여자를 웃기기 위해 『유머모음집』이라는 책을 사서 읽었다. 그때 이런 퀴즈들을 냈다. 소금이 죽으면? 아몬드가 죽으면? 같은. 그중에서 여자가 가장 많이 웃었던 퀴즈는 이거였다. 슈퍼맨의 가슴에 새겨진 S자의 의미는? "그 책 덕에 아내와 결혼할 수 있었어." 양조장 주인이 말했다. 형민은 친구들하고 서로 그런 퀴즈를 내며 낄낄거렸던 이십대 시절이 생각났다. 그리고 놀랍게도 양조장 주인이 낸 퀴즈의 정답이 전부 기억이 났다. "스판요, 스판." 정답을 맞혔다며 양조장 주인이 잔에 술을 따라주었다. 내친김에 형민이 기억나는 퀴즈를 하나 냈다. "눈도 두개, 코도 두개. 그런데 왜 입은 하나일까요?" 양조장 주인이 손을 들었다. "서로 먹으려고 싸울까봐." "정답." 그러자 강차장이 자기도 기억나는 게 있다고 했다. "기러기를 거꾸로 하면 기러기. 그러면 쓰레기통을 거꾸로 하면?" 양조장 주인과 형민이 동시에 말했다. "쏟아진다." 그러고는 셋이 동시에 웃었다. 유치해, 유치해, 다들 그렇게 중얼거리면서. 그런 유치한 퀴즈를 좋아해준 여자와 결혼한 양조장 주인은 역시 아빠의 썰렁한 농담을 좋아하게 될 딸들을 얻었다. 양조장 주인은 두 딸의 자는 모습을 보면 얼른 깨워 웃기고 싶은 생각에 몸이 근질근질했다. 언젠가 두 딸 중 한 아이가 일기장에 이렇게 적은 적도 있었다. 우리 아빠는 왜 코미디언이 되지 않았을까? 그랬다면 부자가 되었을 텐데. 그는 그 말이 좋아서 한동안 사람들에게 자랑을 하고 다녔다. 내가 그렇게 부자가 될 수도 있는데 안하는 거라며. "유쾌한 사람, 나는 그 말이 좋았어. 그런데 다리가 부러져 산속에서 구급대원들을 기다리는 동안 이런 생각이 들더라고. 이제 마냥 유쾌한 사람으로 살 수는 없겠구나. 다리를 잃은 아르바이트생은 매일 회사 앞에서 시위를 했고, 그 아이를 친 후배 녀석은 출산 중 한 아이를 잃었지. 그때도 나는 우리 딸들하고 영화도 보고, 제주도 여행도 갔다오고, 맛집도 찾아다니고……" 형민이 화장실 좀, 하고 중얼거리며 슬쩍 자리를 피해주었다. 오줌이 그다지 마렵지는 않았지만 오줌을 누었다. 화장실 앞에서 어디론가 부지런히 가고 있는 개미들의 행렬을 발견하고는 그 앞에 쪼그리고 앉아 오랫동안 구경을 했다. 한참 후에 돌아와보니 둘이 웃고 있었다. 형민이 자리에 앉으니 강차장이 말했다. "이 녀석 딸이 먹는 걸 얼마나 좋아하는지, 울면서도 먹는대." 형민은 자기 딸도 어릴 적에 그랬다고 말해주었다. 엄마한테 혼나면서도 치킨을 계속 먹던 모습이 떠올라 저절로 웃음이 났다. "내가 왜 양조장을 인수했는지 들었어요?" 양조장 주인이 형민에게 물었다. "산소를 잘못 찾아서 그랬다고요." 형민의 말에 양조장 주인이 오른손 검지를 들어 흔들었다. "아니에요. 어느날 프로야구 중

계를 봤거든요. 유격수가 간단히 잡을 수 있는 공을 빠뜨리자 해설자가 그러더라고요. 저 선수는 어려운 걸 잘 잡고 쉬운 걸 못 잡아요." 양조장 주인에게 그 말이 오랫동안 맴돌았다. "그래서 내려왔어요. 쉬운 걸 잘 잡기 위해." 형민은 왠지 그 말이 슬펐다. 쉬운 걸 매번 놓치는 선수 때문에 슬펐다. 그래서 그날 밤 술을 꽤 마셨다.

양조장에서 막걸리 네통을 사 들고 문방구로 돌아와 목살을 넣은 김치찜을 해서 먹었고, 낮에 할머니가 주신 나물로 샐러드를 만들었다. 술이 떨어지면 양조장으로 달려가 자는 양조장 주인을 깨워 다시 술을 샀다. 그렇게 네번. 밤새워 네번을 왔다 갔다 하자 나중엔 양조장 주인이 화를 냈다. "한번에 많이 사가요." 형민이 말했다. "강차장님 말이, 그러면 취한대요. 술이 떨어질 때마다 아, 그만 마셔야지, 하고 반성을 해야 한대요." 밤을 새우면서 형민은 강차장에게서 이런저런 이야기를 들었다. 마지막에는 취해서 거의 기억도 나지 않았다. 그런데 이야기를 들으면서 몇번이나 울었던 기억은 났다.

강차장은 형민에게 해장국집이 두군데가 있는데 그중 하나를 고르라고 했다. "맛은 둘 다 그냥 그래." 형민이 차이점을 물어보니 한 가게는 갓김치가 맛있고 다른 가게는 깍두기가 맛있다고 했다. "해장국은 깍두기죠." 깍두기가 맛있다는 해장국 가게의 메뉴판에는 이런 문구가 적혀 있었다. '맛없으면 말해주세요. 언제나 최선을 다하는 아줌마가 되겠습니다.' 홀에 있는 분도, 주방에 있는 분도 모두 칠십은 넘어 보여서 형민은 웃었다. 강차장은 뼈다귀해장국을, 형민은 콩나물해장국을 주문했다. 형민은 깍두기를 숟가락으로 퍼서 뚝배기에 넣었다. 그는 뜨거운 국에 깍두기를 담가서 무가 미지근해진 후 먹는 걸 좋아했다. 그렇게 먹으면 늙은이 같다며 아내는 질색했지만. 해장국을 다 먹고 나니 깍두기 한개가 뚝배기 밑바닥에 남아 있었다. 그는 그걸 마저 먹으려다 말았다. "문방구 앞에 있는 나무가 앵두나무야. 앵두 열리면 앵두주 담가줄게 또 놀러 와." 강차장이 말했다. 앵두라니, 너무 오래간만에 들어

보는 단어였다. "올게요, 앵두가 열리면." 형민이 얼른 대답했다. 다시 올 걸 생각하자 마음이 설렜다. 강차장이 트렁크에 막걸리 한통을 실어주었다. 고속도로를 달리는데 그제야 회사에서 전화가 왔다. 형민은 받지 않았다. 한참만에 메시지가 왔다. 부장이었다. 어디 아파? 그리고 한참만에 또 메시지가 왔다. 무단결근이 유행이야? 그 말을 듣자 형민은 갑자기 배가 사르르 아파오기 시작했다. 그래서 휴게소에 도착하자마자 화장실을 향해 뛰었다. 뛰면서 옆을 보니 어느 아이가 엄마랑 뛰고 있었다. 하나, 둘, 하나, 둘. 형민은 속으로 구령을 붙여가며 아이와 발을 맞추어보았다. 설사를 하고 나와보니 화장실 앞 벤치에 앉아서 아이가 알감자를 먹고 있었다. 형민이 그 옆에 앉았다. 그랬더니 아이가 아저씨도 쌀 뻔했어요, 하고 물었다. 형민이 응, 하고 대답했다. "저도요. 아슬아슬했어요." 형민이 화장실 쪽으로 뛰어오는 한 남자를 가리키며 말했다. "저 사람도 아슬아슬한가보다." 아이가 웃었다. 그리고 알감자 하나를 형민에게 내밀었다. 형민이 받아먹었다. 아이는 병원에 입원한 할머니의 병문안을 가는 중이라고 했다. 할머니는 지난주 새벽 예배를 가는 길에 교통사고를 당했다고 했다. 뺑소니 사고였다. "저번에 가서는 할머니 얼굴도 못 봤어요." 형민은 아이에게 할머니를 뵙게 되면 먼저 꼭 안아드리라고 말했다. "어른들은 그걸 잘 못하거든." 아이가 그건 자기가 원래 잘하는 일이라고 대답했다. 그리고 마지막 알감자를 먹었다. 형민이 아이의 머리를 쓰다듬었다. 착하네, 하고. "도영아!" 아이의 엄마가 큰 소리로 아이 이름을 불렀다. 형민이 아이를 쓰다듬던 손을 들었다. 아이의 엄마가 아이 손을 잡고 버스로 향하는 뒷모습을 보면서도 계속 한 손을 들고 있었다. 형민이 어렸을 때 친척 모임에 가면 항상 형민의 뒤통수를 쓰다듬는 어른이 있었다. 아버지의 작은아버지인가 그랬는데, 늘 막걸리 냄새를 풍기던 노인이었다. 노인은 형민의 뒤통수를 쓰다듬으면서 말했다. "어쩜 니 아비랑 뒤통수가 똑같냐." 형민은 자신의 뒤통수를 한번 쓰다듬어보았다. 납작하지도, 그렇다고 툭 튀어나오지도 않았다. 그냥 평범한 뒤통수였다. 아이가 버스에 타는 것을 본 다음 그도 자리에서 일어났다. 차 시동이 걸리지 않았다. 차 키를 뺐다가 다시 넣어보았다. 그랬는데도 걸리지 않았다. 형민은 보닛을 열었다. 차를 볼 줄 몰랐지만 한참 동안 엔진룸을 들여다보았다. 엔진룸은 복잡했고 더러웠다. 휴대폰으로 엔진룸의 구조를 검색해보았다. 그리고 각 부품의 명칭들을 중얼거려보았다.

보닛을 열어둔 채 형민은 다시 휴게소로 들어갔다. 호두과자와 커피 한잔을 사 들고 휴게소를 한바퀴 걸어보았다. 작은 동물원이라는 푯말이 보여 그쪽으로 걸어갔더니 동물은 없고 빈 우리만 보였다. 우리는 작고 지저분했다. 거기 동물이 없는 게 다행이라는 생각이 들었다. 동물원 맞은편에 동물 모양의 어린이 놀이기구가 있었다. 사슴 모양의 미끄럼틀, 여우가 그려진 시소, 오리와 하마 모양의 흔들의자. 코끼리 모양의 벤치도 있어서 형민은 거기에 앉았다. 거기 앉아 호두과자를 먹었다. 호두과자 한알에 커피 한모금. 그렇게 먹다 문득 새벽에 술을 마시다 강차장에게 화를 냈던 게 떠올랐다. 쉬운 공을 놓치는 사람은 양조장 친구가 아니라 강차장이라며 소리를 질렀다. 형민은 얼굴이 화끈거렸다. 강차장은 복권이 당첨된 누나 이야기를 해주었다. 셋째 누나는 늘 손님으로 북적이는 감자탕 가게를 운영했는데, 그런데도 살림은 나아지지가 않았다. 귀가 얇아 말도 안되는 사업에 돈을 쏟아붓는 매형 때문이었다. 식구들이 모두 모인 어느날, 강차장은 여덟장의 복권을 사서 네 누나와 매형들에게 한장씩 선물로 주었다. 아무도 복권이 될 줄 몰랐기 때문에 그날 식구들은 복권이 당첨될 경우 어떻게 할 것인지에 대해 이런저런 농담을 주고받았다. 셋째 매형은 동업을 하자는 친구가 있다며 거기에 투자할 거라고 했고, 셋째 누나는 아무한테도 말 안하고 이혼을 할 거라고 했다. "그때 매형이 웃으며 말했어. 당신 복권이 될 것 같아. 그러니 내 거랑 바꾸자,라고." 셋째 누나는 복권을 바꾸지 않았고, 거짓말처럼 복권이 당첨되었고, 그 돈의 반을 남편에게 주어 다시 한번 실패하는 걸 말없이 지켜보았고, 그리고 이혼을 했다. "누나는 기다린 거지, 마지막 기회까지 말아먹는 매형을." 강차장은 말했다. 누나가 이혼을 했으면 좋겠다는 생각을 늘 했는데 막상 이혼하는 걸 보니 매형이 불쌍해졌다고. 그리고 매형을 불쌍하게 여기는 자신이 싫어졌다고. 큰누나는 이혼할 거면서 아깝게 사업자금은 왜 대주냐며 화를 냈고, 둘째 누나는 당첨금의 반을 남편에게 줄 게 아니라 복권을 사준 동생한테 주었어야 했다며 화를 냈고, 넷째 누나는 누가 당첨되든 다섯 남매가 나누었어야 했다며 화를 냈다. 그래도 모두들 이혼은 잘했다고 말했다. 그런 이야기를 하면서 강차장이 말했다. 그러니까 걱정하지 말라고. 문방구 문을 닫게 되면 자기는 감자탕 가게에 가서 일을 하면 된다고. 그래서 형민이 말했다. "강차장님, 그럼 가요. 거기 가서 일해요." 강차장이 그 말을 듣고 막걸리를 연거푸 두잔 마셨다. 그리고 형민에게 말했다. "인마, 강차장이라고 그만 불러. 이제 강사장이야. 문방구 아저씨라고 불러주면 더 좋고." 그 말이 어느 부분을 건드렸는지 형민은 갑자기 화가 났다. 소리를 지르며

286

다 마신 막걸리병을 바닥에 던지기도 했다. 다시 생각해보면 전혀 화날 일이 없었는데 왜 소리까지 질렀는지. 생각할수록 민망해서 형민은 호두과자 몇알을 빈 우리에 던졌다.

"그러면 먹습니까, 동물들이?" 누군가 다가와 형민에게 말을 걸었다. 뒤돌아보니 피켓을 든 남자가 보였다. "저기 안 보여요? 토끼가 있네요. 저쪽엔 기린이 있고." 형민이 농담을 했다. "토끼 이름은 당근이랑 배추였어요. 내가 지어줬죠." 남자가 형민의 옆 벤치에 앉았다. 그 벤치는 등받이가 악어 모양이었다. 남자가 들고 있던 피켓을 옆에 내려놓았다. 그리고 형민에게 전단지 한장을 내밀었다. "혹시 이렇게 생긴 사람 본 적 있나요?" 형민은 전단지를 보았다. 이영아(실종 당시 21세). 실종된 날짜를 헤아려보니 이년 하고도 오개월이나 지났다. "어쩌다가……" 형민이 조심스럽게 물었다. "이 휴게소에서요. 그날이 제 엄마 생일이어서 서울에서 같이 자취를 하던 언니와 내려오는 길이었어요. 그때 단풍철이라 사람들이 바글바글했대요. 여자 화장실이 어찌나 붐볐는지 몇몇 할머니들이 남자 화장실로 들어가기도 했다고. 암튼, 둘째가 화장실에 간다고 들어갔는데, 큰애는 그저 사람이 많아서 늦어지는 줄 알았다는데, 그러곤 끝이었어요." 영아는 둘째 딸. 공부를 잘해서 늘 전교 5등 안에 들었던 딸. 남들이 다 부러워하는 대학에 입학한 딸. 과 수석을 해서 부모님 등록금 걱정도 덜어준 딸. 남자는 말했다. "내가 트럭을 몰고 과일장사를 하는데, 근데 술 취한 손님들한테도 속인 적이 없었어요. 만취한 사람들한테는 일부러 썩은 과일을 섞는 사람도 있거든요." 남자는 자신이 그랬기 때문에 두 딸이 반듯하게 자라준 것이라고 믿었다. 아내가 둘째 딸을 출산한 날 남자는 공장 화재로 큰형을 잃었다. 싱크대나 신발장을 만드는 작은 공장이었는데, 어릴 적부터 손재주가 좋았던 큰형이 공사 현장을 떠돌며 목수일을 해 모은 돈으로 차린 공장이었다. 조카들이 태어나면 아이용 의자를 만들어서 선물하던 형이었다. 일곱명의 조카들. 일곱개의 의자를 만드는 동안 큰형은 선을 다섯번 봤고 다섯번 차였다. "큰

형의 기일과 딸의 생일이 같다는 사실이 참 괴로웠어요. 그래서 딸의 생일에 케이크 한번 안 사갔어요." 그 이야기를 들으면서 형민은 생각했다. 이제 아내의 생일마다 딸의 실종을 떠올려야 하는구나, 하고. 형민은 다시 한번 전단지를 들여다봤다. 누가 봐도 예쁜 아이였다. 형민은 전단지를 반으로 접으려다 말았다. 그러면 사진 속 얼굴이 반으로 접힐 것만 같아서. 아빠의 앞에서는 왠지 그래선 안될 것 같았다.

형민이 남자에게 잠깐만 기다려달라고 부탁하고는 자리에서 일어났다. 전단지가 바람에 날아가지 않도록 핸드폰을 그 위에 올려두었다. 그리고 휴게소 건물로 달려가 커피와 유자차를 주문했다. 음료수 두잔을 들고 돌아와보니 남자가 형민이 먹다 남긴 호두과자를 빈 우리에 던지고 있었다. "커피 아님 유자차. 고르세요." 남자가 커피를 골랐다. "제가 어제 좋아하는 형님을 오래간만에 만났는데요." 형민이 유자차를 한모금 마시고는 말했다. "고향에서 문방구를 해요. 폐교된 초등학교 앞에서요." 양조장에서 술을 사 가지고 돌아오는 길에 강차장이 찻길 건너 밭을 향해 손가락질을 하면서 말했다. 저쪽부터 저쪽까지 전부 우리 집 땅이었지, 하고. 그걸 다 팔아버리게 만든 게 자기였다고. 태생이 장난치는 걸 좋아하는데다 어렵게 얻은 손자라서 할아버지, 할머니가 응석받이로 키우는 바람에 강차장은 자연스럽게 말썽꾸러기로 자랐다. 닭을 훔쳐 친구들이랑 구워 먹기, 죽은 뱀을 여학생들 책가방에 몰래 넣기, 과일 서리해서 반 친구들에게 공짜 과일 나눠주기. "글쎄, 아버지 밭 무를 몰래 캐서 팔기도 했대요, 리어카 한가득. 그걸 팔아 친구들이랑 서울로 놀러 갔다네요." 그랬지만 강차장은 누구를 괴롭히거나 때린 적은 없었다. 아버지한테 혼날 때마다 늘 그 핑계를 댔다. 단지 장난만 치는 거라고. 그랬는데 고등학교 3학년 때 읍내 당구장에 놀러 갔다 싸움에 휘말렸다. 강차장이 실수로 옆 테이블에서 당구를 치던 사람의 발을 밟았다. 진지한 걸 싫어했던 강차장은 사과를 하지 않고 제 발도 한번 밟으세요,라고 말했다. 그 말이 자기를 놀리는 거라고 생각한 상대방이 강차장의 뺨을 때렸고, 뺨을 맞은 강차장은 그 사람의 가슴팍을 밀었다. 상대방은 넘어지면서 얼굴을 당구대 모서리에 부딪혔는데 그만 왼쪽 시력을 잃었다. "그 일로 또 땅을 팔았대요. 퇴학을 당할 뻔했지만 돈을 써서 겨우 막았고요. 암튼, 그 일을 시작으로 이상하게도 나쁜 일만 자꾸 생기더래요." 군대를 갔다 온 다음 강차장은 남은 땅을 좀 팔아 통닭집을 차렸는데, 개업하자마자 바닥에 흘린 기름에 손님이 넘어지면서 이가 부러지는 일이 생겼다. 앞니 두개. 그래서 밭을 또 팔았다. 언덕에 세워놓은 차가 미끄러지면서 길 가던 사람을 치어 갈비뼈를 부러뜨리기도 했고, 동업을 약속한 친구에게 사기를 당하기도 했다. 그때마다 조금씩조금씩 고향 땅을 팔았다. "찔끔찔끔. 그렇게 팔다보니 남은 게 없더래요." 형민이 말하자 남자가 고개를 끄덕이며 말했다. "야금야금. 원래 그런 게 무서운 거예요." 형민은 다시 한번 유자차를 마셨다. 미지근하게 식어 있었다. 남자는 커피를 마시지 않고 두 손으로 감싸고 있었다. 그런 강차장이 정신을 차리게 된 것은 아내를 만나면서였다. 아내 덕에 야간대학을 졸업하고, 취직을 하고, 딸과 아들을 얻었다. "아들이 태어났는데 자기랑 너무 닮았더래요. 그게 유독 아들한테만 엄하게 군 이유였대요. 자기처럼 자라지 않도록, 집안의 골칫덩이가 되지 않도록." 그랬군요, 그랬군요. 남자는 형민의 말을 듣고는 계속 같은 말만 중얼거렸다. 형민은 남자가 중얼거리는 걸 가만히 듣고만 있었다. 그랬더니 강차장의 아들이 어떻게 되었는지를 이야기하지 않아도 남자가 짐작하고 있다는 것을 알 수 있었다. 형민은 다 식은 유자차를 후루룩 소리 내어 마셨다. 일부러, 뜨거운 차를 마시는 것처럼. 남자가 자리에서 일어나 빈 우리로 걸어갔다. "여기에 토끼 두 마리가 있었어요. 한놈은 당근을 좋아했고 한놈은 배추를 좋아했죠." 거기까지 말을 하고 남자는 빈 우리를 흔들었다. "두놈 다 올겨울에 죽었어요." 남자가 계속 빈 우리를 흔들었다. 아주 세게. 무너뜨릴 것처럼. 형민이 다가가 남자의 팔목을 잡았다. 그제야 형민은 남자가 울고 있다는 것을 알았다. 울면서 남자가 말했다. "경찰은 실종이 아

292

니라네요. 가출이라고. 딸이 사라지고 같은 과를 다니는 친구들을 만나봤는데, 내가 아는 딸이랑 그 아이들이 말하는 딸이랑, 다른 거예요." 형민은 남자를 잡은 손을 놓았다. 그리고 남자와 같이 빈 우리를 흔들었다.

　남자는 금요일 저녁이면 휴게소에 와서 일요일 저녁에 집으로 돌아갔다. 그때마다 토끼들에게 줄 배추와 당근을 챙기는 일을 잊지 않았다. 평일에는 전국을 돌아다니며 과일을 팔았다. 트럭에 딸을 찾는다는 플래카드를 붙이고. "토끼들이 그렇게 많이 먹는 줄 몰랐어요. 먹성이 무서울 정도였죠." 남자는 토끼가 귀여워서 먹이를 준 게 아니었다. 그 먹성이, 먹는 입모양이 징그러워서 먹이를 주었다. 전단지를 제대로 보지도 않고 버리는 사람들을 볼 때마다 남자는 나쁜 생각이 들었다. 어디 보자고. 당신네 행복은 언제까지 가나 보자고. 그런 생각을 해선 안되는 걸 알면서도 화가 멈춰지지 않았다. 그래서 화가 날 때마다 토끼들에게 먹이를 주었다. "그러던 어느날이었어요. 토끼한테 당근을 던져주고 있었는데 한 아이가 와서 물었어요. 사과를 줘도 될까요, 하고." 남자가 먹이를 줘도 된다고 말했더니 아이가 가방을 열어 도시락을 꺼냈다. 소풍가는 중이라고, 아이는 삼단 도시락의 맨 위 뚜껑을 열면서 말했다. 맨 위칸에는 과일이 있었다. 아이는 그중 사과두조각을 꺼내 토끼들에게 주었다. 자세히 보니 토끼 모양으로 깎은 사과였다. 토끼가 사과를 다 먹는 걸 본 다음 아이는 안녕, 하고 토끼에게 인사를 한 뒤 주차장 쪽으로 뛰어갔다. 그날 이후로 남자는 팔다 남은 사과를 토끼에게 주었다. 토끼 모양으로 깎아서. 사과 한알에 여덟조각의 토끼가 나왔다. 남자는 여덟조각의 크기가 같도록 신중하게 반을 가르고 또 반을 갈랐다. 토끼 앞에서 토끼 모양의 사과를 만들다보니 이상하게도 마음이 편안해졌다. 칼질을 잘해 토끼의 귀가 쫑긋하게 보이는 날이면 기분이 좋아지기도 했다. 형민은 어머니가 예전에 가게를 한적이 있었다고, 그때 사과를 그렇게 깎아 안주로 내곤 했다고 남자에게 말했다. 손재주가 별로 없는 어머니였지만 그래도 사과는 잘 깎았다. 사과를 얇게 저며서 꽃 모양을 만들기도 했는데, 그걸 만들 때 어머니는 콧노래를 흥얼거리기도 했다. "저는요, 사과를 생각하면 늘 마늘 냄새가 떠올라요." 어린 시절 남자의 집에는 칼이 한자루뿐이었다. 과도라는 것은 없었다. 남자의 어머니는 그 칼로 된장찌개를 끓이고 마늘종볶음을 하고 김치를 썰었다. 그 칼은 아무리 씻어도 마늘 냄새가 사라지지 않았고, 그래서 과일을 깎으면 모든 과일에 마늘 냄새가 배었다. 어머니가 돌아가시고 남자는 일부러 마늘을 썬 칼로 사과를 깎아 먹었다. 그걸 먹으며 부엌에 서서 울었다.

남자는 처음에는 사과만 깎다가 나중에는 당근으로 장미 모양을 만들었다. 장미 모양으로 깎은 당근을 토끼에게 주며 아내에게 꽃 한송이 선물해본 적 없는 자신을 비웃기도 했다. 장미 모양으로 당근을 깎다 나오는 자투리는 남자가 먹었다. 토끼처럼 입을 일부러 작게 오므리고서. 남자가 형민에게 손바닥을 보여주었다. 왼손 손가락에 칼로 벤 흉터가 여기저기 보였다. "이제 장미는 눈을 감고도 깎을 수 있게 되었어요." 남자가 말했다. 남자는 딸이 사라지고 난 다음 딸과 함께 행복했던 기억을 떠올려보려 애썼지만 기억이 나지 않았다. "남들은 못해준 것만 기억난다고 하는데 전 그것도 아니었어요. 그냥 기억이 나지 않았어요. 아무 기억도." 사과를 깎고 당근을 깎는 동안 남자의 머릿속에는 이런 장면만 떠올랐다. 네 식구가 어디론가 가고 있었다. 넷 다 반팔을 입은 걸로 봐서는 여름인 듯했으나 어디로 가고 있는지는 기억나지 않았다. 남자는 아내가 생일선물로 사줬는데 마음에 들지 않아서 몇 번 입지 않은 티셔츠를 입고 있었다. 그렇게 넷이 길을 걷다 둘째가 갑자기 걸음을 멈추었다. 아내가 다가가 딸의 눈동자를 들여다보더니 이내 입바람을 불었다. 아내가 아이 키에 맞춰 무릎을 구부리던 순간. 딸이 손으로 눈을 비비려 하자 아내가 그러지 못하도록 아이의 손등을 치던 순간. 그 풍경이 남자의 머릿속에 하염없이 맴돌았다. 그 장면은 남자에게 어떤 감정도 일으키지 않았다. 그립지도 않았고, 그렇다고 슬프지도 않았다. 그랬기 때문에 남자는 하루에도 수십번 그 장면을 되돌려볼 수 있었다. 형민에게도 그런 풍경이 하나 있었다. 그거 참 이상한 말이네. 딸이 형민에게 말했다. 언제 어디서 그런 말을 했는지는 기억이 나지 않았다. 다만 그렇게 말을 하며 잡고 있던 형민의 손을 놓았다는 것만 기억났다. 딸이 형민의 손을 잡기 위해서 손을 들어야 했으니 아마도 아주 어렸을 때였을 것이다. 딸과 대화가 어긋날 때면 형민은 그 말을 기억하고 또 기억해보았다. 내가 뭐라 말했기에 딸이 그렇게 대꾸를 했을까, 하고.

남자가 딸을 찾아 전국을 돌아다니는 동안 그의 아내는 딸의 물건들을 정리하고 또 정리했다. 딸의 외투에 있던 영수증을 들여다보고, 책상 서랍 속 의미 없는 물건들을 물티슈로 닦고, 딸이 읽은 책을 따라 읽고, 딸이 밑줄 쳐둔 구절을 노트에 적어보고, 딸이 한 낙서가 무슨 의미가 있는지 헤아려보았다. 그의 아내는 세수를 하고 오랫동안 거울을 들여다보는 버릇이 생겼다. 처음에는 거울을 보며 중얼거렸다. 내 딸은 어디 갔을까, 하고. 그러다가 내 딸은 누구일까, 하고 질문을 바꾸었다. 그렇게 일년이 지나고, 이년이 지나고, 그러다보니 질문이 바뀌었다. 나는 누구인가, 하고. "거울을 자꾸 보고 있으면 자기가 누구인지 모르겠다는 생각이 든대요. 나조차 나를 모르는데 이게 다 무슨 소용일까, 그런 생각이 든대요." 그 말을 들은 남자는 화장실 거울을 깼다. 자기도 아내처럼 그렇게 될까봐 무서워서. 아내는 베개를 들고 딸의 방으로 건너갔고 그후로 다시는 남자에게 말을 걸지 않았다. "솔직히 어떻게 사과를 해야 할지 모르겠어요." 남자가 말했다. 형민은 솔직히 뭐라 말해줘야 할지 모르겠다고 대답했다. "저도 그 부분에서는 젬병이거든요." 형민은 안주머니에서 펜을 꺼내 전단지 뒷장에 약도를 그렸다. 강차장의 문방구로 가는 길이었다. "언제 이쪽 동네로 과일 팔러 가거든 여길 한번 가보세요. 막걸리를 사달라고 하면 사줄 거예요." 형민이 말했다. 문방구 주인은 자기처럼 바보라 대답을 못할 수도 있다고. 하지만 양조장을 하는 친구가 있어 위로주는 사줄 수 있을 거라고. 남자가 지도가 그려진 전단지를 접어 안주머니에 넣었다. 그리고 한참을 가만히 서 있다 형민에게 말했다. "우동 한그릇 하실래요?" 형민은 고개를 끄덕였다. 형민과 남자는 말 한마디 나누지 않고 우동을 먹었다. 마치 처음 만난 사이처럼. 우연히 같은 자리에 합석한 사람처럼. 우동을 다 먹은 다음 둘은 악수를 했다.

다시 주차장으로 돌아온 형민은 자동차 보닛을 닫았다. 다시 시동을 걸었지만 여전히 걸리지 않았다. 형민은 딸에게 전화를 걸었다. 딸은 전화를 받지 않았다. 형민은 딸의 전화번호를 한참 바라보았다. 이대로 여름휴가를 떠났으면 좋겠다는 생각을 했다. 딸이 어렸을 때 강릉으로 여름휴가를 간 적이 있었다. 차가 무지 막히는 날이었다. "대한민국 사람들이 모두 오늘 휴가를 가나봐." 조수석에서 아내가 말했다. 그해가 차를 산 해였다. 휴가를 가면서도 시트 비닐도 뜯지 않았다. 강릉까지 가는 동안 아내와 딸은 무려 세시간 동안 끝말잇기를 했다. 그 여행을 계기로 형민은 회사를 그만두고 캠핑카를 사서 전국 일주를 하는 상상을 종종 하곤 했다. 아내와 딸을 태우고 낮에는 차 안에서 수다를 떨고, 저녁이면 영화를 보는 상상을. 자기 전에 삼십분씩 하늘을 올려다보는 상상을. 불가능한 일인 것을 알면서도 형민은 자기 전에 캠핑카의 가격을 알아보곤 했다. 형민은 트렁크에서 막걸리를 꺼냈다. 주차장을 돌아보니 딸을 찾는다는 플래카드가 붙어 있는 트럭이 보였다. 형민은 그 앞에 막걸리를 내려놓았다. 그리고 환승 정거장으로 걸어갔다.

환승정거장에 갔더니 형민이 사는 시로 가는 버스는 없었다. 매표소 직원은 삼십분 후에 도착하는 버스를 타고 K시로 가서 거기서 다시 버스표를 끊으라고 했다. K시 버스터미널에 내려 시간표를 보니 두시간이나 기다려야 했다. 형민은 다시 배가 아파 화장실에 갔다. 터미널 화장실에서 형민은 오랫동안 앉아 있었다. 양옆 화장실 문이 열렸다 닫히는 소리를 세어보면서. 열한번째 문이 열리고 닫히는 소리가 들릴 때 누군가 화장실 문을 두드렸다. 형민도 마주 노크를 했다. "아빠, 거기 있어?" 어떤 아이가 형민의 화장실 앞에 서서 물었다. "아닌데." 형민이 말했다. 이내 옆문을 두드리는 소리가 들렸다. "아빠?" 아이가 묻자 아니다, 하는 소리가 들렸다. 조금 후, 먼 곳에서 한 남자의 목소리가 들렸다. "아빠 여기 있어." 형민이 화장실을 나와 보니 아이가 어느 문 앞에 서 있었다. "안녕? 니가 문을 두드린 아이구나." 아이를 본 게 반가워 그는 인사를 했다. 아이가 입을 삐죽거리고는 아무 대답도 하지 않았다. 그는 물을 사러 편의점에 갔다가 쌍쌍바를 사서 나오는 청년을 보았다. 저게 아직도 있다니. 반가워서 그도 하나를 샀다. 그리고 편의점 파라솔 아래에 앉아서 쌍쌍바의 껍질을 벗겼다. 막대가 하나밖에 없었다. 그는 다시 편의점으로 돌아가 직원에게 불량품인 것 같다고 말했다. 막대가 두개여야 한다고. 그러자 직원이 쌍쌍바 포장지를 가리키며 말했다. "거기 잘 보세요." 포장지를 보니 혼자 먹는 쌍쌍바라고 적혀 있었다. 그 쌍쌍바를 먹으며 그는 혼잣말을 했다. "어제 뭐 했어?" "쌍쌍바를 사먹었지." "반으로 잘 쪼갰어?" "아니, 더이상 반으로 쪼개지지

301

않아. 그래서 슬펐어." 그렇게 말하고 난 다음 그는 다시는 슬프다는 말로 문장을 끝내지 않겠다고 결심했다. 예뻤어, 좋았어, 기뻤어, 행복했어, 그런 말만 하겠다고. 그는 쌍쌍바의 나무 막대를 버리고 자리에서 일어났다.

찻길을 건너 언덕 위를 따라 길을 걸었다. 갈림길이 나오면 오른쪽을 선택했다. 오른쪽, 오른쪽, 오른쪽. 그러다 보면 제자리로 돌아올 수 있을 것만 같았다. 딸이 어릴 적에 미로로 만들어진 집을 그린 적이 있었다. 그림의 주제가 앞으로 내가 살고 싶은 집을 그리는 거였다고 했다. 대문에서 집까지 가는 길이 미로로 되어 있었다. "술 취하면 내 집도 못 찾아가겠다." 형민이 그림을 보고 말했다. 미로 끝에 있는 집은 방이 한칸짜리였다. 형민의 아내가 방이 왜 하나뿐이냐고 묻자 딸이 대답했다. "나 혼자 살 거니까." 그러면서 덧붙이기를, 혼자 사니까 도둑이 무서워서 미로로 된 집을 만든 거라고 했다. 형민의 아내는 식탁 옆에 딸의 그림을 붙여두었다. 형민의 아내는 딸의 발상이 재미있다고 했지만 형민은 혹시 딸의 무의식 속에 집

302

에 대한 공포가 있는 것은 아닌지 걱정이 들기도 했다. 집에 오는 마음이 미로처럼 그렇게 엉켜 있는 것은 아닌지 하고. 한참을 걷다보니 오래된 주택가가 나왔다. 대문마다 문패가 달려 있었고 대문 앞에는 빨간 고무통으로 만든 화분이 있기도 했다. 그는 이제껏 한번도 문패가 있는 집에서 살아본 적이 없었다. 그는 문패에 적힌 이름들을 읽어가며 길을 걸었다. 자신과 같은 이름은 없었지만 아내와 같은 이름은 있었다. 그는 휴대폰을 꺼내 문패를 찍었다. 아내는 딸 이름이 들어간 간판을 보면 꼭 사진을 찍었다. 하영노래방. 하영옷수선. 하영이네분식. 하영유치원. 형민도 지방 출장을 갔다가 두번이나 하영이 들어간 간판을 발견했다. 하영칼국수와 하영교회. 하영칼국수에서 그는 바지락칼국수를 사먹기도 했다. 문패를 읽어가며 길을 걷다 그는 장난감 자동차를 타고 놀던 아이와 부딪혔다. 자동차에는 벤츠 로고가 붙어 있었다. 그는 일부러 정강이를 붙잡고 아픈 시늉을 했다. "운전 똑바로 하셔야죠, 기사님." 그렇게 말하자 아이가 자동차에서 내렸다. "미안해요, 아저씨." 아이는 사과를 한다며 지렁이 모양의 젤리를 주었다. "이게 약인가요?" 그가 웃으면서 묻자 아이가 그렇다고 대답했다. 그는 지렁이 젤리를 먹었다. 그가 지렁이 젤리를 먹는 동안 아이는 자동차 앞 범퍼를 손으로 만져보았다. 이만하면 괜찮은 운전기사라며 아이의 머리를 쓰다듬어주었다. 아이가 자기 머리를 만졌다고 화를 내서 그는 사과했다.

형민은 다시 길을 걸었다. 한참을 더 올라가니 대문마다 가위표가 그어진 동네가 나왔다. 집집마다 담벼락에 붉은 글씨로 철거라고 쓰여 있었다. 누군가 1톤 트럭 적재함에 흙을 덮고 농작물을 심어놓았다. 손가락만 한 크기로 싹이 나 있었다. 자라서 뭐가 될지는 알 수 없었다. 형민은 싹 하나를 뽑아보았다. 뿌리를 깨끗하게 털어서 먹어보았다. 그래도 알 수 없었다. 뭔지 알 수 없어서 마음대로 생각하기로 했다. 열무일 거라고. 아직 마을을 떠나지 못한 어느 할머니가 심어놓은 거라고. 그걸로 김치를 담가 마지막으로 소면에 비벼 먹은 뒤에 이 마을을 떠날 거라고. 아니면, 이색적인 장사를 하려는 어느 청년의 작품일지도 모른다는 생각을 해보았다. 트럭 적재함을 텃밭으로 만들어 상추를 키운 다음 고객들에게 직접 뽑아가도록 하는 것이다. 트럭을 어느 아파트 단지 앞에 세워놓고 팔겠지. 한봉지에 삼천원이에요, 유기농입니다, 하면서. 두 번째 상상이 더 재미있어서 그는 트럭을 훔쳐 직접 팔아보면 어떨까 하는 생각을 했다. 혹시나 하고 운전석을 열었는데 문이 열렸다. 그는 운전석에 앉아보았다. 먼지가 쌓인 앞유리에 누군가 바보라고 낙서를 해놓았다. 조수석에는 인형 하나가 버려져 있었다. 그는 그 인형을 집어 조수석에 똑바로 앉혔다. 그리고 안전벨트를 매주었다. 바보라고 쓴 낙서를 가만히 보고 있자니 뭔가 이상한 생각이 들었다. 밖에서 낙서를 했다면 글자가 거꾸로 보여야 하는데 그렇지가 않았다. 낙서를 한 사람은 왜 바보라는 글자를 거꾸로 적은 것일까. 운전자에게 바보라는 말을 하고 싶어서 그랬을까. 그는 핸들을 잡았다. 그리고 운전을 하는 척 핸들을 돌려보았다. 바보. 그래, 나는 바보다. 진구였을 때 여동생은 진구를 바보라고 불렀다. 오빠 바보. 모두들 진구만 보면 칭찬을 했지만 여동생만은 그러지 않았다. 진구의 등에 업혀 잠을 자던 여동생은 자면서 침을 흘리곤 했다. 동생을 업고 있으면 늘 등이 축축했다. 그때를 생각하자 가슴이 답답해왔다. 포대기 끈이 가슴을 조이는 것 같았다. 그는 천천히 심호흡을 했다. 그래도 숨이 쉬어지지가 않았다. 그때, 누군가 운전석 문을 열었다. "당신 누구요?" 남자가 소리쳤다. 형민은 차를 훔치려 한 게 아니라고 말하려 했다. 하지만 말이 나오지 않았다. 남자가 형민의 멱살을 잡고 차에서 끌어내렸다. "저, 저, 저는." 형민이 겨우 입을 열었다. 그러나 다시 말문이 막혔다. "뭐야, 말더듬이야?" 남자가 형민을 떠밀었다. 그 바람에 형민은 넘어졌다. 남자가 바닥에 침을 한번 뱉더니 차 문을 잠그고는 가위표가 그려진 어느 집 대문 안으로 들어갔다. 차라리 맞았으면. 형민은 그런 생각이 들었다. 남자가 때리면 가슴을 조이는 기분이 사라질 것 같았다. 그러면 다시 말이 나올 것이다. 넘어지면서 땅을 잘못 짚었는지

팔목이 시었다. 그는 팔이 아프네,라고 말을 해보려 했다. 나는 기특한 아이였지,라고 말을 해보려 했다. 되지 않았다. 그는 진구가 여동생에게 들려주던 자장가를 허밍으로 불러보았다. 그건 잘되었다. 그는 올라온 길을 내려갔다. 내려가면서 문패에 적힌 이름들을 소리 내어 읽으려 해보았다. 여전히 말이 나오지 않았다. 그렇게 한참을 걷다가 그는 자신과 똑같은 이름의 문패를 발견했다. 커다란 감나무가 있는 집이었다. 나무가 꽤 커서 감이 열리면 근사할 것 같았다. 가을이 되면 한번 와봐야겠다고 그는 생각했다. 그 집 앞에 서서 그는 재채기를 했다. 에취, 에취, 에취. 그렇게 재채기를 하다보면 언젠가 다시 말을 할 수 있을 것 같았다. 집 안에서 밥 짓는 소리가 들렸다. 어렸을 때 그는 자명종이 없이도 늘 같은 시간에 일어났다. 어머니는 늘 같은 시간에 아침밥을 지었고, 그래서 그는 압력밥솥에서 증기 빠지는 소리에 눈을 떴다. 밥 짓는 소리가 그에게는 자명종이었다. 세수를 하고 나오면 어머니는 그의 엉덩이를 두드리면서 칭찬을 해주었다. "우리 착한 아들, 벌써 일어났어." 그때를 생각하자 그는 지금이 두번째 삶처럼 느껴졌다. 기억에서 지워진 첫번째 삶이 어딘가에 존재할 것만 같았다. 첫번째 삶을 살고 있는 박형민은 잘해내고 있을 것만 같았다. 그 생각을 하며 그는 천천히 문패에 새겨진 이름을 읽어보았다.

상냥한 사람을 오랫동안 주머니에 넣고 다녔다. 생각날 때마다 주머니에 손을 넣고 만지작거렸다. 그러면서 여러 이야기를 했다. 주인공과 이렇게 수다를 떨어본 게 언제였는지, 그 기분을 놓치지 않으려고 부러 주머니에 손을 넣고 동네를 돌고 돌았다. 길에 버려진 운동화 한짝도, 금이 난 담벼락도, 고지서가 쌓인 편지함도, 이야기가 되어 내게 다가왔다. 그런데 이상한 일이었다. 그럴수록, 주머니에서 상냥한 사람을 꺼낼 수가 없었다.

인간이란 존재는 어느 정도의 슬픔을 감당할 수 있을

까? 집으로 돌아와 옷을 갈아입기 전에 나는 주머니를 들여다보고 물었다. 작가는 어느 정도의 슬픔이 적절한지, 또 어느 정도의 희망이 적절한지 판단할 수 있는 존재일까? 두 손을 가만히 쳐다보면서 나는 물었다. 그 질문에 답을 할 수 없어서 나는 무서웠다.

잘 모르겠다고 수십번 중얼거린 뒤, 나는 겨우 용기를 내어 상냥한 사람을 주머니에서 꺼냈다. 닳고 해진 이야기. 나는 그 이야기를 가만히 들여다보았다. 그리고 천천히 문장을 적었다.

2019년 여름
윤성희

상냥한 사람

초판 1쇄 발행/2019년 6월 28일
초판 4쇄 발행/2020년 9월 4일

지은이/윤성희
펴낸이/강일우
책임편집/이선엽 정편집실
조판/한향림
펴낸곳/(주)창비
등록/1986년 8월 5일 제85호
주소/10881 경기도 파주시 회동길 184
전화/031-955-3333
팩시밀리/영업 031-955-3399 편집 031-955-3400
홈페이지/www.changbi.com
전자우편/lit@changbi.com

ⓒ 윤성희 2019
ISBN 978-89-364-3796-1 03810